D1134176

Echte vriendinnen

Ann Brashares

Echte vriendinnen

De Fontein

www.defonteinmeidenboeken.nl

Oorspronkelijke titel: *3 Willows: The Sisterhood Grows*
Copyright © 2009 Ann Brashares
This translation published by arrangement with Random House
Children's Books, a division of Random House, Inc.

Produced by Alloy Entertainment
151 West 26th Street
New York, NY 10001

Voor deze uitgave:
© 2009 Uitgeverij De Fontein, Baarn
Vertaling: Sandra van de Ven
Omslagafbeelding: iStockphoto
Omslagontwerp: Miriam van de Ven
Grafische verzorging: Text & Image, Almere

ISBN 978 90 261 2678 9
NUR 283, 284

Voor Nancy Easton, met veel liefde en dankbaarheid voor je vriendschap gedurende vele kinderen, boeken en kilometers. Bedankt dat je wilde luisteren naar mijn gefilosofeer over bomen.

En voor mijn geliefde 3: Sam, Nate en Susannah

De kleinste scheut laat zien dat er eigenlijk geen dood is.

– Walt Whitman, 'Zang van mezelf'

(Walt Whitman, Grashalmen, vert. Jabik Veenbaas,
Uitgeverij Wagner & Van Santen, 2007)

De wortels van de wilgenboom zijn opmerkelijk vanwege hun kracht en de hardnekkigheid waarmee ze zich aan het leven vastklampen.

1

De laatste schooldag was een halve dag. Morgen zou groep tien zich in de gymzaal verzamelen voor de afscheidsceremonie, maar dat zou maar een uurtje duren en daar zouden hun ouders bij zijn. De eerstvolgende keer dat Ama weer naar school zou gaan, moest ze naar *high school.* Alles verandert, dacht Ama.

Meestal ging ze met de bus naar huis, maar vandaag had ze zin om te lopen, waarom wist ze ook niet. Ze was niet sentimenteel ingesteld. Ze was doelgericht en keek naar de toekomst, net als haar grote zus. Maar het was een doelloos moment van de dag, en bovendien had ze niet zoals gewoonlijk tien kilo boeken, mappen en schriften bij zich. Vandaag had ze zin om het vertrouwde pad te volgen dat ze als klein kind zo vaak had gelopen, toen ze nooit haast had.

Onwillekeurig moest ze onder het lopen aan Romy en Em denken. Dus toen ze hen een eindje verderop zag staan wachten bij het stoplicht voordat ze East-West Highway overstaken, was het bijna alsof ze uit haar herinneringen waren weggelopen.

Het verbaasde Ama dat Romy en Em samen waren. Van deze grote afstand viel de ongedwongenheid in hun houding haar op, maar ook de spanning. Ze betwijfelde of ze samen van school waren weggegaan. Tegenwoordig ging Em meestal met haar luidruchtige groep flirtende vriendinnen naar de Tastee Diner of naar het bageltentje om de hoek. Romy ging haar eigen gang; ze deed er een eeuwigheid over om haar spullen in te pakken en zat vaak nog een tijdje in de bibliotheek voordat ze naar huis ging. Soms zag Ama Romy in de bibliotheek en gingen ze uit gewoonte bij elkaar zitten. Maar in tegenstelling tot Ama was Romy er nooit om haar huiswerk te doen. Romy las alles wat los- en vastzat, behalve wat hun als huiswerk was opgedragen.

Toen Ama dichterbij kwam bedacht ze hoe anders Em eruitzag dan vroeger op de basisschool. Haar beugel was weg, net als haar bril, en ze droeg altijd trouw datgene wat je als populair meisje hoorde te dragen. Op dat moment betekende dat een korte broek van pastelkleurige ruitjesstof en twee vlechten in haar haar. En ze bedacht dat Romy er met haar gerafelde driekwartbroek en donkere slappe pet eigenlijk nog net zo uitzag als altijd.

'Ama! Hoi!' Romy zag haar als eerste. Ze zwaaide vrolijk. Het stoplicht sprong op groen, en Ama haastte zich naar hen toe zodat ze met z'n drieën de drukke straat konden oversteken.

'Niet te geloven dat jullie er allebei zijn,' zei Romy, die van Ama naar Em keek. 'Dit is een historisch moment.'

'Ze moet hierlangs als ze naar huis wil,' merkte Em op, die kennelijk weigerde het belang te onderkennen van het feit dat ze vandaag met z'n drieën naar huis liepen.

Ama begreep wel hoe Em zich voelde. De geschiedenis van hun vriendschap was als een overvolle, sombere vijver met een glad laagje ijs erover, en daar wilde ze geen barst in maken.

Onder het lopen praatten ze over examens en plannen voor het afstudeerfeest. Niemand zei iets toen ze langs de 7-

Eleven kwamen, en zelfs niet toen ze de oude afslag naderden.

Stel dat we hier zouden afslaan, vroeg Ama zich af. Stel dat we langs de oude heuvel naar beneden zouden rennen, langs de speeltuin, en het bos in gingen om naar de boompjes te kijken die we lang geleden hebben geplant? Stel dat we elkaar bij de hand zouden pakken en begonnen te rennen, zo snel als we konden?

Alle drie passeerden ze echter met de blik naar voren gericht de oude afslag. Alleen Romy leek vluchtig achterom te kijken.

Ach, zelfs als ze waren afgeslagen zou het niet meer zijn zoals vroeger, wist Ama. De piepende metalen carrousel zou verroest zijn en de schommels verlaten. Misschien waren de boompjes er niet eens meer. Het was al heel lang geleden dat ze ze hadden verzorgd.

Ama stelde zich haar jongere ik voor die met haar twee beste vriendinnen de heuvel af rende, wild en opgetogen.

Nu was alles anders. Mensen veranderden, plaatsen veranderden. Ze gingen naar high school. Dit was niet het moment om terug te kijken. Ama kon zich de boompjes niet eens meer voor de geest halen. Ze wist niet meer hoe de heuvel heette.

Romy

Als ik aan de eerste dag van onze vriendschap denk, denk ik eraan hoe we met z'n drieën met onze rugzakken op onze rug en onze plastic plantenpotjes met stekjes in onze handen over de East-West Highway renden. Dan denk ik aan Em, die haar pot midden op straat liet vallen, waarop we allemaal bleven staan, en aan dat stengeltje dat op de grond lag en de ontblote wortels en al die potgrond op het asfalt. Ik weet nog dat we allemaal bukten om het stekje weer in de pot te duwen en snel de wortels in de potgrond te drukken, en dat ondertussen het voetgangersstoplicht van groen op rood sprong. En ik weet nog dat Ama riep dat we moesten opschieten en dat ik als ik achteromkeek de auto's over de heuvel op ons af zag komen. Ik weet nog dat ik mijn vingers schaafde aan het ruwe asfalt toen ik het laatste beetje potgrond opveegde, en dat mijn knokkels prikten toen ik het in mijn vuist probeerde te verzamelen. Volgens mij was het Em die me bij mijn arm pakte en me de stoep op trok. En ik herinner me het lange, monotone geblèr van aanzwellende claxons in mijn oren.

***

Ama

We leerden elkaar kennen op de eerste dag van groep vijf, want van alle 132 kinderen in ons jaar waren wij de enigen die niet werden opgehaald. Ik maakte me zorgen, want mijn moeder kwam me altijd van school halen. Ze was nog nooit te laat geweest.

In eerste instantie zeiden we niets tegen elkaar. Ik was bang en ik schaamde me, en dat wilde ik niet laten merken. Ze hadden ons in het bijleslokaal voor wiskunde met de doorzichtige muren neergezet. Daar zaten we als dieren in de dierentuin naar buiten te staren en te wachten tot onze ouders ons kwamen ophalen.

Dat was de dag dat er tijdens de biologieles kleine wilgenstekjes in plastic plantenpotjes werden uitgedeeld. Die moesten we het hele jaar verzorgen en bestuderen. Ik weet nog dat we allemaal met ons stek-je voor ons aan een tafeltje zaten. Romy stak telkens haar vinger in de potgrond om te controleren of die niet te droog was. Ze neuriede.

Em legde haar in sportschoenen gestoken voeten op het tafeltje en leunde achterover. Ze zei dat haar stekje waarschijnlijk het eind van de week niet zou halen.

Ik vond het ongelooflijk hoe luchthartig de andere twee erover deden dat ze op school waren achtergelaten. Zelf vond ik het doodeng, maar ik ontdekte later dat mijn moeder een heel goede reden had om die dag niet te komen opdagen.

***

Em

Volgens mij was het mijn idee om van school weg te lopen. We zaten al zeker anderhalf uur op onze ouders te wachten, we verveelden ons en we hadden honger. Vooral ik. Inmiddels zaten we niet meer in het bijleslokaal, maar op stoelen bij het kantoor van de directeur, waardoor het was alsof we op het matje waren geroepen. Mevrouw Lorenz, de secretaresse van de directeur, probeerde onze ouders op te sporen, terwijl alle leraren naar huis gingen.

Ama moest naar de wc, dus gingen Romy en ik met haar mee. We neusden rond in lege klaslokalen en klommen in de kantine op de tafels. Het was best leuk om in het schoolgebouw te zijn nu er niemand was en de lichten uit waren. Toen we langs de achterdeur kwamen, daagde ik Ama en Romy uit om naar buiten te lopen, en tot mijn schrik deden ze dat nog ook. Daar stonden we dan, buiten. We waren eigenlijk helemaal niet van plan om weg te gaan, maar toen we eenmaal de school uit waren, kon ik voor mijn gevoel niet meer terug. Vrijheid is een eenrichtingsstraat en die waren we al in gelopen.

'Kom, we gaan,' zei ik. Het voelde zomers aan en ik wist de weg naar huis.

Ama was de enige die aarzelde.

'We brengen je wel naar huis,' beloofde Romy.

Door de steegjes renden we naar de 7-Eleven. Ik had een briefje van twintig dollar in mijn rugzak voor noodgevallen, dus stopten we onszelf vol met slush puppies, Cheetos en Twixen. Toen begon het te regenen, het kwam met bakken uit de hemel, dus gingen we voor het raam zitten kijken naar de stoom die opsteeg van de parkeerplaats naar de hemel, die zo donker werd als de nacht. We wilden Dragon Slayer spelen, het spel op de oude speelautomaat die er stond, maar er zat gele tape omheen geplakt.

De lucht was koel en sprankelend toen we weggingen. We renden over de East-West Highway naar huis. Ik weet nog dat we renden met de potjes in onze handen. Een plant is een van de weinige dingen die je niet in je rugzak kunt stoppen. Ik weet nog dat het stekje in mijn pot wiegde en trilde terwijl ik rende. We werden bijna doodgereden toen ik het midden op straat liet vallen.

Eerst hebben we Ama naar huis gebracht. We zijn meegelopen naar haar flatgebouw en tot aan de voordeur, waar haar vader verwoede pogingen deed de school te bereiken. Toen ontdekten we dat Ama's broertje Bob die middag was geboren.

Op weg naar Romy's huis liep ze met dat huppeltje dat ze altijd heeft als ze blij is. We liepen naar haar voordeur en ze zei dat haar moeder niet thuis was, maar dat het niet gaf. Ze zei dat haar moeder altijd de tijd uit het oog verloor wanneer ze in haar atelier bezig was. Die dag heb ik voor het eerst Dia's beelden op de voorveranda zien staan: grote, kale, winterse bomen gemaakt van kapotte horloges en oude mobieltjes. We liepen achterom en ik keek toe terwijl Romy op geoefende wijze een raam openduwde en erdoor klom, alsof iedereen zo haar huis binnen kwam.

'Ik ben nog nooit samen met een vriendin naar huis gelopen,' zei ze door het open raam.

***

Romy

Er zijn momenten in je leven waarop er grote verschuivingen plaats-
vinden. Soms gebeuren grote veranderingen niet geleidelijk, maar
plotseling. Zo was het met ons ook. Dat was de dag dat we ontdek-
ten dat vriendinnen dingen voor je kunnen doen die je ouders niet
kunnen.

Toen Ama twee dagen na de laatste schooldag na een be-
zoekje aan Grace met de bus naar huis ging, beefde ze over
haar hele lichaam van spanning en opwinding. Haar vader
had haar op haar mobieltje gebeld om te vertellen dat de
brief eindelijk was aangekomen. Hij had aangeboden haar
op weg naar huis te komen ophalen, maar ze wist dat hij met
de taxi zou komen, dus nam ze de bus. Niet dat ze zich ervoor schaamde dat hij taxi reed. Dat was het niet. Ze vond
het alleen niet leuk als mensen hen probeerden staande te
houden als ze langsreden. Ze wilde als een gewoon gezin on-
gestoord over straat kunnen rijden, niet alsof ze te huur waren. En haar vader was heel aardig, dus als er een ouder iemand of een gehandicapte stond te zwaaien stopte hij
meestal, ook al had hij geen dienst meer, en soms wilde hij
dan niet eens geld van hen aannemen.

Tot groot genoegen van haar ouders had Ama een zomer-
studiebeurs gewonnen van de Student Leader Foundation,
en dat betekende dat haar hele zomer werd bekostigd, inclusief de reis. Het was een grote eer. Slechts tweehonderd
leerlingen verspreid over het land kregen zo'n beurs, en op
haar school had niemand er meer een gekregen sinds haar
zus Esi. Esi had de beurs vier jaar op rij gewonnen.

Nu was alleen nog de vraag bij welk programma Ama zou
worden ingedeeld. Ama's eerste keus was de zomerschool in

Andover, waar haar vriendin Grace ook naartoe ging. Dat was een heel populaire eerste keus, wist ze, dus waarschijnlijk kon ze die wel vergeten. Haar tweede keus was voor studiepunten werken op een kantoor van Habitat for Humanity in Virginia. Dat zou goed staan op haar cv. Dat beweerde Esi tenminste. Haar derde keus was een academisch kamp georganiseerd door de gerenommeerde Johns Hopkins-universiteit in Baltimore.

Haar vijf jaar oude broertje Bob stond al bij de deur te wapperen met de dikke envelop toen ze binnenkwam. Haar ouders voegden zich bij hen op de gang. 'Ik denk dat het Hopkins is geworden,' verklaarde haar moeder.

Soms geneerde Ama zich een beetje omdat haar ouders – en zelfs haar broertje – zich zo nadrukkelijk met haar scholing bemoeiden. Em grapte altijd dat haar moeder niet wist hoe haar mentor heette en dat haar vader niet eens wist in welke klas ze zat.

'Dat komt doordat de familie Napoli rijk is,' had Ama's moeder een keer gezegd. 'Zij hoeven zich er niet zo druk om te maken als wij.'

'Ik denk dat het Habitat is geworden,' zei haar vader.

'Mag ik hem openmaken?' schreeuwde Bob.

'Ama moet hem zelf openmaken, dat heb ik al gezegd,' antwoordde haar moeder berispend.

'Je mag hem wel openmaken,' zei Ama tegen Bob. Bob had een irrationele voorliefde voor het openen van brieven, en hij kreeg er bijna nooit een. 'Zolang je maar niets kapotscheurt.'

Bob knikte ernstig. Heel voorzichtig maakte hij de envelop open, waarna hij de blaadjes een voor een aan zijn zus gaf. Ama's hart klopte in haar keel en haar blik schoot over het papier, op zoek naar de informatie waar het om ging.

Ze bekeek de eerste bladzijde, gevolgd door de tweede en de derde.

'Wat is het nou?' drong haar moeder aan.

'Weet ik niet. Ik denk dat het...' Ama draaide een van de bladzijden om. 'Het is... Ik begrijp het niet. Hier staat "Wild Adventure".' Tevergeefs zocht ze naar de woorden 'Andover' of 'Johns Hopkins'.

Haar moeder keek bedenkelijk. 'Laat mij eens kijken.'

'Het is een adres in Wyoming. Zo te zien is het een of andere kampeervakantie.' Ama pakte de eerste bladzijde er weer bij. 'Volgens mij is er een fout gemaakt. Hier heb ik me niet voor opgegeven.'

'Wild Adventure?' vroeg haar vader.

'Dat is een vergissing. Wacht even.' Ama zocht naar haar naam om te controleren of ze niet de brief van een ander had ontvangen. Nee, haar naam en adres klopten.

Bob trok nog steeds papieren uit de envelop. Een ervan dwarrelde op de grond. Ama's moeder raapte het op. 'Dit is een vliegticket,' zei ze verwonderd. 'Naar Jackson in Wyoming.'

'Een vliegticket?'

'Hier staat geld op!' verklaarde Bob, die opgewonden met een ander papiertje wapperde.

'Geef eens hier,' zei Ama. Ze pakte het papiertje van Bob af. Er stond inderdaad geld op. Het was een cheque ter waarde van 288 dollar. Op het reçu stond 'ten behoeve van uitrusting'. Hij was door de Student Leader Foundation direct aan haar uitgeschreven. 'Dus ze hebben me geld gestuurd?' Ze had nog niet eens een bankrekening.

'Laat mij eens kijken,' zei haar vader.

'Mag ik een dollar?' vroeg Bob.

'Nee. Wacht. Ho eens even.' Het dreigde Ama allemaal te

veel te worden, en dat vond ze vreselijk. Ze verzamelde alle papieren en legde ze in de juiste volgorde. Zorgvuldig las ze ze door, en telkens als ze met een bladzijde klaar was, gaf ze die door aan haar vader. Yosemite, Grand Teton, Wind Cave, Badlands. Allemaal nationale parken, woeste natuurgebieden. Wat was dit voor een programma?

Bob hield zich inmiddels bezig met het verbuigen van de paperclip waarmee de papieren hadden vastgezeten.

'Zo te zien hebben ze het verprutst,' verklaarde Ama uiteindelijk. 'Zo te zien hebben ze me een beurs gegeven voor een kampeervakantie waarbij je door nationale parken trekt en bergen beklimt.' Ze keek naar haar ouders en schudde haar hoofd alsof de stichting haar per ongeluk een stinkdier als huisdier had gegeven. 'Hier klopt niets van. Dit ga ik niet doen.'

Ama

Onze stekjes overleefden groep vijf toch. Zelfs dat van Em. Ze deed alsof ze geen zin had om ervoor te zorgen, maar ik kon aan haar merken dat ze er altijd mee bezig was. Dat jaar waren Romy en ik heel vaak bij haar thuis, ook al keurden mijn ouders het af als ik naar een vriendin ging terwijl ik huiswerk had. Dat had mijn zus Esi nooit gedaan, hielpen ze me herinneren. Zo weet ik dat Em vioolspeelde voor haar stekje en er zelfs speciale voeding voor kocht.

De plantjes veranderden als bij toverslag van stekjes in echte, kleine boompjes, en de wortels groeiden en raakten helemaal in de knoop. Er zat eigenlijk niet genoeg grond meer bij, dus moesten we ze verpotten. Je moest ze zowat elke dag water geven.

Romy kwam met het idee om ze op de laatste schooldag te planten. Ze had het perfecte plekje gevonden, in een bosje met een beekje achter een speeltuin aan het eind van mijn straat. Het was het bos-

je onder aan Pony Hill, de beste heuvel ter wereld om vanaf te sleeën, en daar gingen we vaak spelen. Er was een open plek waar we de drie boompjes op een rijtje in de grond zetten, met genoeg ruimte ertussen zodat ze stevig konden wortelen. De gaten hebben we met onze handen gegraven, omdat we er niet aan hadden gedacht een tuinschepje mee te nemen. We trokken de stenen uit de grond en deden ons best om de wormen niet te verstoren, want Romy hield bij hoog en bij laag vol dat we hun hulp nodig hadden. Voorzichtig trokken we de wortels uit elkaar. Het was alsof we klitten uit ons haar moesten kammen. We stopten ze in de grond.

Het was een raar idee om de boompjes uit het piepkleine wereldje van hun pot te halen en in de grond te stoppen, waar ze met alle andere dingen in de aarde verbonden waren. Ze zagen er nogal schuchter en kwetsbaar uit, en het viel niet mee om ze achter te laten. Ze leken er niet thuis te hóren. Toen we wegliepen, keek Em alsof ze elk moment in huilen kon uitbarsten.

Die eerste zomer gingen we regelmatig bij onze boompjes kijken. Vaak nam Em haar viool en plantenvoeding mee. En in groep zes kwamen we bijna elke dag na school bij elkaar. Soms haalden we slush puppies en Twixen of Marsen bij de 7-Eleven en gingen we op weg naar huis even bij de boompjes kijken.

***

2

Romy

*Em kon toen heel goed vioolspelen. Ze oefende altijd met haar vader,
die het ook kon, maar al snel was ze beter dan hij. Hij was ontzettend trots op haar en zei dat ze beroeps kon worden als ze flink haar
best deed.*

*Ze kon meespelen met topveertigmuziek op de radio. Zelfs met rap-
liedjes, echt een giller. Bijna alle melodieën had ze zó onder de knie.
En ze speelde zo hard dat het pijn deed aan je oren.*

***

Em

*Om de een of andere reden liet Romy's moeder Dia een tatoeage zet-
ten toen we in groep zes zaten. Het was een spinnenweb dat helemaal om haar navel heen lag. Ik vond het hartstikke vet. Het leek
me geweldig om een moeder te hebben die een tatoeage had.*

*Die avond logeerde Romy bij mij, en vlak voordat we in slaap vie-
len begon ze te huilen en zei ze dat ze wilde dat haar moeder het niet
had gedaan. Toen begreep ik dat niet, maar nu ik iets ouder word,
geloof ik dat ik het wel snap.*

Em slingerde haar plunjezak boven op haar andere spullen, die zich in het halletje bij de voordeur opstapelden. De koffers van haar moeder stonden op een rijtje in de hoek, met twee zonnehoeden en een paar schoenendozen er keurig bovenop. Ze gingen de volgende dag pas weg, maar het was een flinke klus om voor de hele zomervakantie je koffers te pakken.

Haar moeder slenterde de hal binnen om te zien hoe het vorderde. 'Em, wat is dit allemaal voor rommel? Kun je het niet gewoon opruimen? En heb je nou echt je skateboard nodig?'

'Het is geen rommel. Het zijn mijn spullen. En trouwens, we zetten het straks toch in de auto,' zei Em. Haar moeder hield niet van rommel of chaos in het algemeen. Ze had zelfs moeite met de tijdelijke rommel die onvermijdelijk was als je je koffers moest inpakken of ging verhuizen.

'Waar zijn papa's spullen? Waar is zijn golftas?'

Haar moeder pakte een strooien zonnehoed van haar koffer en bracht er weer een beetje vorm in.

'Mama?'

'Hij zal zijn spullen wel meenemen als hij zelf gaat,' zei ze.

'Wanneer is dat dan? Ik dacht dat hij met ons meeging.'

Ems moeder liet de hoed zakken en keek haar aan. 'Nee.'

'Waarom niet? Heeft hij dienst?'

'Ja.'

'De hele zomervakantie?'

'Em, toe.'

Haar moeder wilde er niet over praten, met als gevolg dat Em er juist wél over wilde praten.

'Wanneer komt hij dan?'

'Waarom vraag je hem dat zelf niet?'

'Hoezo, omdat jullie niet meer met elkaar praten?'

Haar moeder wendde haar blik nog sneller af dan Em had verwacht. Haar stem werd zachter. 'Dit kun je beter met je vader bespreken.'

Em probeerde zich te herinneren wanneer haar moeder hem precies 'je vader' was gaan noemen als ze het over hem hadden, in plaats van 'papa'.

'Ik meen het, je kunt beter even met hem gaan praten voor we weggaan. Vraag hem maar naar zijn plannen,' zei haar moeder.

Wat betekent dat? Wat probeer je me eigenlijk te vertellen, wilde Em vragen, maar ze hield haar mond. Ze kon haar moeder wel willen kwellen, maar misschien had ze alleen zichzelf daarmee. Wilde ze het eigenlijk wel weten?

'Ik praat wel met hem als hij op het strand aankomt,' zei Em monter. Ze draaide zich om en rende de trap op. 'Ik kan de hele vakantie nog met hem praten.'

Em

Ama's zus Esi werd op Princeton aangenomen toen Ama, Romy en ik in groep zes zaten, en het jaar erop begon ze met haar studie. Dat was een van de belangrijkste redenen dat het gezin van Ghana naar de Verenigde Staten was geëmigreerd. Ze wilden dat Esi naar de beste universiteit zou kunnen, zonder haar de halve wereld over te moeten sturen. Het was dan ook heel wat dat Esi werd geaccepteerd, en haar ouders organiseerden een feest met alles erop en eraan. Ama's moeder kan geweldig koken. Ik kan het weten, want in groep zeven heb ik daar bijna elke avond gegeten, en in groep acht waarschijnlijk ook nog een hele tijd. Mijn vader werkte in die tijd veel en mijn moeder was niet bepaald in de stemming om te koken.

Esi ging al op haar zestiende naar de universiteit, want ze had twee klassen overgeslagen. Je zou denken dat voor Ama de druk een beetje van de ketel was omdat ze zo'n geniale zus had, maar in feite maakte dat het alleen maar erger.

***

Romy

Ems grote broer heette Finn. Hij had golvend haar en turkooizen ogen. Hij heeft geprobeerd ons te leren skateboarden. Aan het eind van de vakantie, vlak voor we naar groep zeven gingen, ging hij dood. Hij zou naar groep tien gaan.

Finn had een probleem met zijn hart. Voordat hij stierf, heeft hij twee keer een black-out gehad. De eerste keer toen hij tien was en de tweede keer toen hij twaalf was, aan het begin van het schooljaar – rond de tijd dat Em, Ama en ik elkaar leerden kennen. Allebei de keren moest hij naar het ziekenhuis en deden ze allerlei onderzoeken, maar ze kwamen er niet achter wat hem mankeerde. Toen leek het allemaal nog wel mee te vallen.

De week waarin hij stierf is voor mij één groot waas, maar de begrafenis kan ik me nog wel herinneren. Em ging al voor het einde weg. Het was eigenlijk de bedoeling dat ze na haar ouders ook een beetje aarde op zijn kist zou scheppen, maar ze legde het schepje neer en liep zomaar weg. Ama en ik liepen achter haar aan. Op de parkeerplaats zijn we op de motorkap van de auto van haar oom gaan zitten om steentjes naar een metalen bord te gooien. Ik kan het kling, kling, kling nog horen dat klonk als we het bord raakten.

We hadden echt geluk dat we dat jaar samen in dezelfde klas zaten, want zo konden Ama en ik bij Em in de buurt blijven. Ze praatte er niet over en wij stelden geen vragen. Wij waren haar vriendinnen; wij wisten wat we moesten zeggen in een tijd waarin het leek of niemand anders dat wist. Het was alsof we een muur om haar heen optrokken. Daarvoor had ze ons nodig.

We wisten hoe het bij Em thuis was, dus gingen we 's middags en vaak ook in het weekend naar Ama's huis, ook al moesten we van haar ouders altijd ons huiswerk maken. Ik heb nooit zulke goede cijfers gehaald als in groep zeven.

Ama beloofde dat ze geen klassen zou overslaan, omdat ze bij ons wilde blijven.

Em hield op met vioolspelen omdat het volgens haar te veel herrie maakte.

Twee of drie keer per jaar ging Romy in het bejaardentehuis op anderhalve kilometer van haar huis op bezoek bij haar oom Hoppy. Soms, als hij zich fit genoeg voelde, liepen ze naar het eettentje om de hoek om een kop soep te eten.

Hoppy was mogelijk niet eens haar oom. Ze wist niet precies wat hij was. Maar hij was een veel ouder familielid van vaderskant – het enige familielid van haar vader dat ze ooit had gekend – dus vond ze het belangrijk om contact met hem te houden. Misschien was Hoppy wel haar achterachteroom, of haar heel verre achterneef. Hij deed vreselijk geheimzinnig over hun precieze verwantschap en Romy wilde hem niet te zeer onder druk zetten. Het was gewoon fijn te weten dat er iemand was.

Terwijl de andere meiden hun spullen pakten om op kamp of naar het strand te gaan, zat Romy dan ook in een eettentje in een zitje van rood vinyl tegenover een heel oude man met plukjes haar in zijn oren.

De twee kommen Chinese kippensoep werden gebracht, en Romy hield haar lepel omhoog. 'Hé,' zei ze. 'Ze hebben hier echt vette lepels.'

'Wat zeg je?' Oom Hoppy rimpelde aan één kant zijn gezicht en boog naar haar toe.

'Ze noemen eettentjes als deze toch vaak "*greasy spoons*",

vette lepels? Nou, deze lepel is inderdaad vet,' zei Romy opgewekt. Ze wilde het niet te hard zeggen, omdat ze anders misschien de eigenaar zou beledigen.

'Je lepel?' blafte hij. 'Wat is er met je lepel? Wil je een andere lepel?'

Romy legde hem neer. 'Nee hoor, hoeft niet.' Ze vroeg zich af of oom Hoppy zo slecht hoorde vanwege die plukjes haar.

'Hoe gaat het met je moeder?'

'Heel goed, lief dat u het vraagt.'

'Maakt ze nog steeds van die...' Hoppy hield als een labrador zijn hoofd scheef. 'Wat zijn dat ook alweer voor dingen, die ze maakt?'

'Beelden.'

'Wat zeg je?' Hoppy legde zijn hand achter zijn oor.

'Beelden! Ja. Die maakt ze nog steeds.' Romy knikte nadrukkelijk, voor het geval hij haar niet verstond.

'Heel mooi meisje, die moeder van je,' zei Hoppy.

Romy's moeder had zwarte stekeltjes en een piercing in haar neus, maar Romy sprak hem niet tegen.

'Jij ook.' Hij nam Romy met samengeknepen, troebele ogen op. 'Je bent een heel mooi meisje.'

'Dank u,' zei Romy. Ze had niet erg veel vertrouwen in zijn gezichtsvermogen, want hij had heel veel hulp nodig bij het lezen van de menukaart.

'Heel mooi. Je zou zó model kunnen worden.'

Romy lachte. 'Vindt u?'

'Ja. Je oma was ook model, wist je dat?' Hij knikte bij de herinnering. 'Dat was nog eens een mooi meisje.'

Zonder op de mie te kauwen slikte Romy de hap soep door die ze in haar mond had. 'Mijn oma?' Voor de meeste mensen waren dat heel gewone woorden, maar voor haar waren ze verrassend. Ze had nooit een oma gehad. Dia had haar moeder niet meer gesproken sinds ze op haar zeventiende het huis uit was gegaan. 'Ik weet niet eens of ze dood is of levend, en het kan me eigenlijk ook niets schelen.' Dat was zo'n beetje het enige wat Dia ooit over haar moeder had gezegd. Over de moeder van haar vader had Romy al helemaal nooit iets te horen gekregen. Ze was vergeten dat er zo iemand moest bestaan.

'Echt een stuk was dat.' Hoppy wiebelde ondeugend met zijn wenkbrauwen. Hij was zo oud dat het niet eens aanstootgevend was. 'Je oma leek op Sophia Loren. Waarschijnlijk weet je niet wie dat is.'

'Jawel,' zei Romy met iets van trots. Ze kende veel filmsterren, ook die van vroeger, en Hoppy's woorden raakten haar diep. Er waren natuurlijk genoeg heel mooie filmsterren, maar de enige op wie ze zichzelf stiekem een klein beetje vond lijken, was Sophia Loren. En misschien leek ze ook een heel, heel klein beetje op Penélope Cruz.

'Je lijkt op je oma,' verklaarde Hoppy. 'Ook al zo'n model.'

Romy was gefascineerd. Was Hoppy's gehoor maar wat beter. 'Bedoelt u dat ze echt model van beroep was? Dat ze in tijdschriften heeft gestaan en zo?' schreeuwde ze bijna.

'Wat zeg je?'

'Heeft ze in tijdschriften gestaan? Hebt u foto's van haar?'

Hoppy tikte zijn soepkom heen en weer over het schoteltje. 'Ja. In alle tijdschriften. Ze stond overal in.'

'Echt waar? Hebt u foto's van haar?' riep ze nog harder.

'Of ik foto's heb? Nee, volgens mij niet. Het is al heel lang geleden.'

Romy knikte. Ze voelde zich licht in haar hoofd en haar hart zwol van trots. Ze had een oma en haar oma was vroeger model. Ze had een oma die heel mooi was, en zelf leek ze op Sophia Loren.

Ze had het gevoel dat ze van een afstandje naar zichzelf keek, alsof ze ergens vlak onder het plafond zweefde, terwijl oom Hoppy worstelde met de rekening en de betaalwijze. Hij raakte zo in de war dat Romy uiteindelijk uit haar droom-toestand onder het plafond moest neerdalen om zelf te betalen met een briefje van tien dollar dat ze bij zich had.

Huppelend liep ze met Hoppy mee de hoek om naar het bejaardentehuis waar hij woonde. Met al het verkeer dat over Wisconsin Avenue raasde, wist ze dat hij toch geen woord zou verstaan van wat ze zei, dus probeerde ze het niet eens.

Ergens wilde ze hem dolgraag vragen of haar oma nog leefde, hoe haar leven was verlopen en hoe ze heette. Maar aan de andere kant was ze er ook tevreden mee om er dromerig het zwijgen toe te doen.

Deze ontdekking was een geschenk dat als een glanzende mist voor haar ogen hing. Ze was bang dat ze, als ze het probeerde vast te pakken, weer met lege handen zou achterblijven.

Mevrouw Sherman, assistent-manager van de Student Leader Foundation, bleef bewonderenswaardig geduldig toen Ama haar enkele uren later eindelijk telefonisch wist te bereiken. Bijna te geduldig.

'Ama, zoals ik net al zei, het is geen vergissing. Dat is je programma. Het is een uitstekende beurs. Sterker nog, het is een van de waardevolste die we te bieden hebben.'

'Maar voor mij heeft hij geen waarde. Ik hou niet zo van de natuur. Ik ben geen buitenmens. Ik ben eerder… een binnenmens. Ik wilde echt niet… Dit is echt niet waar ik op hoopte.'

Mevrouw Sherman zuchtte voor ongeveer de vijfenveertigste keer. 'Ama, niet iedereen krijgt een van zijn drie favorieten toegewezen. Onze commissie denkt altijd lang en diep na over wat het beste past bij onze beurskandidaten.'

'Maar dit past helemaal niet bij me,' zei Ama smekend. 'Voor geen meter. Iedereen die mij kent, weet dat.'

'Misschien moet je je oordeel nog even opschorten. Ik hoop dat je beseft dat we je een unieke kans bieden.'

Ama wilde haar oordeel helemaal niet opschorten. Ze had haar oordeel al lang klaar en ze zou het vellen ook. Ze wilde naar Andover! Ze wilde boeken, bibliotheken en lessen waarvoor ze goede cijfers kon halen. Ze wilde negens en tienen en extra studiepunten halen aan een gerenommeerde school.

'Ik heb extra studiepunten nodig,' zei Ama in een poging praktisch te klinken. 'Ik heb een programma nodig waarin ik extra punten kan verdienen voor high school.'

'O, maar hier kun je ook studiepunten behalen,' zei mevrouw Sherman triomfantelijk. 'Net zo goed als in elk ander programma. Lees de beschrijving maar, dan zul je het zelf zien.'

Ama voelde zichzelf klein worden. Ze vond het vreselijk om ongelijk te hebben, vooral als dat kwam doordat ze zich niet terdege had voorbereid. 'O... echt waar?' vroeg ze zachtjes.

'Ik weet dat het niet is waar je op hoopte, maar het is een fantastisch programma. Een van de beste die we hebben. Ik weet dat het nu nog niet zo lijkt, maar je boft ontzettend dat je erbij bent ingedeeld...'

Ama luisterde niet eens meer. Ze wachtte gewoon tot mevrouw Sherman was uitgepraat. 'Maar denkt u dat ik om persoonlijke redenen nog kan overstappen op een ander programma?' vroeg ze uiteindelijk.

'Niet als je geen aantoonbare lichamelijke beperking hebt. Natuurlijk kun je ook helemaal van de beurs afzien.'

Nou, niet dus. Deze beurs was een grote eer. Er zou melding van worden gemaakt in haar schooldossier, dat de universiteiten onder ogen zouden krijgen. Ze kon er niet van afzien. En trouwens, haar ouders zouden het nooit toestaan.

'Heb je een aantoonbare lichamelijke beperking?' vroeg mevrouw Sherman.

Ik heb hoogtevrees. Ik haat beestjes. Ik kan niet leven zonder mijn stijltang en mijn haarverzorgingsproducten. Zit daar een aantoonbare lichamelijke beperking tussen?

'Dat weet ik niet. Daar moet ik even over nadenken,' zei Ama verslagen.

Ze probeerde zo beleefd mogelijk te bedanken en gedag te zeggen. Toen hing ze op en ging op zoek naar haar moeder. 'Volgens dat mens van de Student Leader Foundation is het geen vergissing.'

'Ik snap dat je teleurgesteld bent, *chérie*,' antwoordde haar moeder.

Ama wierp een blik op de cheque die met een paperclip boven op de papieren was bevestigd. Zo veel geld had ze nog nooit gekregen. Ellendig bestudeerde ze de lange lijst van benodigdheden. Ongelooflijk. Kreeg ze een keer geld zonder er iets voor te hoeven doen, moest ze het besteden aan stevige wandelschoenen, een slaapzak, een wollen onderbroek en een karabiner, wat dat ook zijn mocht.

Ik wil niet, ik wil niet, ik wil niet. 'Ik zal wel moeten, hè?' zei ze uiteindelijk hardop.

Ze keek haar moeder aan in de ijdele hoop dat die het met haar oneens zou zijn, in de telefoon zou klimmen en zou eisen dat haar dochter in een ander programma werd opgenomen.

Maar dat deed ze niet. Haar ouders hadden vertrouwen in het systeem. Met Esi was het altijd goed gegaan, en met Ama zou het ook goed gaan. 'Je bent een brave meid, Ama.'

Ama knikte, blij en ontevreden tegelijk met die beloning, zoals zo vaak.

3

Ama

In groep acht hoorden we voor het eerst over de Vier Vriendinnen. Waarschijnlijk heb je nog nooit van hen gehoord, maar hier zijn ze zo'n beetje legendarisch. Het waren vier meisjes die op de plaatselijke high school zaten, en ze hadden samen een magische spijkerbroek. Hij paste hun alle vier, en de meisjes droegen hem om de beurt en versierden hem en schreven er van alles op. Die meisjes waren al van baby af aan heel goede vriendinnen. Ik heb hen – en de spijkerbroek – nooit gezien, behalve in een jaarboek, maar Em kent Bridget Vreeland, en Romy past soms op het jongere broertje en zusje van Tibby Rollins. Inmiddels hebben de Vier Vriendinnen hun diploma en zitten ze op de universiteit, maar er wordt nog steeds over hen gepraat. In mijn beleving zijn ze niet eens meer echt, maar gewoon een verhaal.

Veel meisjes bij ons op school wilden net zo worden als zij. Dat is de beste reden die ik kan bedenken voor al die slecht passende spijkerbroeken. Niet elke spijkerbroek past allerlei verschillende meisjes. En dat zeg ik omdat ik het kan weten. Wij hebben het namelijk ook geprobeerd. Best wel gênant als ik eraan denk dat ik in groep acht Romy's spijkerbroek heb gedragen. Een nare jongen riep op de trap dat ik een bouwvakkersdecolleté had, en sommige jongens hebben me nog maandenlang 'bouwvakker' genoemd.

Na de spijkerbroek probeerden we het met een spijkerrok, maar toen raakte ik net in een groeispurt, waardoor hij voor mij veel te kort werd en mijn moeder me niet het huis uit liet gaan als ik hem aanhad. Daarna hebben we een tijdje een spijkerjasje gehad, maar dat heeft Romy per ongeluk op de promenade laten liggen toen we op bezoek waren bij Em in Rehoboth Beach. Aan het begin van groep negen hadden we een sjaal, groen met blauw en paars. We hebben zelfs een initiatieceremonie gehouden, compleet met kaarsen en zo, maar we hebben hem nooit veel gedragen, want... want als je erover nadenkt, is een sjaal eigenlijk maar een slap aftreksel.

***

Em

Bridget Vreeland is een van de Vier Vriendinnen. Toen ik na groep acht naar voetbalkamp ging, was zij coach. Ze is gewoon het coolste meisje dat je ooit hebt gezien. Alle meisjes in mijn hut vonden dat. Niet alleen omdat ze hartstikke mooi is en voetbal in de nationale competitie en verkering kreeg met een van de knapste jongens van het hele kamp, maar ook omdat ze geweldige vriendinnen heeft, en de beroemde spijkerbroek. Ik heb haar een keer gezien toen ze hem aanhad. Volgens mij is ze zo iemand die gewoon altijd geluk heeft. Alsof ze nog nooit een probleem, een puistje of een slechte dag heeft gehad. Zo komt ze op mij over.

De meisjes uit mijn hut liepen altijd achter haar aan, en één keer hebben we haar betrapt toen ze aan het meer met Eric Richman zat te zoenen. Dat vonden we ongelooflijk romantisch. We zaten met z'n allen achter de struiken te giechelen. Ze vond ons vast een stel sukkeltjes.

Ik had het idee dat het zo hoorde te gaan als je tiener was. Ik stelde me voor dat het voor mij, Romy en Ama ook zo zou zijn als we

wat ouder waren. Maar moet je Romy zien. Ze loopt altijd te hup-
pelen en maakt rare tekeningetjes en heeft nog heel lang geduimd.
Je kunt je niet voorstellen dat zij ooit naar een feestje gaat of een
vriendje krijgt, hoe oud ze ook wordt. En moet je Ama zien nu ze
tiener is. Ze gaat niet eens met je naar de film omdat ze wiskun-
deopgaven moet maken voor extra studiepunten. Je kunt je niet voor-
stellen dat zij ooit een groots avontuur beleeft. Je kunt je niet eens
voorstellen dat ze naar buiten gaat. Als ik aan de Vier Vriendin-
nen denk, moet ik toegeven dat ik zou willen dat we meer op hen le-
ken.

Ik heb Bridget een paar keer gezien in Bethesda. Ik heb nog naar
haar gezwaaid, maar volgens mij weet ze niet meer wie ik ben. Er
waren in dat kamp veel te veel kinderen.

***

Romy

Misschien deden we zo ons best om op de Vier Vriendinnen te lijken
omdat alles hun zo gemakkelijk af ging en wij ook wilden dat alles
ons gemakkelijk zou af gaan. Omdat zij geluk hadden en wij ook ge-
luk wilden hebben. Zij kenden verwondering en wij niet.

We zochten naar de magie, maar vonden die niet. We wachtten
op de magie, maar die vond ons niet.

'Hoi Em. Met Ama.'
  'Hoi. Wat is er?'
Em wilde dat ze die vraag beantwoordde, en Ama zweeg
even. Vroeger als ze Em belde, hoefde die niet meteen te weten waarom.
  'Ik ben mijn koffers aan het pakken voor de vakantie. Volgens de lijst moet ik een bandana meenemen. Weet je nog

dat ik vroeger zo'n roze had? Volgens mij heb ik die aan jou uitgeleend.'

Ze hoorde Em in haar kamer rommelen. 'O ja, dat klopt. Dat is alweer een tijdje geleden.' Em was lades aan het open- en dichtschuiven. 'Ja, die heb ik. Zal ik hem langs komen brengen?'

'Ik kan hem ook wel komen ophalen als je wilt.'

'Nee, ik kom wel naar jou toe.'

'En heb je die blauwe wollen sokken met de sterretjes nog? Volgens mij heb je die geleend toen je vorig jaar ging skiën.'

'Wacht even.' Em legde de telefoon neer en kwam na een poosje weer terug. 'Ik zie ze niet. Ik denk dat Romy ze heeft.'

'Oké, bedankt. Dan bel ik Romy.'

Toen Ama Romy belde, zei die dat ze de sokken niet met- een kon vinden, maar ze beloofde dat ze ging zoeken en ze zou langsbrengen als ze ze vond.

Een tijdje later zat Ama plichtsgetrouw maar een beetje somber haar wandelschoenen te oliën toen ze de deurbel hoorde gaan.

Haar moeder was haar voor. Ze kuste Em op beide wan- gen en omhelsde haar stevig. 'Kijk nou! Ik heb je al zo'n tijd niet gezien! Wat is je haar lang! Is je beugel eruit?'

'Mama, die beugel is er al zeker een jaar uit,' zei Ama vlak.

'Nou ja. Ze ziet er heel volwassen uit.'

Ama geneerde zich voor haar moeders uitbundigheid, maar Em leek het niet erg te vinden.

'Blijf je eten? Het is Ama's afscheidsdiner. Ik maak *kjingak- jinga*. Dat is die kebab die je zo lekker vindt.'

Em glimlachte en wierp Ama een ietwat ongemakkelijke blik toe. 'Ik... nee. Ik... ik moet zo weer weg. Ik moet nog...' Haar stem stierf weg.

Ama schoot haar te hulp. 'Mama, Em heeft het druk,' zei ze. Ze gebaarde tegen Em dat die mee moest komen naar haar kamer. Ze zag dat Em een doos bij zich had.

Die zette ze net neer toen de deurbel weer ging. Deze keer zette Ama een sprintje in om ervoor te zorgen dat ze als eerste bij de voordeur was. Het was Romy, met een boodschappenzak van bruin papier in haar ene hand en Ama's sokken in de andere.

'Ik heb ze gevonden,' verklaarde Romy.

'Hé, bedankt,' zei Ama. 'Fijn dat je ze komt afgeven.' Ze nam Romy mee naar haar kamer. 'Em is er ook,' zei ze onderweg. Ze hield haar stem effen, alsof ze niet besefte hoe ongewoon het was dat Em en Romy samen bij haar thuis waren, alsof ze niet eens wist dat ze niet meer met z'n drieën samen waren geweest sinds het jaarlijkse paasdiner dat voor hen een familietraditie was.

'O ja?'

Ama duwde de deur naar haar kamer open, en inderdaad, daar zat Em.

Em keek een beetje verrast, en een beetje wantrouwig, alsof ze het gevoel had dat ze in de val was gelokt.

'Romy had inderdaad mijn sokken nog,' legde Ama uit.

'O, vandaar,' zei Em.

Romy hield de sokken omhoog. Ze bleven een poosje naar elkaar staan staren.

'Wat zit er in die doos?' vroeg Ama aan Em.

Em keek in de doos. 'Het leek me een goed idee om de rest van je spullen ook meteen mee te nemen,' zei ze. 'Als ik toch je bandana moest komen brengen.' Ze haalde er een stapel dvd's, een paar armbandjes, enkele boeken en een T-shirt uit.

'Dat had je allemaal niet hoeven meenemen,' zei Ama. Ze

keek naar de dvd's. 'Je bent dol op *The Princess Bride*. Ik zei toch dat je die mocht houden?'

Em haalde haar schouders op. 'Ik betwijfel of ik er ooit nog eens naar ga kijken. Misschien is Bob er nu oud genoeg voor.'

Ook Romy had meer meegenomen dan alleen Ama's sokken: een verzamel-cd, een trui met capuchon en een berg Beanie Babies: een kuiken, een kreeft, een vis, een eland en twee beren.

'Romy, die hoef je echt niet terug te geven,' zei Ama hoofdschuddend met een blik op de stapel.

'Weet ik, maar ik dacht...'

Ama wist niet zo goed wat ze moest zeggen. Daarvoor viel er te veel te zeggen. Ze draaide zich om naar haar kast. 'Oké, nou... dan denk ik dat ik jullie spullen ook maar terug moet geven.' In haar kast vond ze twee t-shirts van Em. Op haar boekenplank vond ze al Romy's boeken van *Little House on the Prairie* en *Anne of Green Gables*. Die had ze al sinds groep zes.

'Er is vast nog wel meer,' zei Ama.

Em ging op haar bed zitten en Romy op de grond terwijl ze door haar kamer heen en weer liep en voor ieder een stapeltje maakte.

'Het eten is over een kwartier klaar,' riep Ama's moeder. Dat waren de enige woorden die in de kamer klonken. In de keuken kon Ama vaag de stem van haar vader horen.

Ama was klaar met de stapeltjes, en Em en Romy stopten hun spullen in hun doos respectievelijk zak.

'Jullie mogen wel blijven eten. Als jullie willen.' Op het moment dat Ama het zei, wist ze eigenlijk niet zo goed wat ze wilde.

Em tilde haar doos op, die voller was dan toen ze binnenkwam. 'Ik kan niet. Ik heb met Bryn, Kylie, Marie en de anderen afgesproken om pizza te gaan eten.'

Em kwam niet met een uitnodiging, maar dat verwachtte Ama ook niet. Ze was niet bevriend met die groep, en Romy al helemaal niet.

Ama keek Romy aan. Die keek onzeker. 'Is alleen jouw familie er?'

'Grace komt ook.' Grace was Ama's practicumpartner en de enige uit hun klas die net als zij was uitgenodigd om vervroegd een voorlopig eindexamen te doen.

'Ik denk dat ik beter naar huis kan gaan,' zei Romy zachtjes.

Ama liep met hen mee naar de deur, waar ze elkaar gedag zeiden. Ze zeiden dingen die vriendinnen zouden zeggen en die ze deels meenden.

Fijne vakantie. Laat eens wat van je horen. Bel me als je terug bent. Doe die en die de groeten.

Em zei dat ze hen misschien nog op het strand zou zien. Voorheen gingen Ama en Romy in de zomervakantie altijd een tijdje bij haar logeren, maar ze moest toch hebben geweten dat het er dit jaar waarschijnlijk niet van zou komen.

Ama keek Em en Romy na terwijl die met hun spullen in hun armen door de gang van het appartementencomplex naar de lift liepen. Al hun bezittingen waren weer terug bij hun rechtmatige eigenaren. Achter dat feit ging een zeurderig gevoel schuil. Het kleine beetje dat ze nog van elkaar hadden gehad, hadden ze nu niet meer.

***

Em

Wanneer zijn we voor het laatst naar de wilgen gaan kijken? Dat weet ik niet eens meer. Het kan zijn dat ik er als eerste mee ben opgehouden. Misschien zijn Romy en Ama daarna gewoon blijven gaan. Nee, ik ben er vrij zeker van dat Ama ook niet meer gaat. Ze doet geen dingen meer als er geen reden voor is. Misschien dat Romy nog wel gaat, maar dat weet ik niet.

De zaadjes van de wilg worden aan lange,
zijdeachtige, witte sliertjes wijd verspreid
door de wind.

4

Ems slaapkamer in het strandhuis was geschilderd in dezelfde blauwgroene tint als haar slaapkamer thuis. Op het bed lag een ietwat gerafelde sprei die nog van haar oma in Kentucky was geweest, en er stonden goedkope meubels die ze hadden meegenomen uit het huis in Bethesda. Op de vensterbank stonden potten vol zeeglas in zowel zeldzame als alledaagse kleuren te schitteren. Ze was dol op deze kamer. Ze vond het heerlijk dat alles hier een beetje versleten mocht zijn, in tegenstelling tot thuis.

In het verleden hadden ze dit huis vooral gebruikt voor weekendjes weg en korte vakanties, en had Em vaak Ama en Romy meegevraagd. Em wist dat haar familie in dat opzicht anders was dan de meeste andere strandgezinnen. De meeste moeders woonden er de hele zomervakantie met hun kinderen, terwijl de vaders gewoon doorwerkten en alleen in het weekend overkwamen. Maar na Finn was Em vaak 's zomers op kamp gegaan, en haar ouders kwamen hier nooit met z'n tweetjes. De familie Napoli had een van de grootste huizen op het strand maar gebruikte het het minst, en Em vermoedde dat hen dat niet bepaald geliefd maakte binnen de gemeenschap.

'Voor wie houden we dat huis eigenlijk aan?' hoorde ze haar vader een keer aan haar moeder vragen.

'Voor de kinderen,' antwoordde haar moeder. 'Voor Em,' verbeterde ze zichzelf snel.

Die zomer was Em net zo lief teruggegaan naar haar voetbalkamp in Pennsylvania. Daar vond ze het heerlijk, maar die zomer was ze eigenlijk te oud om als deelnemer te gaan en te jong om al groepsleider te zijn. Zowel zij als haar moeder waren een beetje uit het veld geslagen door de gedachte dat ze de hele zomervakantie thuis zou zijn. Zo waren ze op het idee gekomen om de vakantie in het strandhuis door te brengen. Daar waren een paar meiden die Em al kende, zoals haar schoolvriendin Bryn. Bryn maakte deel uit van het groepje waarmee Em sinds groep negen optrok. Ze kon niet geweldig luisteren, maar ze was trouw, en als je met haar bevriend was, stond je meteen in het middelpunt van de belangstelling. Ze had tegen Em gezegd dat heel veel jongeren van hun high school 's zomers naar het strand kwamen om aan de promenade vakantiewerk te doen. Zij was ook degene die haar had ingeseind over het baantje als hulpserveerster bij het Surfside. Volgens haar was het een van de weinige baantjes die je als veertienjarige kon krijgen.

In het begin dacht Em dat het haar idee was geweest om die zomer naar het strand te gaan, maar later vroeg ze zich af of haar ouders het soms toch al van plan waren geweest.

Ze legde haar laatste spulletjes in haar ladekast. Voorheen leek die ladekast altijd veel te groot, net als die kasten in een hotel waar je je spullen nooit in legde. Dit was haar slaapkamer, maar ze was hier nooit zo lang geweest dat ze veel moest inpakken en zich echt kon installeren. Deze keer wel. Deze keer zou ze zich in deze kamer gaan vervelen, vriendinnen uit de strandgemeenschap over de vloer krijgen, telefoneren, op de grond zitten, de muren beschadigen, losse citaten en foto's met plakband ophangen. Ze zou de prullenmand volmaken en vieze sokken laten slingeren. Ze zou de deur dichthouden zodat haar moeder de rommel niet hoefde te zien.

Het was bijna etenstijd, en Em had geen zin om alleen met haar moeder te moeten eten. Als haar vader erbij was geweest, had ze ook niet alleen met hem en haar moeder willen eten, omdat die twee óf ruzie zouden maken, óf geen woord tegen elkaar zouden zeggen. Ze had geen zin om in welke samenstelling dan ook met hen te eten en ze had ook geen zin om alleen te eten. Ze stelde zich voor dat ze zich in een kamer vol vreemden bevond.

'Ik ga even kijken hoe het ervoor staat met mijn baantje bij het Surfside,' riep ze op weg naar de voordeur tegen haar moeder.

'Ik dacht dat je moest wachten tot ze contact met jou opnamen,' zei haar moeder vanuit de keuken, waar ze de glazen deurtjes van de kasten aan het schoonmaken was. Zowat het hele huis was van glas, en haar moeder had een hekel aan vieze vegen en vingerafdrukken.

'Nou, dat hoeven ze dan niet meer te doen,' zei Em.

'O, dat wilde ik je nog zeggen,' riep haar moeder haar na. 'Romy heeft gebeld.'

'O? Heeft ze een bericht achtergelaten?'

'Alleen dat ze heeft gebeld.'

'Oké,' zei Em over haar schouder, waarna ze de deur achter zich dichtdeed. Ze had haar mobieltje nog niet gecontroleerd, maar waarschijnlijk had Romy daar ook naartoe gebeld.

Vanaf Oak Avenue liep Em het strand op. Daar deed ze haar schoenen uit en liep langs het water naar het meest noordelijke deel van de promenade, waar het restaurant gevestigd was. Het was een groot seizoensrestaurant waar krab werd geserveerd, en het was populair bij zowel vakantiegangers als dagjesmensen. De muren bestonden grotendeels uit schuifpuien, zodat je het zeebriesje kon binnenlaten. Er stonden picknicktafels met ongeveer om de meter metalen peper-en-zoutstelletjes en rollen keukenpapier.

Toen ze nog klein was, vond ze het hier altijd fantastisch. Ze herinnerde zich het bijtende zout op haar vingers en de textuur van de zachte suikertjes met de zoete gom in het midden die altijd in een schaal bij de deur lagen. Vaak pakte ze op weg naar buiten tegen de regels in nog een handvol suikertjes. Het eerste handje smaakte lekker en het tweede handje smaakte stiekem. Ooit had ze het tegen pater Stickel opgebiecht, vlak na haar akte van berouw. Hij nam haar kinderlijke misstappen altijd erg serieus, en dat vond ze fijn.

Als gezin gingen ze eigenlijk nooit meer naar het Surfside. 'Te toeristisch,' zei haar moeder. Em snapte niet wat er zo erg was aan toeristen. Zij vond ze juist leuk. Vaak voelde ze zich zelf ook een toerist, zelfs thuis.

De keuken was nog niet open, dus liep ze meteen door naar het kantoortje. De deur stond open, en de assistent-manager zat op de computer patience te spelen.

'Ik kom vragen hoe het ervoor staat met mijn sollicitatie,' zei ze.

Hij had lang haar en veel puistjes, en hoewel ze zelfs nu hij zat kon zien dat hij erg lang was, zag ze ook dat hij niet veel meer woog dan zijzelf, en dat was niet veel.

'Ik ben Em Napoli, een vriendin van Bryn. Zij begint deze week.'

'Hoe oud ben je?' vroeg hij. Hij probeerde wantrouwig en gezaghebbend te klinken, maar zijn stem sloeg halverwege de zin over.

Hoe oud ben jíj, wilde ze eigenlijk vragen, maar ze onderdrukte die neiging. 'Veertien.' Heel volwassen schraapte ze haar keel. 'En een half,' voegde ze eraan toe, maar meteen vervloekte ze zichzelf. Wat stom. Wie zei dat nou, behalve kinderen onder de zes?

Nu was hij in het voordeel. Zijn puistjes leken weg te trekken. Hij klikte het patiencescherm weg. 'Ik kijk wel even onder je sofinummer,' zei hij met zijn handen al boven het toetsenbord.

'Dat staat op mijn sollicitatieformulier,' zei ze terwijl ze haar best deed zo groot mogelijk te lijken. Ze haalde haar vingers door haar haar, wat hem weer nerveus leek te maken.

'Em, zei je?' Hij bladerde door een stapel papieren. 'Heet je Em? Voluit Emanuel?'

'Voluit Em.'

'Ben je een meisje?'

Ze sloeg haar ogen ten hemel.

Hij probeerde een andere stapel papier.

'Oké, gevonden,' zei hij. Hij haalde er een vel tussenuit en bestudeerde het even. 'Zo te zien ben je aangenomen.'

'Echt waar?'

'Persoonlijk zou ik je niet hebben aangenomen, maar iemand anders kennelijk wel.'

'Nou, bedankt.'

'Je begint morgen. Als hulpkelner.'

'Hulpserveerster.'

Hij activeerde het patiencescherm. 'Wat jij wilt.'

Romy had het restje spaghetti met gehaktballen opgewarmd dat zij en Dia mee naar huis hadden genomen toen ze zondagavond uit eten waren gegaan. Aan het kleine keukentafeltje zat ze naar haar volle bord te staren en deed haar best er niets van te eten. De portie van haar moeder zat nog in de pan, want die was nog niet terug uit haar atelier.

Romy wond een paar slierten om haar vork en bestudeerde ze. Modellen aten geen spaghetti met gehaktballen, of wel soms? Ze aten voornamelijk salades, vermoedde ze. Misschien moest ze maar salades gaan maken voor zichzelf en Dia. Als er geen schimmelkaasdressing of olijven aan te pas kwamen, zou ze het misschien zelfs lekker gaan vinden.

Toen Romy later die avond in haar bed lag, kon ze niet genieten van *Little Women* omdat haar maag rammelde en haar gedachten steeds van de gezusters March afdwaalden naar de koekjes in de voorraadkast. Ze had ze gekocht van Sasha Thomas, een van de meisjes op wie ze vaak paste en die bij de padvinderij zat. Sterker nog, Romy had al het geld dat ze verdiende met oppassen op Sasha aan die koekjes besteed, omdat het meisje hoopte de prijs voor de meeste verkochte koekjes te winnen.

Uiteindelijk liep Romy in haar nachtjapon naar de keuken en at vier karamelkoekjes, zeven chocoladepepermuntkoekjes, drie pindakoekjes en één chocoladepindakoekje, en prompt werd ze misselijk. Zo gedroeg een model zich toch niet? Nou ja, tenzij ze opzettelijk ging overgeven. Misschien had ze gewoon die spaghetti moeten opeten.

Ze wilde dolgraag over haar oma praten. Ze wilde dat haar moeder thuiskwam, zodat ze haar kon vragen of ze oma ooit had ontmoet, of ze iets over haar wist of misschien zelfs een foto van haar had. Soms vond ze het niet zo erg als haar moeder laat thuiskwam, meteen naar boven liep en in bed dook, maar op dagen als vandaag vond ze het vreselijk. Ze had zo veel vragen dat ze er voor de zekerheid maar een paar had opgeschreven.

Romy keek op de klok. Het was negen uur, nog niet zo laat. Eigenlijk wilde ze Em bellen, maar ze had haar twee dagen geleden ook al een keer gebeld en Em had nog niet teruggebeld. Toch toetste ze Ems nummer in. Eerst haar mobiele nummer, en toen ze niet opnam het nummer van het strandhuis. Ze kon het niet laten.

Ems moeder nam op. 'Hallo?'

'Hoi Judy, met Romy. Alweer. Is Em er ook?'

'Hoi liefje. Nee, ze is op stap met een stel vriendinnen. Ik zal zeggen dat je hebt gebeld.'

Judy klonk verdrietig. Romy hoopte dat het niet kwam doordat zij zo vaak belde.

'Heeft ze een baantje?' vroeg ze. Het was wel een beetje triest dat ze met Ems moeder over Em moest praten.

'Ja, bij het Surfside. Als hulpserveerster. Ze begint morgen.'

'Dat is super,' zei Romy. Heel even kwam ze in de verleiding om Judy over haar oma te vertellen, maar dat deed ze toch maar niet. Zo zielig was ze nu ook weer niet.

In Jackson in Wyoming stond Ama een beetje verward bij de gate. Het was een lange, vreemde dag geweest: de derde keer in haar leven dat ze in een vliegtuig had gezeten, en de eerste keer dat ze alleen had gevlogen. Het was vreemd om zo ver van huis te gaan om vreemde mensen op te zoeken.

Ze vroeg zich af wie ze als eerste zou zien uit haar groep. Ze vroeg zich af hoe diegene eruit zou zien en of die haar zou herkennen. Hadden ze een foto van haar? Wisten ze dat ze zwart was? Zo ja, dan was ze hier niet moeilijk te herkennen. Voor zover ze kon zien was ze de enige niet-blanke op het hele vliegveld. Waren er eigenlijk wel zwarte mensen in Wyoming?

Haar zus was al zo vaak in haar eentje ergens naartoe gegaan dat Ama eigenlijk vond dat ze er niet over mocht zeuren, zelfs niet tegen zichzelf. Op dertienjarige leeftijd was Esi naar China gevlogen voor de Internationale Wiskunde Olympiade. Toen ze vijftien was, was ze ook al naar wiskundetoernooien in Berlijn en Kazachstan geweest, en op haar zestiende was ze het huis uit gegaan en op Princeton in een studentenhuis gaan wonen.

Ama besteedde haar zorgen dan ook aan wat ze moest doen met de spullen in haar tas. Ze wist dat de groepsleiders meteen het materiaal zouden controleren, en ze wilde niet de verdenking op zich laden.

'Ama? Ben jij Ama Botsio?'

Het was een leuke jongen van in de twintig met een T-shirt waarop stond: DOE EENS WILD! Aan een koordje om zijn nek hing een sportieve zonnebril.

'Ja,' zei ze, maar ze slikte het woord half in.

Hij gaf haar een hand. Ze voelde dat de botjes in haar hand vermorzeld werden. Jemig, zelfs een stevige handdruk was haar al te veel. Hoe moest ze dan tegen bergen op klimmen?

'Aangenaam,' zei hij. 'Ik ben Jared, een van de groepsleiders.'

'Aangenaam,' mompelde ze. Voorzichtig bewoog ze haar vingers in een poging ze weer recht te krijgen.

'Jouw vlucht was de laatste,' zei hij terwijl hij haar voorging door de gang. 'De rest van de groep staat al op de parkeerplaats.'

Ze verwachtte dat het hem zou opvallen dat ze wankelde onder het gewicht van haar spullen en zou aanbieden haar te helpen, maar dat deed hij niet. Hij liep in een flink tempo en droeg niets dan een klembord.

De wandeling door het vliegveld nekt me al, dacht ze ellendig, terwijl ze moest toezien hoe zijn voorsprong steeds groter werd.

Op de vrijwel lege parkeerplaats verdrong een groep jongeren zich rond een langwerpige klaptafel die voor een bus was neergezet. Geen chique bus met airco, verduisterde ramen, luxe stoelen en films op tv. Het was een oude gele schoolbus.

Ama zweette onder het gewicht van haar rugzak. Ze wilde dat ze een hand vrij had om te voelen of haar haar wel goed zat voordat ze al die mensen onder ogen moest komen.

Haar haar gedroeg zich als Jekyll en Hyde. Als ze er conditioner in had gedaan en er de stijltang op had losgelaten en het niet te vochtig was, vond ze het prachtig. Dan was het een glad, glanzend gordijn waar zelfs haar zus jaloers op was. Als haar haar zich netjes gedroeg, was ze blij met bijna alles aan haar uiterlijk. Maar als ze geen conditioner gebruikte of het niet goed had gestyled of het slecht weer was, werd het kroezig en springerig. Dan werd het een wilde dos die op afschuwelijke wijze spotte met de wetten van de zwaartekracht. Hoe langer ze er niets aan deed, des te erger werd het. En als haar haar vervelend deed, vond ze alles aan zichzelf lelijk. Haar ogen werden heus niet kleiner, haar hals werd niet dunner en haar oren staken niet verder uit, alleen omdat haar haar zich niet gedroeg, maar zo voelde het wel.

Ze inventariseerde de kleurverdeling binnen de groep en zag dat het bijna allemaal blanken waren. Er was een Aziatisch meisje bij. Zij hoefde zich geen zorgen te maken om haar haar. Een van de jongens was mogelijk Latijns-Amerikaans. Maar behalve Ama was er niemand zwart. Of Afro-Amerikaans, zoals haar leraren het graag noemden. Ze wist nog dat ze in groep vier een keer tegen haar leraar had gezegd: 'Ik kom uit Afrika, maar nu ben ik gewoon Amerikaans.' Toen besefte ze nog niet dat ze zich er prettiger bij voelden om Afro-Amerikaans te zeggen als ze zwart bedoelden.

Ze kreeg het onplezierige gevoel dat ze wist waarom ze hier was ingedeeld. In elke groep moest een zwarte… eh, Afro-Amerikaanse jongere zitten. Wat maakte het uit dat ze een hekel had aan het buitenleven en hunkerde naar een bibliotheek? Wat maakte het uit dat deze reis helemaal niet bij haar paste en omgekeerd? Waarschijnlijk hadden ze gewoon een zwarte nodig voor de foto's op hun website.

Jared klapte zo hard dat Ama een sprongetje maakte van schrik en bijna haar rugzak liet vallen. De anderen richtten hun aandacht op hen.

'Dit is Ama Botsio. Ze komt uit de omgeving van Washington D.C. Dan is onze groep nu compleet: veertien van jullie en drie van ons.' Hij gebaarde naar de twee andere volwassenen met een DOE EENS WILD!-T-shirt. De een was een vrouw van achter in de twintig met kroezig, door de zon gebleekt haar en lichte, bolle ogen. De ander was een oudere man, waarschijnlijk achter in de dertig, met heel veel grijs in zijn baard. Ama zag dat hun benen dik en gespierd waren en dat hun stevige wandelschoenen er oud en versleten uitzagen. Ze keek naar haar eigen schoenen, gloednieuw, stug en blarenkwekend. Haar benen zagen er zo spichtig uit zoals ze eruit staken, dat het bijna grappig was.

'Dat is Maureen, dat is Dan. Straks kunnen jullie even met elkaar kennismaken. De leiders zijn sterk in de minderheid, zoals je ziet, dus maak het ons niet te moeilijk,' voegde Jared eraan toe.

Voor zover Ama kon beoordelen zou dat geen groot probleem zijn. Jared had zo te zien enorm veel overwicht en de jongeren stonden er heel ongemakkelijk bij. Niemand zei iets. Als ze hun vrienden niet om zich heen hadden en belachelijke wandelkleding moesten dragen, konden zelfs tieners meegaand zijn.

'Zet je rugzak daar op de tafel,' zei Jared. 'Voordat we gaan, controleren we het materiaal. Haal je spullen eruit en maak er nette stapeltjes van. Dan komen wij langs om de lijst af te vinken, goed? Daarna kun je je spullen weer inpakken.'

Verward en meegaand gingen ze op een rijtje bij de tafel staan en pakten hun spullen uit. Ama had het zweet in haar handen staan. Ze werkte langzaam en heel netjes terwijl de leiders iedereen af gingen. Ze hoopte dat ze Maureen zou krijgen, omdat het haar waarschijnlijker leek dat die haar haarproblemen zou begrijpen – al scheen ze niet veel aandacht aan haar eigen haar te hebben besteed. De moed zakte Ama in de schoenen toen ze Jared zag aankomen. Goedkeurend vinkte hij haar lelijke wollen spullen af op de lijst. Met ingehouden adem hoopte ze dat hij verder zou lopen, maar dat deed hij niet. Hij keek aandachtig naar haar rugzak. Kennelijk had hij een zesde zintuig voor materiaalfraude.

'Is hij leeg?' vroeg hij.

'Eh... nou... ik heb een extra boek meegenomen. Sorry. Ik haal het er wel uit.' Nerveus pakte ze het boek uit de rugzak.

Hij hapte niet toe, zoals ze had gehoopt. Hij liet haar het boek houden. 'Is dat alles?'

Ama kon niet liegen. Dat kon ze gewoon niet. Ze kuchte en stamelde.

Jared pakte haar rugzak vast en stak zijn arm er helemaal in. Ze kromp ineen toen hij haar stijltang en alle drie de pakjes batterijen tevoorschijn haalde. De stijltang hield hij omhoog om hem goed te bestuderen, waarmee hij de aandacht van een paar anderen trok.

Jared schudde zijn hoofd. 'Wat is dit voor een ding?'

'Het is, eh… Het is…'

Een van de meisjes giechelde, en Ama voelde haar wangen branden.

'Het staat niet op de lijst,' zei Jared. Hij pakte de doos die aan zijn voeten stond, met daarin een paar meegesmokkelde toiletartikelen, twee mobieltjes en een iPod. Daar liet hij haar stijltang in vallen, samen met de batterijen.

Ze slaakte een kreetje. 'Je gooit hem toch niet weg?' Ze moest denken aan Romy, die de tang in groep acht voor haar had gekocht na het zien van een reclame. Die tang wilde ze niet kwijt. Wat de meeste dingen betrof was ze heel rationeel, maar hierover niet.

Jared schudde zijn hoofd. 'Deze spullen zet ik op het vliegveld in een kluisje. Voordat je naar huis gaat, krijgen jullie ze terug. Daarom controleren we jullie rugzakken nu, en niet straks pas.'

Even dacht Ama dat ze haar flesje crèmeverzorging met zijdeproteïne van Kiehl zou mogen houden, een exclusief haarproduct en de enige echte luxe die ze zichzelf veroorloofde, maar Jared was meedogenloos. Hij stak nogmaals zijn hand in haar rugzak en haalde het kostbare flesje eruit.

'Alsjeblieft,' smeekte ze, 'mag ik die meenemen?'

Hij schudde zijn hoofd. 'De fles is te groot. Zodra we je de rest van je materiaal geven, past hij niet meer in je rugzak.'

Hij wierp een blik op haar verdrietige gezicht. 'Hoor eens, als je een reisverpakking had of zoiets zou ik het misschien door de vingers zien, maar dit is gewoon te groot.'

'Ik heb wel gehoord dat ze een reisverpakking hebben,'

zei Ama klaaglijk, vooral in zichzelf, 'maar die ben ik nog nooit tegengekomen.'

Hij maakte aanstalten om de fles in de vuilnisbak te gooien.

'Nee! Niet weggooien!'

Hij keek haar aan alsof ze twee paar oren had. 'Is het echt de moeite waard om hem twee maanden te bewaren?'

'Ja! Heb je enig idee hoeveel zo'n fles kost?'

Opnieuw schudde hij zijn hoofd. Hij keek vermoeid. 'Goed dan. Dan krijg je hem aan het eind van de reis terug.'

Ama knikte verdrietig terwijl Jared haar naam afvinkte.

'Geen sieraden!' hoorde ze Jared roepen tegen het volgende meisje in de rij. Ama streek haar haar glad en keek toe terwijl het meisje gehoorzaam haar grote oorringen in de doos liet vallen.

5

Bryn stond Em bij de deur van het restaurant op te wachten. Ze droeg precies hetzelfde babyblauwe T-shirt met SURFSIDE erop. 'Joh, wat is dit super! Niet te geloven dat je nu al begint!'

Em vond het ook super, maar ze was tegelijkertijd een beetje zenuwachtig. Ze had geen idee wat het inhield om hulpserveerster te zijn, ook al had ze op haar sollicitatieformulier de indruk gewekt dat ze het wel wist. 'Hoe gaat het tot nu toe?' vroeg Em zachtjes.

Bryn nam Em mee naar de keuken. Ze liet haar de kluisjes zien waar het serverende personeel hun kostbaarheden bewaarde en wees aan waar de wc was, die volgens Bryn ook dienstdeed als officieuze meisjeskleedkamer.

'Dat is Megan.' Bryn wees naar een meisje dat bij de deur naar de keuken stond te bellen. 'Ze komt uit Washington. Volgens mij zit ze op een privéschool. Ze zit in de eindexamenklas. En ze is serveerster, dus je moet aardig tegen haar zijn en ervoor zorgen dat zij lekker kan doorwerken, want dan deelt ze haar fooi met je.'

'En hoe zorg je ervoor dat zij lekker kan doorwerken?' vroeg Em.

Bryn had geen tijd om antwoord te geven, want net op dat moment zag ze in het restaurant een jongen lopen. 'Zie je die jongen?'

'Ja.'

'Die zit op South Bethesda.'

'O ja?' Werkte er ook nog iemand die niet op high school zat?

'Hij zit in de derde. Volgens jaar zitten we bij hem op school. Te gek, hè? Is het geen stuk?'

'Eh…' Zo'n stuk was het niet, vond Em. Hij was nogal gedrongen en had veel te lange armen.

'Gisteren vroeg hij of ik een kauwgumpje had.' Bryn keek Em verwachtingsvol aan.

'Wauw.' Em knikte. 'Maar wat moeten we eigenlijk doen? Gaat iemand me nog inwerken?'

'Zie je dat meisje bij de gastvrouwbalie?'

Em knikte opnieuw.

'Dat is Sheba Crane. Zij zit ook op South Bethesda. Tweede klas. En ze is cheerleader. Serieus.'

'Wauw.' Em zag dat Sheba en de andere meisjes hun haar hadden opgestoken. Ze nam zich voor dat ook te gaan doen.

'Aan haar kunnen we volgend haar echt heel veel hebben. Snap je?' Bryn was hier net zo als op school. Ze wist precies wie iedereen was en welke rol ze dienden te spelen.

'Denk je?'

'Echt wel.'

'Hoe laat gaat de keuken eigenlijk open?' vroeg Em. 'Die mensen die daar zitten… dat zullen wel gasten zijn, denk je niet?'

Bryn had geen oog voor de gasten. Ze werd in beslag genomen door twee tienerjongens die via de keukendeur aan de achterkant binnenkwamen. Een van hen trok meteen zijn shirt uit en gooide het in zijn kluisje. Tegen de tijd dat dat toneelstukje voorbij was, waren er in het restaurant nog twee tafels bezet en klonken er luide stemmen. Bryn ging haastig kijken wat er aan de hand was. Een beetje geërgerd kwam ze weer terug.

'Em, kom mee. Jij hebt vandaag wijk drie. Jij zorgt voor water en brood.'

'Hé, Dia?'

Het was de volgende avond en Romy's moeder was net terug uit haar atelier. Ze was haar spullen nog aan het wegleggen.

'Mag ik je iets vragen?'

'Romy, ik ben moe en ik heb het warm. Mag ik eerst even iets te drinken pakken en gaan zitten?'

'Oké,' antwoordde Romy terwijl ze achter Dia aan de keuken in liep en haar best deed geduldig te blijven terwijl haar moeder een fles gin uit het kastje en een fles tonic uit de koelkast haalde en iets te drinken inschonk. Met het glas ging ze aan de keukentafel bij het raam zitten.

Romy liet zich tegenover haar op een stoel zakken. 'Hoe ging het vandaag in het atelier?' vroeg ze opgewekt.

Dia schudde haar hoofd. 'Prima.' Ze nam een slokje. Romy hoopte haar een beetje spraakzaam te maken, maar ze had vandaag duidelijk geen zin om over haar werk te praten.

Het was doodstil in huis. Zelfs de koelkast hield zich gedeisd. Soms, als het niet te laat was, zette Dia muziek op zodra ze thuiskwam uit het atelier – meestal rauwe punkrock of koormuzick van Bach. Maar dat was al een tijdje geleden en vandaag deed ze het ook niet.

'Wat wilde je vragen?' vroeg Dia.

De zon stond recht achter het hoofd van haar moeder, waardoor Romy haar ogen moest samenknijpen om haar te kunnen aankijken. 'Nou, ik ben kippensoep wezen eten met oom Hoppy en die zei–'

Dia zat alweer met haar hoofd te schudden. 'Aha. Wat heeft oom Hoppy nu weer gezegd?'

'Nou, hij vertelde me over mijn... oma.'

'Welke oma?'

'Je weet wel, de moeder van mijn vader, lijkt me.'

'O ja?'

'Ja, en hij zei dat ze heel mooi was en... Heb je haar wel eens gezien?'

'Nee, ik heb haar nooit ontmoet.' Dia had weer die behoedzame blik in haar ogen die ze altijd kreeg als Romy over haar vader begon. Ze wist nog dat er een tijd was geweest dat Dia haar graag dingen over hem vertelde, zoals dat hij van Roemeense afkomst was. Ze plaagde Romy er altijd mee dat ze misschien wel familie was van Dracula. Ooit had Dia haar verteld dat haar vader goed was in tennissen maar slecht in dansen, en dat hij nogal behoudend was maar wel van de Sex Pistols hield. Romy vermoedde dat ze haar bestaan te danken had aan het feit dat haar vader in elk geval een tijdje van de Sex Pistols had gehouden.

'Maar heb je wel eens iets over haar gehoord? Wist je dat ze... Oom Hoppy zei...'

'O, Romy. Ik weet helemaal niets over haar.' Dia stond op en liep weer naar de koelkast. 'Ik heb haar nooit ontmoet. Ik wou dat Hoppy dat soort dingen niet tegen je zei.'

Romy wilde het er nog niet bij laten zitten. 'Heb je wel eens een foto van haar gezien? Heeft mijn vader ooit iets over haar gezegd?'

'Nee. En nee.' Dia wendde zich af.

'Maar dat moet haast wel! Je doet niet eens je best om het je te herinneren.'

Haar moeder draaide zich naar haar om. 'Romy, er valt niets te herinneren. Hoor je me? Ik wil niet dat Hoppy nog soep met je gaat eten. Als hij weer belt, zeg je maar nee, begrepen? Hij is een lieve oude man, maar hij weet niet waar hij over praat.'

Ama had niet de juiste enkels voor trektochten. Dat hield ze zichzelf voor terwijl ze nerveus toekeek hoe de rugzak van de op een na langzaamste tussen de bomen verdween. Ze had helemaal niets wat haar geschikt maakte voor trektochten. Ze was lang, maar tenger en frêle. Ze kreeg nooit spieren, zoals anderen. Haar armen en benen deden snel pijn, ze kreeg gemakkelijk blaren op haar voeten en haar haar spotte met de wetten van de zwaartekracht. Stel dat ze te ver achteropraakte en verdwaalde? Ze probeerde haar tempo op te voeren, maar haar schouders schrijnden onder de riemen van haar rugzak en haar enkels wiebelden bij elk steentje en elke kier.

Wat was dat eigenlijk, een trektocht, vroeg ze zich af. Waarom vonden anderen het zo leuk? Kwam er eigenlijk wel meer bij kijken dan gewoon wandelen? Ze vond dat er meer bij moest komen kijken dan wandelen alleen voordat het een eigen naam, zo veel fans en zo veel materiaal verdiende.

Haar ouders hadden nooit een trektocht met haar gemaakt. Waarschijnlijk hadden ze het zelf ook nog nooit gedaan. Ze was er vrij zeker van dat de mensen in Ghana, de echte Ghanezen, niet aan trektochten deden. Ze herinnerde zich wel dat de mensen in Kumasi, haar geboortedorp, veel wandelden over ruig terrein, maar dat deden ze om ergens te komen. Dat heette reizen. Hier waren kennelijk zo veel auto's, bussen en metro's dat wandelen een soort noviteit was. Een trektocht betekende wandelen om niets. Het betekende wandelen om niets, nergens naartoe, zonder enige reden. Met grote, oncomfortabele schoenen aan.

Was ze alleen? Ze moest sneller lopen om de groep in te halen. Stel dat ze haar enkel brak? Zou iemand het merken of er iets om geven? Waarschijnlijk zouden alleen de beren het merken. En de wolven misschien. Zaten hier ook wolven?

Ze staarde naar de verraderlijke grond, die haar om de vijf minuten deed struikelen. Ze was verreweg de langzaamste van de hele groep. Stel dat ze van het pad was geraakt? Stel dat ze nu al de verkeerde kant op liep? Ze werd steeds angstiger. Kon ze voedsel verzamelen om te voorkomen dat ze verhongerde? Wist ze wat giftig was en wat niet? Ze stelde zich voor dat ze over de grond rolde van de pijn na het eten van giftige paddenstoelen. Ze stelde zich voor dat de beren zich te goed deden aan haar lichaam.

'In België noemen ze dat volgens mij turnpantoffels.'

Geschrokken draaide Ama zich met een ruk om. Daar stond een jongen uit haar groep.

'Hè?' vroeg ze. Haar hart bonsde als een gek – het enige aan haar wat snel ging.

Hij wees naar haar zware schoenen. 'Wandelschoenen. In het Vlaams heten die geloof ik turnpantoffels.'

'O.' Ama keek naar de grond. Waar kwam hij opeens vandaan? Waar had hij het over? Ze was al hartstikke slecht in praten met jongens, en die rare openingszin maakte het er niet makkelijker op. Misschien hoorde ze te lachen. Ze voelde de seconden wegtikken. Nu was haar kans om te lachen verkeken, toch?

'Ik heb tot groep drie in België gewoond. Dat is gewoon een raar feitje dat bij me is blijven hangen.' Hij zweeg even nadenkend. 'Nee, wacht eens, misschien is dat helemaal niet het woord voor wandelschoenen. Misschien is dat het woord voor gymschoenen.' Hij schudde zijn hoofd. 'Ik heb mijn

Vlaams niet zo goed bijgehouden.'

Hij heette Noah, wist ze nog. Hij kwam uit New York en had lang haar dat een beetje vettig was, maar ook een heel brede, heel leuke lach.

'Ik heb in Ghana gewoond,' flapte Ama eruit voordat ze zich kon bedenken. 'Ook tot groep drie.'

'Echt waar?'

'Ja.'

'Mijn moeder werkte voor een softwarebedrijf in Antwerpen,' zei hij. 'Daarom woonden we daar.'

'Wij kwamen daar gewoon vandaan,' antwoordde ze. 'Ghana, bedoel ik. Uit Ghana.' Waarom was ze toch zo'n kluns?

'Geloof het of niet, maar ik heb ooit vloeiend Vlaams gesproken, en nu ben ik het bijna allemaal weer vergeten. Zoals je merkt. Behalve turnpantoffels, wat wandelschoenen of gymschoenen betekent. Spreek jij nog steeds... Wat spreken ze eigenlijk in Ghana?'

'Hoofdzakelijk Engels. En nog een heel stel streekgebonden talen. Mijn familie spreekt Akan. En mijn moeder komt uit Ivoorkust, dus we spreken ook Frans.'

'En kun jij alle drie die talen spreken?'

Ze wist niet zeker waar de grens lag tussen interessant en abnormaal. 'Ja,' zei ze onzeker. En Spaans en een beetje Arabisch, had ze eraan kunnen toevoegen, maar ze wilde haar familie niet afschilderen als een stel nerds. 'Mijn ouders en mijn oudere zus spreken ze ook nog allemaal, dus vergeet ik het nooit echt. In Ghana spreken de meeste mensen minstens twee of drie talen. Dat is niets bijzonders.'

Ama wierp een snelle blik op zijn gezicht. Ze had wel een aardig idee waar de grens tussen bijzonder en saai lag, en ze vroeg zich af waarom ze zo veel moeite deed om aan de verkeerde kant van die grens terecht te komen.

'Blijf je hier?' vroeg hij. 'In de Verenigde Staten, bedoel ik. Of ga je nog terug?'

'Naar Ghana? Nee, dat denk ik niet. Mijn ouders hebben al hun spaargeld besteed aan het verkrijgen van verblijfsvergunningen voor ons allemaal, dus ik betwijfel het. Nou ja, ik bedoel, mijn broertje had er geen nodig. Hij is hier geboren. Hij is de enige Amerikaan in ons gezin. Wij hebben allemaal traditionele Ghanese namen, maar hij heet Bob.' Stiekem keek Ama nog een keer naar hem. Even was ze vergeten dat ze met een jongen stond te praten.

De naam Bob leek Noah erg te amuseren. Hij moest lachen. En meteen was ze bang dat hij haar uitlachte. Haar enkels wiebelden.

Ze besefte dat hij vanwege haar langzaam moest lopen. Hij bewoog soepel en geruisloos als een lynx, maar sjokte nu met haar mee. Waarschijnlijk had hij inmiddels spijt dat hij ook maar bij haar in de buurt was gekomen.

'Loop maar gewoon door, hoor,' zei ze nerveus. Ze struikelde bijna. 'Als je wilt.' Ze probeerde haar afschuwelijke haar glad te strijken.

'Hoe bedoel je?'

'Ik weet dat ik langzaam ben. Je hoeft niet met me mee te lopen.'

'Ik loop gewoon lekker in mijn eigen tempo,' zei hij. 'Daarstraks heb ik even een omweggetje gemaakt en toen heb ik een beekje met een klein watervalletje gevonden. Dus je begrijpt dat ik niet echt haast heb.'

'Oké,' zei ze behoedzaam.

'Maar als je liever alleen loopt...' begon hij.

Nee! Ik wil met jou mee lopen! Ga alsjeblieft niet weg! Maar dat zei ze niet. Ze zei: 'Wat jij wilt.'

6

'Nee hoor, mevrouw Rollins, dat vind ik helemaal niet erg,' zei Romy terwijl mevrouw Rollins gejaagd haar handtas leegmaakte op zoek naar haar autosleutel. 'Ik hoef pas met etenstijd thuis te zijn.'

Mevrouw Rollins wilde bijna altijd dat Romy minstens twee keer zo lang bleef oppassen als ze in eerste instantie aan de telefoon had voorgesteld, en Romy zei bijna altijd ja.

'Dank je, Romy.' Mevrouw Rollins draaide zich om naar Nicky, haar zoontje van zes, die achter de computer in de keuken een spelletje zat te spelen. 'Nicholas, heb jij mijn sleutels gepakt?'

Nicky haalde onschuldig zijn schouders op, al was het geen onredelijke vraag. De kinderen vonden de afstandsbediening op de autosleutel fascinerend, vooral het rode alarm-knopje dat haar auto als een waanzinnige deed toeteren tot iemand het alarm uitzette.

'Katherine!' riep mevrouw Rollins naar boven. 'Heb jij mijn autosleutel gepakt?'

Het duurde even voor Katherine boven aan de trap verscheen. 'Hè?'

'Heb je mijn autosleutel gezien?'

'Nee!'

Zwijgend keek Romy om zich heen. De grootste uitdaging

waarmee ze als oppas bij de familie Rollins te maken had was niet Nicky of Katherine, maar mevrouw Rollins zelf. Ze was altijd haar sleutel of haar creditcard kwijt, ze was steevast te laat, en hoewel ze best aardig en van tijd tot tijd zelfs grappig was, praatte ze veel meer en veel harder dan Romy of haar moeder.

'Is dit 'm?' vroeg Romy, die de sleutel naast de telefoon zag liggen en hem omhooghield.

'Ja!' Mevrouw Rollins pakte de sleutel aan en gaf Romy een kus op haar wang. 'Lieve hemel! Romy, wat zou ik zonder jou toch moeten beginnen?'

Romy glimlachte. In tegenstelling tot sommige andere volwassenen had mevrouw Rollins tenminste problemen die makkelijk op te lossen waren.

Zodra mevrouw Rollins weg was, kwam Katherine uit de tv-kamer en liet Nicky de computer in de steek. Ze gingen op de zachte vloerbedekking in de grote centrale hal zitten om spelletjes te spelen, iets wat ze wel vaker deden. Ze speelden een kaartspelletje en Vallende apen en dat spelletje waarbij een krokodil naar je vinger hapt als je op de verkeerde tand drukt. Bij dat spelletje verloor Romy altijd expres en overdreef ze de pijn van haar verwondingen vreselijk. Daar moest Katherine, die vijf was, dan vreselijk om lachen.

De meeste tieners die als oppas werkten, parkeerden de kinderen voor de tv of een spelcomputer en waren vervolgens uren aan het bellen en sms'en met vriendinnen, maar dat deed Romy niet. Ze was er trots op dat Nicky en Katherine bijna nooit tv-keken wanneer zij er was. Ze klaagden of zeurden bijna nooit. Romy vermoedde dat dat kwam doordat ze het oprecht leuk vond om met hen op de vloer spelletjes te doen. Ze hield van die spelletjes. Ze hield ervan om met hen te tekenen aan de keukentafel. Ze hield ervan om kipnuggets en pudding met hen te eten. En niet alleen omdat ze een goede oppas was. In dat soort dingen had ze gewoon zin als ze er was.

Ze schepte net nuggets en miniworteltjes op, toen de deurbel ging. Ze zette de borden weg om open te doen.

Er stond een lange, heel knappe jongen van een jaar of twintig voor de deur. Ze had hem hier al vaker gezien.

'Hoi,' zei hij. 'Romy was het, hè?'

Romy knikte. Ze was zo blij verrast dat hij haar naam nog wist dat ze even te verbijsterd was om hem binnen te laten.

Zodra ze zijn stem hoorden, kwamen de twee kinderen op de voordeur af gerend.

'Brian!' gilden ze. Terwijl hij naar binnen liep, besprongen ze hem alle twee tegelijk.

Hij lachte en liep wankelend en strompelend door de hal heen.

Ze keek toe terwijl hij even met de kinderen stoeide en ze vervolgens moeiteloos een voor een op de zachte bank in de woonkamer smeet. Ze waren wild van blijdschap. Brian was wat hen betrof de liefste van de hele wereld, wist ze.

'Wil je ook kipnuggets?' vroeg Katherine, die hem bij zijn hand mee naar de keuken trok.

'Natuurlijk,' zei Brian.

Nicky sprong op Brians rug om zich naar de keuken te laten dragen. Romy deelde nog wat extra nuggets uit, zodat er voor iedereen genoeg was.

'Ik kom een paar dvd's ophalen voor Tibby,' legde hij uit terwijl hij op de tafel ging zitten en het eten aannam dat Katherine hem aanbood. 'Ik heb haar beloofd ze op te sturen.'

Romy knikte. Ze schonk voor iedereen een glas melk in.

Tibby was de twintig jaar oude zus van Nicky en Katheri-

ne, en bovendien was ze een van de legendarische Vier Vriendinnen. Ze zat op de universiteit en woonde in New York.
Romy had haar pas twee keer ontmoet. Tibby was cineast, en
Romy was zo onder de indruk van haar en haar reputatie dat
ze in haar bijzijn geen woord had gezegd.

Brian was Tibby's vriend, al was het een lastige relatie, zo
wist Romy, omdat hij hier woonde en Tibby in New York.

Wat Romy betrof was Brian het lichtend voorbeeld van hoe
een vriend hoorde te zijn. Wanneer ze boeken of tijdschrift-
artikelen las over meisjes met vriendjes, zag ze altijd Brian
voor zich.

Hoezeer ze Brian ook verafgoodden, Nicky en Katherine
mopperden wel eens over Tibby, maar dat deed niets af aan
Romy's bewondering voor haar. Ze begreep best dat kinderen een stuk minder leuk konden zijn als ze familie van je
waren en je in hetzelfde huis moest wonen en aan het eind
van de dag niet zomaar bij ze weg kon lopen als je wilde.

Toen Brian de trap op liep, gingen Nicky en Katherine
hem achterna, en Romy ging hen weer achterna. Ze pakte
hen allebei bij de hand en hield ze tegen, want ze wist intuïtief dat Brian niet zou willen dat ze achter hem aan Tibby's
slaapkamer in zouden lopen.

Brian draaide de knop om en duwde de deur open. Romy keek de kamer in, met de dichte luxaflex, de computer
en stapels dvd's op het bureau.

Deze kamer vervulde haar met ontzag. Meestal was de deur
dicht, en ze had er wel eens in gekeken, maar was nooit naar
binnen gegaan. Het was in haar belevenis een soort tempel,
gewijd aan een fantasieleven, geheimzinnig en onheilspel-
lend. Het stond voor volwassen worden en het huis uit gaan
en de aandenkens en mensen die je dan achterliet.

Aan de binnenkant van Tibby's deur, zag Romy, zoals ze

al eerder had gezien, hing een grote foto van een lichtblond meisje. Het was een close-up van haar gezicht. Het meisje lachte, maar Romy vond dat ze iets gekwelds uitstraalde; waarom wist ze niet precies.

Romy wist dat Brian alleen wilde zijn. 'Hé, jongens,' zei ze tegen de kinderen met een enthousiasme waarmee ze gegarandeerd hun aandacht trok. 'Het is hoog tijd dat ik revanche op jullie neem met Vallende apen. Kom mee.'

Nicky en Katherine hapten meteen toe en draafden achter haar aan de trap af.

Een paar minuten later moest Romy weer even naar boven om een rol wc-papier uit de linnenkast te halen en liep ze zachtjes langs Tibby's kamer.

Door de halfopen deur zag ze Brian in het schemerige licht op de rand van Tibby's bed zitten. Hij had zijn hoofd gebogen en zijn ellebogen rustten op zijn lange benen. De dvd's die hij kwam ophalen had hij in de ene hand en zijn hoofd op de andere.

Hij keek niet op en zag Romy ook niet toen die stilletjes voorbijliep, en ze begreep dat hij zo op Tibby's bed zat omdat hij haar miste.

Niet lang daarna ging Brian weg, en de rest van de middag bracht Romy als in trance door. Haar geest steeg op naar een plekje vlak onder het plafond en keek naar haar lichaam, dat druk bezig was met vlooienspel en pesten.

Om de een of andere reden moest ze vooral denken aan haar pas ontdekte oma, die model was en op Sophia Loren leek, en ze vroeg zich af of er ooit iemand was geweest die haar oma liefhad zoals Brian voor haar gevoel van Tibby hield.

'Ik wil niet, maar ik moet wel,' legde Em in de bus naar Bethesda via haar mobieltje uit aan Bryn. 'Ik moest van dienst ruilen met Brownie.'

'Brownie is een sukkel,' verklaarde Bryn. Ze verloor nooit de sociale hiërarchie uit het oog, of die nu aan de orde was of niet.

'Misschien, maar hij was wel bereid met me te ruilen.' Ems oor werd warm, dus wisselde ze van kant. 'Ik werk morgen tijdens de lunch.'

'Hij was vast al blij dat je iets tegen hem zei,' zei Bryn zelfverzekerd. Ze legde de telefoon even neer om tegen haar broertje te schreeuwen. 'Waarom ga je eigenlijk terug naar Bethesda?'

'Ik... ik ga uit eten met mijn vader.'

'Echt waar? Hoezo?'

'Hij... hij kan niet naar het strand komen omdat hij... je weet wel, dienst heeft in het ziekenhuis. En hij... wilde me gewoon graag zien, denk ik.'

Em had er lang over gepiekerd hoe ze dat moest verwoorden. Ze begreep zelf ook niet helemaal waarom haar vader alleen met haar uit eten wilde in Bethesda, waarom hij er bijna op had gestaan. Ze wilde liever niet dat Bryn zou doorvragen. Gelukkig leek het erop dat ze niet eens zo goed luisterde. Het klonk alsof ze ergens op kauwde, en mogelijk zat ze zelfs te typen.

'Heeft hij soms net je rapport gezien?' vroeg Bryn afwezig.

Em lachte. 'Ja, misschien is dat het wel.' Ze keek door het raam naar het verkeer vanaf het strand dat op de snelweg samenkwam. In werkelijkheid dacht ze helemaal niet dat dat het was.

'Ik moet ophangen,' zei ze. 'Mijn mobieltje is bijna leeg.'

'Oké. tot kijk. Veel plezier in de bus.'

'Luxe touringcar zul je bedoelen.'

'Ja, dat.'

Em leunde met haar voorhoofd tegen het raam en keek naar de dieprode zon. Gewoonlijk verspreidde de gloed zich over de hele hemel, maar vandaag hield hij alle kleur voor zichzelf. Het leek alsof hij opbrandde en een paar kilometer ten westen van haar neerstortte, misschien wel in Bethesda of zelfs boven op haar huis.

Ze had Romy nog niet teruggebeld. Maar dat moest ze eigenlijk wel doen. Als ze Romy vertelde dat ze met de bus vanuit Rehoboth naar huis ging om met haar vader uit eten te gaan, zou ze naar haar luisteren en meteen begrijpen hoe raar dat was.

Ze wist nog dat Romy ongeveer een jaar eerder een keer over haar eigen vader had gepraat, die ze nooit had gekend. 'Nou, ik weet niet of het helpt, maar mijn vader is ook weg,' had Em gezegd. Ze was een beetje verrast toen ze zichzelf dat hoorde zeggen. Ze was in een roekeloze bui.

'Jouw vader is niet weg,' had Romy snel geantwoord, omdat ze altijd alles letterlijk opvatte. 'Hij woont bij jullie.'

'Weet ik,' zei Em. Ze wilde er niet verder op ingaan, maar ze kon aan Romy's gezicht zien dat die in elk geval deels begreep wat ze bedoelde.

Ems vader was chirurg. Toen ze nog klein was, gaf hij les en was hij zijn praktijk aan het opbouwen. In die tijd at hij nog gewoon samen met zijn gezin en nam hij Em in het weekend mee naar de film, het museum of een sportevenement. Elke dag oefende hij samen met haar op de viool. Hij was voornamelijk degene geweest die haar had leren voetballen. Hij was zelfs coach geweest van haar team, tot ze in groep zeven naar een opleidingsteam ging.

Maar na Finn kreeg haar vader het opeens veel drukker

in het ziekenhuis. 'Je vader is een topchirurg,' zei iedereen altijd tegen haar, alsof dat zo belangrijk was. Later zeiden ze: 'Hij is een top-topchirurg.'

Tegen de tijd dat ze een jaar of twaalf was, was samen eten als gezin een verre herinnering. Nu ze nog maar met z'n drieën waren, voelde het ook niet echt meer als een gezin. Wanneer ze maar kon, at Em bij Ama thuis. Thuis at ze pizza uit de diepvries met Mona, de huishoudster, of een afhaalmaaltijd met haar moeder.

Em en haar vader deden bijna nooit iets samen. Hij keek haar zelfs nauwelijks nog aan. Hij kwam nooit op haar kamer. Die ene keer dat hij de wc in haar badkamer moest maken deed hij ontzettend onhandig en warrig, alsof hij op een vreemde planeet was terechtgekomen. Ze hoopte maar dat hij bekwamer was in het beter maken van patiënten dan in het maken van de wc.

'Het valt voor een vader niet mee om zijn kleine meisje groot te zien worden,' had haar oma Mary een keer gezegd.

'Volgens mij kijkt hij niet eens,' had Em geantwoord.

Em had het gevoel dat haar vader op een heel andere manier weg was dan die van Romy. Romy had haar vader nooit gekend, dus dan had ze toch eigenlijk niets te verliezen? 'Hij is tenminste weggegaan voordat hij je leerde kennen,' had Em tegen haar gezegd. 'Dan hoef je het ook niet zo persoonlijk te nemen.'

Romy's verdriet om Em was duidelijk aan haar af te lezen, en ze wist niet wat ze moest zeggen. Dus had ze maar niets meer over vaders gezegd, tot ongeveer een week later. 'Maar als er iets bij je moest worden weggehaald of zo, dan zou je vader je meteen helpen.'

Em had geprobeerd te lachen, maar de lach bleef in haar keel steken. Ze was meteen over iets anders begonnen, crème tegen puistjes of zoiets. Want Romy had onbedoeld een gevoelige snaar geraakt. Ems vader was een top-topchirurg, maar hij kon Finn niet redden.

'Weet je al wat je wilt?' vroeg Ems vader haar boven de herrie uit in het Mexicaanse restaurant in Bethesda, slechts twee straten van het busstation waar hij haar had opgewacht.

Em ging verder met het bestuderen van de vele geplastificeerde bladzijden van de menukaart. Ze wilde het liever niet uit handen geven, want het menu hield het gesprek tenminste nog een beetje op gang.

'Ik twijfel,' zei ze. Ze had alle specials aangehoord, en het advies van haar vader over wat hier wel en niet lekker was.

Ze keek om zich heen en bewonderde de techniek en efficiency van de hulpkelners. Dit waren volwassenen, professionele restaurantmedewerkers die wisten wat ze deden, in tegenstelling tot de amateurs in het Surfside. Ze zou bijna willen dat ze even bij de keuken mocht rondhangen om een paar tips te vragen.

'Hoe bevalt je baantje?' vroeg haar vader. Hij haalde zijn hand door zijn haar, dat grotendeels grijs was en bij de slapen al wat dunner werd. Er was echter nog genoeg rossig haar over om de herkomst van haar eigen haarkleur te verklaren. Hij droeg een donker pak en zag er verzorgd uit, zoals het een top-topchirurg betaamde.

Ze kon zich niet herinneren dat ze hem over haar baantje had verteld. Had haar moeder dat gedaan? Had hij het met haar moeder over haar gehad?

Wat zou er gebeuren als ze doorvroeg? Wat voor baantje heb ik dan, wilde ze hem vragen. Oké, maar hoe heet het restaurant? Ze stelde zich voor dat hij een deelnemer aan een spelletjesprogramma was waarin hij moest proberen antwoord te geven op vragen over haar leven. Ze stelde zich de luide zoemer voor die zou afgaan als hij een fout antwoord gaf.

Ze besloot het hem makkelijk te maken. 'Goed,' zei ze. 'Mooi.'

Hij zag bleek, vond ze. Nu en dan kroop hij ineen, alsof hij nog nooit zo veel herrie had meegemaakt als in dit restaurant. Ze vroeg zich af of hij eigenlijk nog wel buiten het ziekenhuis kwam.

Ze staarden nog een tijdje naar hun menukaart. De ober kwam bij hen staan en haar vader keek haar verwachtingsvol aan. Hij was in het traditionele zuiden van Amerika opgegroeid, dus hij zou haar nog eerder met een vork prikken dan als eerste bestellen.

'Doe mij de *enchiladas verdes* maar,' zei ze. Ze stopte een chipje in haar mond en gaf met tegenzin haar menukaart af.

Nadat haar vader had besteld en de ober weg was, vervielen ze in stilzwijgen. Haar vader schoof met zijn bestek, en opeens besefte ze dat ze haar adem inhield. Het lukte haar maar niet om dat chipje door te slikken.

'Em.'

'Ja.'

'Ik wil graag iets met je bespreken.'

Daar zou je het hebben. Ze wilde het eigenlijk niet horen, maar ze kon moeilijk opstaan en weglopen.

'Het gaat over je moeder en ik.'

Ze kauwde op haar chipje. Mij, wilde ze zeggen. Je moeder en mij. Als je top-topchirurg was, hoorde je te weten dat 'ik' een onderwerp was en geen lijdend voorwerp. Zelf had ze maar de helft van de tijd haar huiswerk gemaakt en ze was geen top-top wat dan ook, maar zelfs zij wist dat.

Hij bleef zijn spullen recht leggen, inclusief zijn placemat en zijn glas water. 'We gaan proberen... We gaan op proef uit elkaar.'

Ze stopte nog een chipje in haar mond. Misschien was het makkelijker om er twee tegelijk door te slikken dan maar één.

'Je moeder blijft bij jou aan het strand en ik blijf deze zomer hier.'

'In dit restaurant?' Op het moment dat ze het zei wenste ze al dat ze het niet had gezegd.

'Thuis, Em.'

'Nou, dat klinkt niet als een ingrijpende verandering,' zei Em.

Hij was in elk geval geduldig. Dat was zijn belangrijkste goede eigenschap tegenwoordig: dat hij niet op haar reageerde, hoe brutaal ze ook deed.

'Zoals ik al zei: het is op proef,' ging hij verder terwijl hij zijn bril poetste met zijn servet. Even kon ze zijn ogen zien zonder dat er glas voor zat. Het waren gevoeliger, verdrietiger ogen dan ze had verwacht, en ze wendde snel haar blik af. 'In de herfst kijken we verder. Waarschijnlijk zoek ik een flatje in de buurt van het huis als we besluiten dat dat noodzakelijk is. Wat er ook gebeurt, jij kunt in het huis blijven wonen.'

Vond ze dat echt het belangrijkste, vroeg Em zich af. Dat ze in het huis kon blijven wonen? En trouwens, wie ging er eigenlijk besluiten wat er noodzakelijk was? Wat hield 'noodzakelijk' precies in? Haar vader wilde gewoon niet toegeven dat niet zijn behoeften, maar zijn wensen ertoe deden. Hij deed zijn best het officieel te laten klinken, maar zo officieel was het helemaal niet. Ze hadden hiervoor gekozen.

'We blijven elkaar gewoon zien. Er zal niet veel veranderen.'

Als we elkaar nu opeens wel zien, is dat wel degelijk een grote verandering, dacht ze, maar ze zei het niet.

Het eten werd gebracht. Em sneed haar enchilada's heel zorgvuldig in stukjes om de mooie, lekkere stukjes te scheiden van de rommel op haar bord.

'Ik snap het,' zei ze nonchalant. 'Prima. Geen grote veranderingen. Jij komt niet naar het strand. Misschien ga je van mama scheiden.' Ze haalde haar schouders op, maar at niets.

Em vroeg zich af wat haar vader voor zichzelf in petto had nu hij zich kon losmaken van zijn vrouw en kind. Hoezeer had hij naar zijn vrijheid gehunkerd? Waarschijnlijk ging hij nu achter de mooie jonge verpleegkundigen in het ziekenhuis aan. Een top-topchirurg was altijd een gewilde partij. Straks werd ze nog zo'n meisje met een stiefmoeder die nauwelijks ouder was dan zijzelf. Dan organiseerde hij thuis feestjes – of nee, waarschijnlijk was hij gewoon nooit thuis. Hij zou op de bank in zijn kantoor blijven slapen. Hij zou met de arts-assistenten naar feestjes gaan en gênante kleren aantrekken en proberen liedjes van haar iPod te kopiëren in een poging cool te lijken.

'Ik hoop dat je tijdens de zomervakantie één keer per week bij mij wilt komen eten,' zei hij met een stem die anders klonk dan voorheen.

Ze drukte haar servetje tegen haar mond en keek naar haar schoot. Dat lijkt me niet, dacht ze. En wat zou je doen als ik ja zei? Zou je een operatie afzeggen om bij me te zijn? Zou je echt op tijd uit het ziekenhuis weggaan voor het avondeten? Het enige wat deze proefscheiding zou aantonen, was dat ze allemaal eigenlijk allang uit elkaar waren.

Ze knikte. 'Goed,' zei ze. 'Geen probleem. Ik geloof niet dat er veel zal veranderen.'

Ook hij knikte. Eigenlijk leek hij erg opgelucht over haar reactie. Waarschijnlijk was hij doodsbang geweest voor tranen en geschreeuw. Daar had hij vast als een berg tegen opgezien. Ongetwijfeld was hij dolblij dat ze het hem opnieuw zo gemakkelijk had gemaakt. Zwijgend prikte ze in haar eten.

Toen hij naar de ober gebaarde dat hij de rekening wilde, vroeg ze zich af of zijn geduld eigenlijk wel zo goed was. Misschien was het stom van haar dat ze deed alsof het haar niets kon schelen, maar het was nog veel stommer van hem dat hij het geloofde.

Het Latijnse woord voor wilg is salix,
dat is afgeleid van het werkwoord salire:
springen.

7

Ama wilde liever niet te dicht bij het kampvuur zitten, vanwege de vonken. Ze zag al helemaal voor zich dat er een vonk in haar weerbarstige bos haar zou vliegen en dat haar hele hoofd vervolgens binnen een paar tellen in de fik zou staan. Hoewel ze een fleecetrui aanhad, rilde ze. Het zou beter zijn als ze dichterbij ging zitten, want ze had het ijskoud. Maar een beetje kou was beter dan in vlammen opgaan, besloot ze.

Ze geneerde zich en voelde zich stom omdat ze niet meer had geholpen met het eten, maar ze had een onredelijke angst voor blikopeners. En daarom vond ze dat ze niet het recht had veel te eten. Met als gevolg dat ze het extra koud kreeg en nog honger had ook.

Een paar meter voor haar dook Dan opeens op met zijn fototoestel. Hij was duidelijk de aangewezen fotograaf voor de reis. 'Oké, tijd voor een foto rond het kampvuur, jongens!' riep hij. 'Een beetje dichter bij elkaar gaan zitten en lachen, oké?'

Ama trok een lelijk gezicht. Ze vertikte het om dichterbij te gaan zitten of te lachen.

'Lachen naar het vogeltje! Denk aan marshmallows! Aan geroosterde worstjes!' spoorde Dan hen aan.

Ama keek boos naar de camera, niet bereid een blij gezicht te trekken, net zomin als de andere keren dat Dan een foto wilde maken.

Ze keek naar Noah, die tegenover haar in de kring zat. Hij schonk Dan een glimlach en zette toen zijn geanimeerde gesprek met Maureen met de bolle ogen voort. Noah leek haar heel, heel aardig. Ze had er spijt van dat ze die middag tijdens de wandeling zo raar en onvriendelijk tegen hem had gedaan.

Em zei altijd dat Ama gemeen was tegen jongens die ze niet leuk vond, en daar had ze eigenlijk wel gelijk in. Maar Ama vermoedde dat ze nog veel gemener was tegen jongens die ze wél leuk vond.

'Ik heb geen zin in een hoop gedoe over de indeling van de tenten,' zei Jared net tegen de groep toen Ama haar aandacht weer richtte op wat er om haar heen gebeurde. 'Als degene rechts van je van hetzelfde geslacht is als jij, dan wordt dat je tentgenoot. Zo niet, dan kijk je naar links. En anders bepaal ik het. Geen jongens en meisjes in dezelfde tent, alsjeblieft.'

Ama zat zo ver buiten de kring dat ze niet echt naast iemand zat. Tegen de tijd dat ze een stukje naar voren kroop, hadden de meisjes die het dichtst bij haar zaten al iemand gevonden. Het deed haar denken aan de vele keren dat ze op school tot het bittere eind moest wachten tot ze werd gekozen voor een slagbalteam. Het verging haar meestal een stuk beter wanneer er teams moesten worden gevormd voor scheikunde-experimenten of projecten voor Engels.

'Ama, wie is jouw tentgenoot?' blafte Jared haar vanaf de andere kant van het kampvuur toe.

Opeens keek iedereen weer naar haar.

Ze slikte. 'Niemand,' antwoordde ze.

'Wie heeft er nog geen tentgenoot?' vroeg hij, om zich heen kijkend.

Een heel klein jongetje stak zijn hand op. Hij moest minstens veertien zijn, anders was hij niet in aanmerking gekomen voor de reis, maar hij leek hooguit zeven.

'Tja, dat wordt niks,' zei Jared. Hij telde de koppen. 'We missen er twee.' Hij dacht even na. 'We missen Carly en...'

'Jonathan,' zei een van de jongens.

'Inderdaad.' Jared keek Ama aan. 'Dus jij deelt een tent met Carly. Andrew, jij slaapt bij Jonathan. Geregeld.'

Ama wist wie Carly was. Ze had van die grote borsten en een luide lach, en ze had de hele dag kauwgum, al wist Ama niet waar ze het vandaan haalde.

Terwijl ze zich afvroeg waar Carly gebleven was, begon er bij Maureen een stel mensen te zingen. Als iemand nu een gitaar tevoorschijn haalt en gaat meespelen, word ik gek, dacht Ama. Ze besloot dat dit het juiste moment was om te gaan plassen.

Voorzichtig liep ze de duisternis in. Ze wilde zo ver bij het kampvuur vandaan dat niemand haar zag of hoorde plassen, maar ook weer niet zo ver dat ze door wilde dieren kon worden verslonden zonder dat iemand haar gegil hoorde.

'O!' Ze struikelde ergens over. Wankelend liep ze nog een paar meter verder, maar toen viel ze hard op de grond.

'Au! Verdorie! Kijk nou uit!' siste een meisje haar toe.

'Sorry,' mompelde Ama. Gedesoriënteerd keek ze om zich heen, met ogen die nog niet aan het donker gewend waren. 'Ik wist niet...' Ze maakte haar zin niet af, maar probeerde op te staan.

Toen haar ogen zich aanpasten, zag ze dat ze niet over één iemand was gestruikeld, maar over twee: een jongen en een meisje. Het was overduidelijk wat ze achter de dichte struiken aan het doen waren. 'Sorry,' zei Ama nogmaals.

Gegeneerd sloop ze weg. Nu wist ze waar Carly was gebleven. En Jonathan. Ze had het gevoel dat ze geen goede beurt had gemaakt bij haar nieuwe tentgenote.

Op de terugweg naar het strand was de bus bijna leeg. Ems vader had gevraagd of ze thuis in Bethesda wilde blijven slapen, maar daar had ze geen zin in. Daarom had ze gelogen. Ze had gezegd dat ze de volgende ochtend al om halftien moest werken en dat ze te laat zou komen als ze die avond niet terugging. Hij bood aan haar met de auto te brengen, maar ze zei dat ze het niet erg vond om de bus te nemen, en dat haar moeder haar bovendien bij de bushalte zou opwachten.

Het was donker en warm in de bus, en het was een troostend gevoel dat de kilometers onder haar voorbijgleden en haar steeds verder wegvoerden van het Mexicaanse restaurant, dichter naar een andere plek, het maakte niet uit waar. Het was al zo laat dat er bijna geen verkeer meer van en naar het strand ging. En het was zo donker dat het er bijna niet toe deed waar ze was.

Em trok haar voeten op en legde haar kin in haar hand. Ze wilde het moment dat haar moeder haar bij het busstation zou opwachten, benieuwd hoe ze op het zogenaamd grote nieuws reageerde, zo lang mogelijk uitstellen. Ze wilde hier blijven, ertussenin.

Toen ze haar hoofd tegen het raam legde, viel haar blik op degene die aan de andere kant van het gangpad één rij voor haar zat. Zo te zien was het een tiener – een hij, geen zij. Em kon alleen zijn oor, een deel van zijn wang en zijn schouder zien. En zelfs daarvan zag ze weinig, want het was donker. Maar soms wist je gewoon dat iemand knap was, zelfs als je maar een klein stukje van die persoon kon zien.

Dat oor behoorde toe aan een heel knap iemand, vermoedde ze.

Ze boog net wat verder naar voren om beter te kunnen kijken, bijna met haar hoofd tegen de stoel vóór zich, toen hij zich opeens naar haar omdraaide. Ze slaakte bijna een kreetje.

Hij glimlachte naar haar. Betrapt ging ze rechtop zitten. Hij zwaaide. Ze zwaaide terug. Wat voelde ze zich stom. Haar hart klopte in haar keel.

Zijn oor had niet gelogen. Hij was inderdaad heel knap. Ze schatte dat hij een paar jaar ouder was dan zij. Tjonge, wat een glimlach. Zo leek het tenminste in het donker.

Ze keek naar beneden om haar felrode gezicht te laten afkoelen, en toen ze opkeek stond hij naast haar in het gangpad.

'Is deze plaats bezet?' vroeg hij galant, wijzend naar de stoel naast haar.

Ze lachte omdat ze zo'n beetje de enige twee mensen in de bus waren en werden omringd door een stuk of vijftig lege stoelen. Ze lachte omdat ze op de helft waren en er tot aan de zee niemand meer zou instappen. Zelfs als hij op haar voet was gaan staan zou ze waarschijnlijk nog hebben gelachen, want ze voelde zich suf en beschaamd. 'Nee,' zei ze uiteindelijk.

'Mag ik?' vroeg hij terwijl hij naast haar kwam zitten.

'Ja hoor,' zei ze. Ze probeerde haar keel te schrapen. 'Ga je gang.'

Hij was echt heel, heel leuk en hij zat zo dicht bij haar dat ze zijn wimpers bijna kon tellen. Het ene moment was ze nog alleen en nu had ze hem opeens. Het was alsof ze hem op magische wijze uit haar fantasie had opgeroepen.

'Ga je naar het strand?' vroeg ze. Domme vraag, want verder ging de bus nergens naartoe.

'Nee, naar Baltimore. Shit, zit ik in de verkeerde bus?'

Ze kon zien dat hij haar plaagde. Alleen een jongen met zo'n glimlach kon zo plagerig zijn. Als een deel van het bloed dat nu in haar wangen klopte nou terugstroomde naar haar hersens, gingen die misschien wat beter werken. Ze had het gevoel dat het nodig zou zijn.

Verlegen trok ze aan haar oorbel. 'Ik denk dat je het op het strand leuker zult vinden dan in Baltimore,' zei ze.

Hij trok een wenkbrauw op. 'O ja? Ben jij daar dan ook?'

Nu voelde ze zich weer dom. Ze kon twee dingen doen: blozend door het raam naar de pikzwarte duisternis staren of de uitdaging aannemen.

'Jazeker,' zei ze.

'Dan zit ik toch in de goede bus,' zei hij.

Ze moest haar best doen om haar tong niet in te slikken. 'Ik ook,' zei ze, iets bedeesder dan haar bedoeling was.

Tot haar verrassing pakte hij haar hand vast. Haar ogen werden groot en haar adem stokte toen hij hem omhoog-hield en met zijn eigen hand vergeleek. 'Je hebt mooie handen,' zei hij. 'Lange vingers.'

Hij bleef haar hand vasthouden alsof het een fascinerend bezit was, en van haar mocht hij hem hebben. Na een tijdje vergat ze zelfs dat hij van haar was.

Toen hij hem terug op haar schoot legde, wenste ze dat hij hem weer zou vastpakken. Voor de rest van haar lichaam was haar hand opeens een vreemdeling, een verloren zoon die in de grote, wijde wereld op avontuur was gegaan. Misschien kon hij niet meer naar huis, net als een jong vogeltje dat door een mens is aangeraakt.

Hij draaide zich naar haar om. Zijn knie drukte tegen haar knie. Hij nam haar schattend op. 'Jij... voetbalt.'

Opnieuw was ze verrast. 'Hoe weet je dat?'

Hij lachte het mysterie weg. 'Ik kan aan je zien dat je sport. Voetbal was de gemakkelijkste keuze.'

Ze knikte. Ze voelde zich inderdaad helemaal de gemakkelijkste keuze.

'Jij zwemt,' gokte ze.

'Hoe weet je dat?'

Ze wees naar zijn hoofd. 'Door dat groene haar.'

Even was ze bang dat ze hem had beledigd, maar gelukkig barstte hij in lachen uit. Ze had ook kunnen zeggen dat ze aan zijn brede schouders kon zien dat hij zwemmer was, maar ze had niet het gevoel dat ze zijn ego een zetje hoefde te geven.

'Daar gebruik ik een speciaal product voor. Deze kleur is van Clairol. Volgens mij heet het Schimmel. Of Zeewier. Of Fluim. Vind je het mooi?'

Ze lachte. Ze vond het inderdaad mooi.

'En, Goldie,' zei hij met een rukje aan haar mouw. 'Kom je hier vaak?'

'Dit is al de tweede keer vandaag,' zei ze.

'Dat meen je niet.'

'Jawel.' Meteen drongen zich losse beelden aan haar op van het etentje met haar vader en wat hij had gezegd. Dat leek nu heel ver weg. Net ver genoeg, vond ze.

Ze wilde niet dat hij zou doorvragen en dat deed hij ook niet. Hij keek haar met een intieme, samenzweerderige blik in zijn ogen heel aandachtig aan. 'Je bent echt heel erg leuk,' zei hij.

'Jij ook,' antwoordde ze, verwonderd over haar eigen lef.

Ze kon zijn warmte voelen toen hij dichterbij kwam.

Ging hij nu zomaar proberen haar te kussen? En zou ze dat toestaan?

Ze was niet helemaal zichzelf. Ze had het gevoel dat ze zichzelf speelde in een film. Alleen was ze in die film iemand die in een bus flirtte met een heel knappe vreemdeling en hem nog kuste ook. Het was eigenlijk best een goede film, bedacht ze toen hun wangen elkaar heel even raakten en ze vervolgens zijn lippen op de hare voelde.

Die eerste kus was zacht, als een vraag, en toen hij merkte dat ze niet geschrokken of onwillig was, legde hij zijn handen om haar gezicht en kuste haar intens. Haar achterhoofd drukte tegen de stoel. Brutaal legde ze haar hand in zijn warme nek. Zijn haar kriebelde op de rug van haar hand en ze kon zijn hartslag in haar vingertoppen voelen. Of misschien was het haar eigen hartslag wel. Zijn adem leek wel stoom. Of misschien was het haar adem. Met haar andere hand voelde ze aan zijn zachte trui, een soort sweatshirt van tricot met bij de hals een houtje met een koordje erdoor, het soort trui dat skaters, zwemmers en wietrokers droegen.

Hij drukte kusjes op haar kin en onder haar kin en langs haar hals naar beneden. Ze dacht dat ze zou sterven of ontploffen. Dat ze eerst zou ontploffen en dan zou sterven. Ongelooflijk wat er allemaal in deze film gebeurt, dacht ze vaag.

Ze was niet meer dan een bundel zenuwcellen, die boven op haar huid lagen. Zijn lippen waren warm en zelfverzekerd en maakten die van haar ook warm en zelfverzekerd. Ze had zich vaak zorgen gemaakt dat ze slecht zou blijken te zijn in zoenen als het ooit zover kwam, maar haar mond leek precies te weten wat hij moest doen. Zijn mond had genoeg zelfvertrouwen voor hen allebei.

Ze was zich er vaag van bewust dat de bus de snelweg verliet via de afrit naar Rehoboth. Toen de bus stopte, lieten ze elkaar los. Hij schonk haar een sluwe blik en nog een laatste, stevige kus.

'Halte Rehoboth Beach,' brulde de chauffeur.

De deur aan de voorkant van de bus zwaaide open. De jongen hielp haar met haar tas en keek haar na toen ze wankel door het gangpad liep. Ze hoopte dat hij hier niet hoefde uit te stappen, maar dat hij door moest naar Dewey Beach of Bethany of Ocean City. Het zou te gênant zijn als ze hem buiten de bus nog tegenkwam, als ze moest doen of ze hem niet kende of hem aan haar moeder moest voorstellen. Ze keek niet eens om om het te controleren. Ze bleef star voor zich uit kijken. Haar benen waren een beetje slapjes en haar hart bonsde wild.

Ze had het gevoel dat ze dronken was, en onder water. In een poging weer nuchter te worden schudde ze haar hoofd. Ze zag haar moeder, die in de auto op haar wachtte, en probeerde zich door kilometers zwaar water omhoog te worstelen naar de oppervlakte.

Wat heb je gedaan, vroeg ze aan zichzelf terwijl ze de koele, vochtige zeelucht opsnoof. Hoe kon dat nou gebeuren?

Het allerliefst zou ze naar huis lopen, zodat ze die duizelingwekkende roes kon vasthouden, in plaats van bij haar moeder in de auto te stappen en hem kwijt te raken. Zou haar moeder haar rode gezicht en bevende handen zien en meteen beseffen dat er iets aan de hand was? Ze had het gevoel dat iedereen haar gedachten kon lezen.

Hoe haal je het in je hoofd, vroeg ze zichzelf, maar kennelijk had 'zichzelf' er niet bepaald behoefte aan om antwoord te geven.

Lieve Grace,

Ik probeer iets positiefs te bedenken wat ik over al dit gedoe kan zeggen. Echt waar. Maar het is een stuk gemakkelijker om negatieve dingen te bedenken. Zoals mijn blaren, mijn afgrijselijke haar (mijn Kiehl en mijn stijltang op batterijen zijn de eerste dag al in beslag genomen), mijn slet van een tentgenote, de kwelling van het gezang rond het kampvuur, het eten, de roestbak van een bus, de vele afschuwelijke kilometers wandelen en mijn flatulente kookpartner ('flatulent' betekent dat hij veel scheten laat – mogelijk komt dat woord in het eindexamen voor). En dat is nog maar het begin. Niemand vindt mij aardig en ik vind niemand aardig.

O, wacht even, ik bedenk opeens iets: ik bel dol op gorp. Gorp is eten. (Mensen die veel wandelen en kamperen vinden het leuk om gekke namen voor dingen te bedenken.) Het is een combinatie van noten, rozijnen en M&M's. Nou ja, in elk geval vind ik de M&M's lekker. Maar dat wist ik eigenlijk al.

Ik wil eigenlijk niet klagen, maar ik kan het niet helpen. De dagen gaan verschrikkelijk langzaam voorbij en ik heb er nog een heleboel te gaan.

Hoe is het in Andover? Ik wou dat ik daar ook was.

Liefs,
Ama xxx

P.S. Mijn tentgenote Carly heeft in vier dagen tijd met drie verschillende jongens gezoend. Ik overdrijf niet.

Lieve maman,

Hier gaat alles goed. Het zijn drukke dagen en ik leer heel veel. Geef papa en Bob een knuffel van me. En doe Esi de groetjes als je haar spreekt.

Liefs,
Ama

8

'Hé, Dia?'

Heel bewust sprak Romy haar moeder aan in de korte tijd tussen het moment waarop ze opstond en het moment dat ze de deur uit ging om naar haar atelier te gaan.

Dia keek op van haar grote mok koffie. Ze keek nog een beetje scheel van de slaap en de wallen zaten nog onder haar ogen.

'Spring je d'r weer bovenop? Niet doen.'

Dat was de gouden regel 's ochtends. Romy stond altijd vroeg op, terwijl Dia uitsliep. Tegen de tijd dat Dia eindelijk opstond, barstte Romy zowat van alles wat ze wilde zeggen. Het viel haar zwaar om te zwijgen terwijl Dia zich door haar ochtendritueel heen worstelde.

'Nee. Ik wilde… ik wilde je alleen iets vragen,' zei Romy verdedigend. Onder de tafel wreef ze met haar in sokken gestoken voeten over elkaar.

'Oké. Goed dan.'

'Mag ik eind juli naar het modellenkamp in Gaithersburg?'

'Wát?'

'Het modellenkamp. Het is maar een halfuur hiervandaan. Ik heb het op de kaart opgezocht. Het grootste deel kan ik zelf betalen van mijn oppasgeld. Het is alleen overdag, maandag tot en met vrijdag van negen tot vier. Een paar echte supermodellen zijn daar begonnen.'

'Modellenkamp?'

'Ja.' Romy brak haar sneetje geroosterd brood in stukjes.

'Wat houdt dat in?'

'Nou ja, je weet wel... Je leert hoe je model moet worden.'

'Of er als een model moet uitzien,' mompelde Dia.

'Hè?' vroeg Romy.

'Niets. Hoe kom je op dat idee? Gaan je vriendinnen ook naar dat modellenkamp?'

'Nee.' Romy had haar moeder meer dan eens verteld wat Em en Ama die zomervakantie gingen doen, maar kennelijk was ze het alweer vergeten. 'Ik kwam het tegen op internet.'

'Waarom?'

'Waarom ik het tegenkwam?'

'Ik bedoel, waarom was je ernaar op zoek? Wil je echt model worden?'

Romy brak haar geroosterde boterham in nog kleinere stukjes. Voordat ze dit gesprek aanging, had Romy al zo'n vermoeden gehad dat haar moeder haar niet onvoorwaardelijk zou steunen. Dia riep altijd dat zij en Romy feministen waren. Dia hield niet van celebritytijdschriften en de meeste tv-programma's omdat die volgens haar vernederend waren voor vrouwen. Romy vond dat soort dingen echter wel leuk, en stiekem maakte ze zich zorgen dat ze geen feministe was.

'Nou, ik denk dat het best interessant zou kunnen zijn,' zei Romy zachtjes.

Dia's gezicht verzachtte een beetje. Ze nam een flinke slok koffie. 'Denk je dat je er het uiterlijk voor hebt? Modellen horen toch heel lang te zijn?' vroeg ze.

'Ik ben nog in de groei,' zei Romy. 'Ik kan nog lang worden.'

'Romy, ik ben een meter zestig. Je bent langer dan ik, maar echt lang ben je nooit geweest.'

Romy wilde naar haar vader vragen: was hij wel lang? Maar ze was bang dat dat haar kansen geen goed zou doen.

'Sommige modellen zijn helemaal niet lang. Bijvoorbeeld... handmodellen.'

'Wil je dan handmodel worden?'

'Nee. Nou ja, dat weet ik niet.' Romy was een onverbeterlijke nagelbijter. Ze balde haar vuisten.

Dia zuchtte. Ze keek vermoeid. 'Je hebt gewoon niet genoeg te doen deze vakantie, hè?'

'Dat is het niet. Maar ik dacht dat het wel eens... interessant zou kunnen zijn.'

'Romy, modellenwerk is niet interessant. Jij bent interessant. Als je het mij vraagt, ben je zelfs veel te interessant om model te worden. Wil je echt alleen op basis van je uiterlijk worden beoordeeld?'

'Volgens mij komt er veel meer bij kijken,' zei Romy. 'Het lijkt wel een beetje op... acteren, eigenlijk.' Ze begon weer aan haar geroosterde boterham te plukken. 'En je leert van alles over mode. Wat ik heel interessant vind. En op de website stond dat je ook van alles kunt leren over fotografie en fitness.'

'Romy, je kruimelt de hele boel onder.'

Romy liet het geroosterde brood met rust en probeerde haar handen zo veel mogelijk boven haar bord af te vegen. 'Toe, mag ik alsjeblieft? Ik kan zelf met de metro heen en weer reizen. Je hoeft er helemaal niets voor te doen.'

Dia zuchtte opnieuw, luider deze keer. 'Ik weet het niet, hoor,' zei ze, maar ze trok al dat berustende gezicht waar Romy op mikte. Vroeger duurde het een stuk langer voor Dia het stadium van berusting bereikte, maar Romy had haar techniek geperfectioneerd.

'Ik zal erover nadenken,' zei Dia.

'Oké,' zei Romy. Ze was slim genoeg om haar triomfantelijke gevoel niet te tonen. 'Ik zal erover nadenken' betekende ja. 'Misschien' betekende waarschijnlijk. 'Nee' betekende dat Romy nog wat beter haar best moest doen om haar moeder te overtuigen.

'Waarom eet je niets?'

Romy stak een geplet stukje geroosterd brood in haar mond. 'Ik eet wel.'

Die ochtend werd Em wakker met een zoenkater. Haar lippen voelden gezwollen aan, haar wangen waren rauw en haar geweten knaagde een beetje. Ze had wel eens van zo'n kater gehoord, maar ze had het nog nooit zelf meegemaakt.

'Emanuel, jij doet het servies en bestek deze ronde,' zei Jordan, de puisterige, patiencespelende assistent-manager die haar niet zou hebben aangenomen, op bevelende toon. Hij vond het leuk om haar naar de keuken te sturen om de vaatwassers in en uit te ruimen als een van de bordenwassers niet kwam opdagen.

Em knikte afwezig naar hem en slenterde naar de keuken. Haar gedachtegang was niet eens onderbroken.

'*Hola*, Hidalgo,' zei ze tegen de lunchkok, die bij zijn kluisje stond.

Niet dat ze nog nooit iemand had gekust. Op feestjes had ze meer dan eens met Arlo Williams gezoend. Hij was nog zenuwachtiger geweest dan zij.

Alleen was zoenen met Arlo anders. Daarvan kreeg ze geen last van haar lippen en haar geweten. Zoenen met Arlo was net zoiets als één biertje drinken, misschien, maar zoenen met...

Wacht eens even. Em kromp ineen. Zoenen met... wie? Hoe heette hij?

Nee toch, wist ze echt niet hoe hij heette? Had hij het gezegd en was ze het vergeten? Nee, dat zou ze wel hebben onthouden. Had zij eigenlijk wel verteld hoe ze heette? Had ze echt een ernstige zoenkater opgelopen terwijl ze niet eens de moeite had genomen om zich voor te stellen?

Wauw. Onwillekeurig moest ze aan Ama denken. Wat zou die hiervan zeggen? Daar wilde ze niet over nadenken. Ze dacht aan Bryn, die ze die avond in het restaurant zou zien. Bryn zou het begrijpen. Hij was echt een stuk, zou Em zeggen, en dat zou afdoende zijn. Eigenlijk vond ze het wel een spannend idee om het aan Bryn te vertellen, want die zou het ook spannend vinden. Misschien zou Em er niet bij vertellen dat ze niet wist hoe hij heette. Dat was een beetje een sletterige actie, zelfs voor iemand als Bryn.

Em haalde het schone bestek van de avond ervoor uit de afwasmachine. Geroutineerd sorteerde ze het en legde het op de kar, blij dat het nog vroeg was en dat er verder niemand in de keuken was. Ze vond het fijn om even wat tijd voor zichzelf te hebben. Ze was opgelucht dat haar moeder nog sliep toen ze die ochtend het huis had verlaten om een eindje te gaan hardlopen op het strand en even in zee te zwemmen. Naderhand had ze zich onder de buitendouche afgespoeld en haar werkkleding aangetrokken, waarna ze ongezien was vertrokken.

'Heeft hij het je verteld?' Dat was het enige wat haar moeder de vorige avond tijdens de rit naar huis vanaf de bushalte had gevraagd. Em knikte en daarmee was de kous af. Toen ze naar bed ging, had ze geen moment aan haar moeder gedacht, of aan haar vader en wat die haar had verteld. Ze was met de herinnering aan de zoenpartij in de bus in slaap gevallen.

Ze gooide de klep van de enorme commerciële vaatwasser zo hard dicht dat het apparaat ervan trilde.

Dus ze had met een vreemde jongen gezoend. Dus ze wist niet hoe hij heette. Iedereen had in zijn leven toch zeker recht op een of twee ongeplande, mogelijk misplaatste zoenen? Alsof een kus echt grote gevolgen kon hebben.

Nee, absoluut niet. En trouwens, het was verleden tijd. Ze zou die jongen nooit meer terugzien en misschien was dat maar beter ook.

'Ama, je moet eens wat relaxter worden.' Dat had Jared na het ontbijt tegen haar gezegd. Nu, uren later, moest Ama er nog steeds aan denken. Jared was niet de eerste in haar leven die dat tegen haar zei. Em had het gezegd. Romy niet met zo veel woorden, maar Ama vermoedde dat ze het wel eens had gedacht. Grace zei het niet. Haar klasgenoten uit het versnelde wiskundetraject zeiden het nooit. Haar ouders zeiden het niet en haar zus al helemaal niet.

Wat hield het eigenlijk in? Wat was er zo goed aan relaxed zijn? Kon je allemaal tienen halen als je relaxed was? Kon je dan vier talen leren beheersen? Kon je dan op Princeton worden aangenomen of een volledige beurs voor je studie geneeskunde krijgen?

Misschien was relaxedheid een van de vele dingen die Ama zich niet kon veroorloven, net als snoep in de bioscoop of een spijkerbroek van Seven. Misschien was relaxed zijn net zoiets als trektochten maken: een hol begrip om iets te beschrijven wat in de praktijk totaal geen nut had.

Aan de andere kant van de smeulende resten van het kampvuur, dat na het eten was aangestoken, zat Noah, en Ama kon voelen dat hij naar haar keek. Haar gezicht gloeide, maar ze kon zijn blik niet beantwoorden. Ze stelde zich haar haar voor. Als mijn haar niet zo slecht zat, zou ik naar hem glimlachen. Dan zou ik met hem praten. Absoluut.

'We gaan toewerken naar het abseilen waarmee we straks afsluiten,' zei Dan, de man met de baard, tegen de gapende groep. Ze hadden twaalf kilometer door een dicht bos gewandeld, en voor elke kilometer had Ama een blaar of een pijntje. 'Dan gaat het om een hoogte van om en nabij de honderd meter, dus we willen jullie eerst laten wennen aan de touwen en het materieel, en aan dergelijke hoogtes.'

Ama stak haar hand op. Dan keek in haar richting. 'Ama, hier hoef je je hand niet op te steken.'

Gegeneerd liet Ama haar hand zakken. En het was echt niet de eerste keer dat iemand dat tegen haar zei. Ze schraapte haar keel. 'Wat is abseilen?'

'Dat is de snelste en veiligste manier om langs een klif of een steile bergwand af te dalen. We bevestigen je touw boven aan de rots en je zekeraar laat het touw vieren terwijl je afdaalt. We verwachten wel van jullie dat je het rustig aan doet,' zei hij met een betekenisvolle blik op Jonathan, die nogal roekeloos was.

Ama hield haar hand vast, zodat ze hem niet opnieuw kon opsteken. 'Wat is een zekeraar?' vroeg ze.

'Je zekeraar is je partner. Hij of zij zorgt ervoor dat het touw stevig vastzit en laat het langzaam vieren terwijl je afdaalt. Wees aardig tegen je zekeraar, wie het ook is, want je leven ligt in zijn handen.'

Ama voelde een steek van angst. Was ze eigenlijk wel aardig tegen iemand geweest? Wie durfde ze hier haar leven toe te vertrouwen? Ze stelde zich voor dat ze als een baksteen langs een helling omlaagviel en een pijnlijke dood stierf.

'Het abseilen is in zekere zin je examen,' legde Maureen uit. 'Het bepaalt grotendeels je eindcijfer. Om jullie er goed op voor te bereiden willen we morgen al een beetje gaan klimmen.'

Het floot in Ama's oren. Haar hand ging alweer de lucht in voordat ze hem kon tegenhouden. 'Hoezo, ons eindcijfer?'

'Jullie eindcijfer voor de cursus,' antwoordde Maureen.

'Ons eindcijfer voor de cursus? Krijgen we dan een cijfer voor de cursus?' Ama's stem klonk allesbehalve relaxed.

'Als jullie er studiepunten voor high school mee willen verdienen wel, en dat geldt voor de meesten van jullie. Wij zijn verplicht jullie een cijfer te geven. Ik zou het liever niet doen, maar het is niet anders.'

'Dus je krijgt hier een cijfer voor en dat komt op je cijferlijst te staan?' drong Ama aan.

'Als je studiepunten wilt behalen wel, ja.'

'Kun je ook studiepunten krijgen maar geen cijfer? Je weet wel, dat je alleen een voldoende of een onvoldoende krijgt, zoals voor gym?'

'Nee Ama, dat kan niet. Je krijgt een cijfer.'

'En voor een goed cijfer moet je je van een berg laten vallen?'

'We noemen het abseilen,' zei Maureen geduldig.

Later die avond lag Ama in haar slaapzak te piekeren. Het was een vochtige nacht en de stof van haar slaapzak voelde een beetje klam aan op haar huid. Afwezig keek ze naar de schaduwen die over het oranje nylon van de tent schoven en vroeg zich af of het mensen, beesten of tieners waren.

Stel dat haar eerste cijfer voor high school een onvoldoende was? Hoe zou ze dat ooit nog te boven komen? Niet, was het antwoord. Ze kon zich niet eens voorstellen wat haar ouders zouden zeggen.

Normaal gesproken was Ama dol op cijfers. Ze was er dol

op omdat ze zo concreet waren. Zij was zo iemand die teleurgesteld was als een docent zei: 'Maak je geen zorgen, dit telt niet mee voor je eindcijfer.'

Ze hield vooral van cijfers omdat ze alleen maar tienen haalde. Ze was dol op tienen. Tienen bestonden uit twee cijfers, in tegenstelling tot die armetierige, eenzame achten, negens en zevens. Maar hoe kon ze hier ooit een tien voor halen? Dat lukte nooit. Dit paste niet bij haar. Zij paste hier niet bij. Stel dat haar eerste cijfer voor de middelbare school een acht was, of – o, nee – een zes? En het kon nog veel erger! Bij de gedachte alleen kreeg Ama bijna geen adem meer. Wat zou Esi daarvan zeggen?

Ze dacht aan het abseilen. Het zou alleen maar erger worden.

Rond middernacht, gokte ze, sloop Carly met een jongen de tent binnen. Ama verstijfde in haar slaapzak. Ze durfde haar hoofd niet op te tillen.

'Maak je geen zorgen, ze slaapt,' hoorde ze Carly fluisteren.

'Zeker weten?' vroeg de jongen.

Ama meende Jonathans stem te herkennen. Dus Carly was weer bij Jonathan aanbeland.

'Ja, ze valt altijd vroeg in slaap.'

Nee, ik slaap niet, wilde Ama schreeuwen. Ik doe toch geen oog dicht bij de gedachte dat mijn eerste cijfer voor high school een onvoldoende wordt? Ze kneep haar ogen dicht toen ze tot haar grote verbijstering besefte dat de andere twee giechelend samen in Carly's slaapzak kropen. Was ze maar meteen gaan zitten, had ze maar meteen iets gezegd, want wat moest ze nu? Roerloos, nauwelijks ademhalend bleef ze liggen.

'Heb je haar vanavond horen freaken over haar cijfer?' zei

de jongen, waarschijnlijk Jonathan. 'Man, wat een stresskip. Hoe hou je het vol met haar in één tent?' Hij zei nog iets, maar zachter en mompelend, zodat Ama het niet kon verstaan. Haar haren gingen overeind staan van verontwaardiging en vernedering.

Ze wenste vanuit de grond van haar hart dat ze al sliep. Of dat ze ergens anders in het heelal was, het maakte niet uit waar. Ze haatte het hier.

Ze hoorde de rits van Carly's slaapzak. Toen klonk er nog meer gegiechel en gefluister.

'Ze valt wel mee,' hoorde ze Carly zeggen.

9

Die avond deed Em er zo lang mogelijk over om vanuit
het restaurant thuis te komen. Toen ze door de voordeur naar binnen liep, had ze het gevoel dat ze een heel ander huis betrad. In de woonkamer hoorde ze haar moeder
stofzuigen, en ze wist dat haar vader die avond niet thuis zou
komen, en vrijdagavond ook niet, of welke avond dan ook.
Ze probeerde die gedachten op afstand te houden, maar ze
kwamen toch.

Alleen omdat haar vader deze zomervakantie helemaal
niet zou komen in plaats van tien of twaalf keer, was het een
ander soort huis geworden. Het was nu alleen nog het huis
van haar moeder, en Em was alleen nog een voogdijkwestie.

Het was maar zo weinig – tien of twaalf nachten – wat dit
tot het huis van een gezin maakte. Eén klein zetje en er bleef
niets meer van over. Waarom was het dan zo ingrijpend?
Waarom maakte het dan zo'n verschil? Wat deed het er eigenlijk toe? Er was iets aan een concept veranderd, misschien. Aan een classificatie. Maar als je het reëel bekeek,
was er eigenlijk niets verloren gegaan.

'Ik vind het vooral vervelend dat jij ertussenin zit,' had
haar tante Robin gezegd toen ze Em die middag tijdens de
pauze in het restaurant op haar mobieltje had gebeld.

'Daar hoef je je geen zorgen om te maken,' had ze te-

gen haar tante gezegd. 'Ik red me wel.' Ze zat helemaal nergens 'tussenin'. Er was geen 'tussen'. Haar vader was op de
ene plek, haar moeder op een andere plek. Dat was niets
nieuws.

Ze ging naar haar kamer, waar ze haar vuile sokken op-
raapte en haar prullenbak leegde. Zorgvuldig vouwde ze
haar Surfside-t-shirt op en legde het boven op de ladekast,
voor de volgende dag. Troosteloos staarde ze naar de ene
handafdruk die ze op het raam had gemaakt. Nog even en
ze was hier weer toerist.

Lieve Esi,

Ze geven je een cijfer voor deze cursus! Het wordt mijn eerste
cijfer voor high school. Ik heb aan een leidster gevraagd of
ze me gewoon een voldoende of onvoldoende konden geven.
Ze gaf niet eens antwoord. Waarom ben ik niet op Andover,
waar ik thuishoor? Wat doe ik hier? Wat heb ik in mijn
leven verkeerd gedaan dat ik dit heb verdiend?

Daar komt nog bij dat mijn tentgenote Carly in onze tent
met een jongen heeft liggen zoenen. Terwijl ik erbij was! Ze
dachten dat ik sliep, maar dat was niet zo. Dat is toch niet
te geloven? Wat een slet! En ik moest ernaar luisteren, het
was gewoon vunzig. Maar gelukkig hebben ze niet hun kleren
uitgetrokken of zo. Dan, een van de leiders, hoorde kennelijk
iets, want hij riep opeens dat iedereen naar zijn eigen tent
moest en stil moest zijn.

Waarom overkomt jou nooit zoiets, Es?

Liefs,
Ama

Zodra Ama de brief af had, verfrommelde ze hem en gooide hem in het kookvuur. Zelfs Ama had haar grenzen. En trouwens, wat schoot ze ermee op? Het zou nog vijf dagen duren voordat ze weer een brievenbus tegenkwamen.

De eindeloze, zinloze wandeling van die dag begon, en Ama staarde onophoudelijk wantrouwig naar de grond. Die moest ze goed in de gaten houden, want hij bedacht telkens weer nieuwe manieren om haar te laten struikelen. Voor haar cijfer hoorde ze eigenlijk boomsoorten te bestuderen, maar dat durfde ze niet. Dan moest ze ze maar aan de wortels leren herkennen.

Ze zag erg veel insecten. En slakken. Er waren veel meer slakken op de wereld dan ze ooit had vermoed. Met name de insecten en de mieren hield ze in de gaten, want ze probeerde te bedenken welke haar konden bijten en zelfs doden. Als ze een cijfer kon verdienen met kennis over insecten, zou ze het nog niet zo slecht doen.

Jared had haar iets gegeven voor haar blaren, Second Skin heette het, en een extra paar sokken dat hij had meegenomen. 'Jeetje, Ama. Dat zijn de ergste blaren die ik ooit heb gezien. Ik snap niet dat je nog kunt lopen.'

De Second Skin hielp de eerste acht kilometer wel, maar daarna kon ze aan de nattigheid in haar schoenen voelen dat de blaren weer bloedden.

Twee kilometer later was ze ver achteropgeraakt, maar nog een kilometer later haalde ze de anderen tot haar grote verbijstering in. Ze stonden op een kluitje op een open plek die baadde in het licht van de namiddag, en allemaal keken ze omhoog.

'Wat is er aan de hand?' vroeg ze aan Maureen, terwijl ze haar zware rugzak van haar schouders haalde en voorzichtig op de grond liet zakken.

'We houden even pauze voor het laatste deel van de tocht. Vanavond kamperen we daarboven.'

'Daarboven?'

'Daarboven.'

'Op die berg?'

'Ja. Het is nog maar zo'n anderhalve kilometer, maar dan wel helemaal bergop.'

Ama voelde tranen opwellen in haar ogen en moest zich inhouden om ze niet te laten ontsnappen. Hoe moest ze in vredesnaam tegen die berg op komen? Ze klemde haar lippen op elkaar, zodat ze niet zouden trillen. Ze keek naar haar rugzak. Ze keek naar haar voeten. Hoe moest ze dat voor elkaar krijgen?

Ze besefte dat de anderen hun rugzak alweer omdeden. Nee! Niet nu al! Dat was een van de vele vervelende dingen als je de langzaamste wandelaar was: de pauze was altijd al bijna voorbij tegen de tijd dat je de anderen had ingehaald. Als ze even de tijd nam om iets te eten of drinken, was ze nergens meer. Dan zou ze de groep nooit meer inhalen.

'Gaat het wel?'

Noah stond naar haar te kijken.

Ze probeerde de terneergeslagen uitdrukking van haar gezicht te weren. 'Het gaat wel.'

'Moet ik je helpen?'

'Nee, het lukt wel,' wist ze eruit te persen. Nog even en ze ging huilen. Dat besefte ze opeens, en ze wist ook dat ze het niet zou kunnen tegenhouden.

'Neem me niet kwalijk,' mompelde ze. Ze strompelde naar een groepje bomen, en bleef lopen tot ze uit het zicht en buiten gehoorsafstand was.

Ze huilde maar even, tot ze zichzelf kon dwingen te stoppen. Toen snoot ze haar neus aan een boomblad en rechtte haar rug. Terug op de open plek zag ze dat de groep al was vertrokken. Ze liepen al in een lange, kronkelende rij tegen de berg op. Paniekerig zocht ze naar haar rugzak, maar die was nergens te bekennen. Waar was hij? Had ze hem soms ergens anders laten staan?

O lieve help! Wat moest ze zonder haar rugzak beginnen? Zonder haar slaapzak? Haar kleren? Haar water? Moest ze het tegen de leiders zeggen? Hoeveel andere manieren kon ze nog bedenken om het te verpesten?

Met samengeknepen ogen tuurde ze naar de wandelaars op het pad. Opeens viel haar op dat een lange jongen vooraan in de rij, namelijk Noah, niet één maar twee rugzakken droeg.

'Heb je de nieuwe obers al gezien?' vroeg Bryn de volgende middag aan Em toen die glimmend, rood en vochtig van de stoom uit de afwasmachine de keuken uit kwam.

'Nee, hoezo?'

'Dat merk je wel als je ze ziet,' zei Bryn op suggestieve toon.

Naarmate de zomervakantie vorderde en het drukker werd in het restaurant, nam het management met het weekend meer bedienend personeel aan.

'Rond Onafhankelijkheidsdag op 4 juli is het op z'n drukst,' had Caroline, een veterane die er al heel wat zomers in het restaurant op had zitten, haar uitgelegd. 'In augustus breken er ruzies uit onder de obers en serveersters en gaat de een na de ander weg of wordt ontslagen.'

Em wist nog zo net niet of ze wel zo onder de indruk zou zijn van wat er te zien was, en Bryns obsessie met jongens amuseerde haar, maar toch deed ze haar keukenschort af.

'Heb je de nieuwe ober al gezien?' vroeg Megan, een van

de serveersters, toen Em even in de personeelskantine ging zitten om een broodje krab te eten voordat de eerste dinergasten kwamen.

'Nee. Waarom vraagt iedereen me dat toch steeds?'

Megan trok haar wenkbrauwen op. 'Omdat hij leuk is. Ze zijn allebei leuk, maar een van hen is écht leuk.'

Em nam een hap van haar broodje en kauwde erop. 'Ik doe even niet meer aan leuke jongens,' zei ze met volle mond.

Megan keek geamuseerd. 'O nee?'

'Nee.'

'Ben je daar niet een beetje jong voor?'

Em probeerde ernstig te kijken. 'Ik vind het wel even genoeg geweest.'

Megan lachte. Ze was fors en zag er sterk uit, alsof ze hockeyde of zo, maar ze had een vriendelijk gezicht.

Em keek naar de klok en besefte dat ze minder dan een minuut de tijd had voordat ze met het indekken van de tafels moest beginnen. Ze propte de overgebleven helft van haar broodje krab in haar mond en stond op. Op weg naar buiten botste ze bijna tegen twee lange mensen op, ongetwijfeld de befaamde nieuwe obers. Toen ze opkeek naar de twee gezichten ontdekte ze tot haar verbijstering dat slechts een van hen een onbekende voor haar was. De ander kwam haar ontegenzeggelijk bekend voor, met name rond de mond.

Ems wangen waren volgepropt met eten en haar ogen waren zo groot als schoteltjes. Ze deed een paar passen achteruit. Ze staarde naar hem en deed ondertussen haar best om te kauwen en te slikken.

De bekende jongen, van wie ze de naam niet wist, had ook een paar tellen nodig om hun onverwachte weerzien te verwerken. Waarschijnlijk was ze moeilijk te plaatsen, nu het buiten zo licht was en ze meer dan tien centimeter bij zijn gezicht vandaan was.

Voor haar ogen maakte de verwarde verrassing op zijn gezicht plaats voor blije verrassing.

'Goldie?' vroeg hij.

Ze slikte het laatste stukje van haar broodje krab door en probeerde haar luchtwegen vrij te maken. 'Ik heet Em,' zei ze hoestend.

'Werk je hier?' vroeg hij.

Opeens stonden Megan en Bryn naast haar. 'Kennen jullie elkaar?'

'Jazeker,' zei hij met een brede grijns.

'Min of meer,' zei Em. Ze keek strak naar haar voeten.

Romy had geen fatsoenlijke spiegel in haar kamer, dus bleef ze aan haar deur staan luisteren tot het helemaal stil was, waarna ze in haar beha en slipje de gang op sloop. Ze schoot de badkamer in en deed de deur achter zich dicht. De grote spiegel hing hoog boven de wastafel, dus moest ze zich omhooghijsen om zichzelf eens goed te kunnen bekijken.

Ze keek naar zichzelf en zichzelf keek terug.

Ergens was het vreemd dat de persoon die ze zag de persoon was die ze was. Ze voelde zich niet altijd als die persoon. Over het algemeen was ze zich er totaal niet van bewust hoe ze eruitzag. Als ze zichzelf zo zag, klopte het niet helemaal met het beeld dat ze had.

Hield dat in dat ze niet geschikt was als model?

Ze deed alsof de spiegel een fototoestel was. Ze glimlachte ernaar. Hmm.

Ze zou van die strips kunnen halen om je tanden mee te bleken. Dat zou misschien helpen. Haar overbeet zou er niet mee weggaan, maar ze zouden allicht iets witter worden.

Balancerend op de rand van de wastafel ging ze op haar knieën zitten, zodat ze meer van haar lichaam kon zien.

Ze had het nooit hardop tegen iemand gezegd, maar haar behamaat was 75D. Als ze er maar niets over zei en een bepaalde houding aannam, kon ze de rest van de wereld voor haar gevoel wijsmaken dat ze 75B droeg, net als alle andere meisjes.

Ze hoopte dat ze in de lengte nog zou groeien, maar wat dat betrof hoopte ze vurig dat ze uitgegroeid was. Als ze afviel, zou ze daar waarschijnlijk ook minder krijgen. En als er echt niets anders op zat, kon ze zich altijd nog laten opereren.

Ze vroeg zich af of haar oma ook maat 75D had gehad. Waarschijnlijk was het indertijd voor modellen acceptabeler geweest om zulke grote borsten te hebben.

Romy's lippen waren dik. Haar ogen waren donker en groot. Haar neus was niet klein. Haar middel was slank, maar haar heupen staken uit. Soms was Romy jaloers op meisjes met fijne gelaatstrekken en een slank, plat lichaam waar niets aan uitstak. Ze had het gevoel dat er aan haar lichaam van alles uitstak.

Haar huid was licht en bijna volmaakt smetteloos. Dat was haar enige voordeel. Toen ze verder naar voren boog, zag ze dat ze twee piepkleine puistjes op haar kin had. Ach ja. Daar hadden ze make-up voor. Iedereen wist dat modellen dikke lagen make-up droegen.

Het porselein deed pijn aan haar knieën en ze had nog steeds geen volledig beeld, dus ging ze langzaam en wankel staan, met haar voeten aan weerszijden van de wastafel. Ze keek omhoog en zag dat er maar een paar centimeter tussen haar hoofd en het plafond zat.

O nee. Haar slipje was afgrijselijk. Waarom droeg ze het nog? Het was een oude katoenen onderbroek met verbleekte paarse bloemetjes. Modellen droegen geen goedkoop ondergoed. Ze kon zichzelf nooit fatsoenlijk beoordelen zolang ze dat slipje droeg.

Ze klauterde van de wastafel af, zodat ze haar oude slipje kon weggooien en een nieuwe kon zoeken. Met grote passen liep ze terug naar de slaapkamer, waar ze de bovenste la van haar commode openrukte. Ze haalde er een fatsoenlijk rood setje uit dat ze vorig jaar samen met Em had gekocht bij Victoria's Secret. Ze trok haar oude ondergoed uit en deed het nieuwe aan.

Met haar hand al boven de prullenmand om haar oude slipje weg te gooien begon ze opeens te twijfelen. Nu ze weer in haar vertrouwde, schemerige kamer was en niet meer zo pijnlijk werd geconfronteerd met haar fel uitgelichte gezicht kreeg ze opeens medelijden met haar oude, gebloemde slipje. Hij was heel zacht. Hij was al honderden keren gewassen, maar er zaten nog geen gaten in en het elastiek was nog prima. Ze had hem al heel lang en al die tijd was hij lief voor haar geweest. Om eerlijk te zijn was het waarschijnlijk haar comfortabelste slipje. Niet alle slipjes zaten zo lekker. Em had haar een keer overgehaald om onder een legging een string aan te trekken, en die zat écht niet lekker, wat anderen ook beweerden.

Romy kon het niet over haar hart verkrijgen om het slipje zonder goede reden weg te gooien. Wat had hij haar immers ooit misdaan? Hij kon het ook niet helpen dat hij niet gelikt en modieus was. Zo was hij gewoon.

In plaats van hem weg te gooien maakte ze er een piepklein balletje van en stopte dat weg in het verste hoekje van haar la.

Oké, voorlopig zou ze hem nog niet weggooien. Maar ze trok hem ook niet meer aan. Tenzij ze verder echt geen schone slipjes meer had. En naar modellenkamp trok ze hem al helemaal niet aan.

Het duurde uren voordat Ama eindelijk Noah bedankte. De hele tijd probeerde ze te bedenken hoe ze het moest aanpakken. Een paar keer stond ze zo dicht bij hem dat ze die twee woorden gemakkelijk kon zeggen, maar ze kon zich er niet toe zetten.

Later ging ze in haar eentje naar een beekje om buiten het bereik van nieuwsgierige blikken haar met bloed en pus doorweekte sokken uit te trekken. Noah bleek daar ook te zijn, om wat kleren uit te wassen.

'Dank je,' flapte ze eruit voordat de woorden terug konden kruipen in haar keel om zich daar te verstoppen.

'Graag gedaan,' antwoordde hij.

Ze probeerde haar voeten in het water te steken en haar sokken uit te spoelen voordat hij het kon zien, om hem de gruwel te besparen, maar ze was net niet snel genoeg.

Hij kromp zichtbaar ineen toen hij ze zag, en dat kon ze hem niet kwalijk nemen. Met die voeten en dat haar van haar zag ze er werkelijk verschrikkelijk uit. Ze bezorgde hem vast nachtmerries.

Eerder die middag, terwijl ze licht als een veertje zonder rugzak die laatste anderhalve kilometer aflegde, had ze iets bedacht. Het was zo'n troostende gedachte dat die haar tot boven op de berg overeind had gehouden. Misschien wilde Noah haar zekeraar zijn. Als hij haar zekraar was, durfde ze te hopen dat ze misschien toch niet onherroepelijk zou sterven.

Het was een goed plan, maar er was één groot probleem: dan moest ze een manier bedenken om hem te vragen of hij haar partner wilde zijn, en ze wist dat dat haar nooit zou lukken.

De bast van de wilg bevat salicylzuur,
het belangrijkste bestanddeel van aspirine,
en wordt al duizenden jaren gebruikt om
koorts te verlagen en pijn te stillen.
Het werkt ook goed tegen wratten.

10

'Ik heb gehoord dat hij een vriendin heeft,' zei Sheba met haar toch al luide stem, die nog extra werd versterkt door de gladde tegelwanden en metalen wc-hokjes in de dames-wc annex -kleedkamer van het Surfside.

Em hield halverwege een beweging op met het inzepen van haar handen.

'Wie heeft je dat verteld?' vroeg Violet Brody, een andere serveerster.

'Eh… Dat weet ik niet meer precies… Was jij dat, Megan?' vroeg Sheba.

Megan legde haar oogpotlood neer en keerde zich van de spiegel af. 'Nee, dat heb ik niet gezegd. Ik geloof niet dat hij een vriendin heeft. Anders zou hij toch niet naar Goldie' – ze kuchte omstandig – 'pardon, Em kijken alsof hij haar ter plekke zou willen verslinden?'

Als verstijfd staarde Em voor zich uit. Het was het eind van de avond, en zoals gewoonlijk hadden de oudere meisjes zich hier verzameld om hun haar te borstelen en zich op te maken voordat ze zich in het nachtleven stortten. Meestal bleven Em en Bryn zo lang mogelijk in de dames-wc rondhangen om de sfeer en de roddels op te zuigen. Zodra de oudere meisjes weg waren, fristen ze zich op, maakten een wandelingetje over de promenade en gingen naar huis.

'Hij heeft inderdaad een zwak voor Em, hè?' zei Violet, zonder zelfs maar naar Em te kijken.

'Je kent hem toch ergens van?' vroeg Megan, die haar zowaar rechtstreeks aansprak in plaats van over haar te praten alsof ze er niet was.

'Nou,' begon Em, een beetje geschrokken omdat ze opeens in het middelpunt van de belangstelling stond. 'Dat wel, maar ik weet niet eens hoe hij heet. We hebben elkaar één keer eerder ontmoet. Eergisteravond, om precies te zijn.' Ze draaide de kraan uit en droogde haar handen af.

'Niet te geloven dat je hem kent!' gilde Bryn opgetogen.

'Kennelijk heb je grote indruk gemaakt,' zei Sheba.

'Hij is wel een beetje te oud voor haar, vind je niet?' vroeg Violet.

Em had geen idee hoe oud hij was. Haar gezicht brandde van schaamte, maar ook een beetje van trots. Alle ogen waren op haar gericht.

'Hooguit twee jaar ouder. Drie misschien,' zei Megan.

'Het probleem is niet dat hij te oud is voor Em,' zei Sheba tegen Megan. Dit was weer de versie van het gesprek waar Em niet bij was. 'Hij is te… cool voor Em.'

Bryn lachte net iets te hard.

'En bedankt,' zei Em.

'Nee, niet te cool. Te gladjes, bedoel ik,' verbeterde Sheba zichzelf. 'Ik vind hem een beetje een rokkenjager, jullie niet?'

'Misschien,' zei Megan.

'Hoogstwaarschijnlijk,' voegde Violet eraan toe.

'Hij lijkt me een lastpak,' zei Caroline, een andere serveerster, instemmend.

'Maar hij is wel een stuk!' meende Bryn, die graag aan het gesprek wilde bijdragen.

Em keek de meisjes na toen die hun spullen bij elkaar raapten en naar het restaurant slenterden. Em en Bryn bleven achter. Ze hoorde de oudere meisjes nog steeds praten over de mogelijkheid dat het iets zou worden tussen hem en haar. Het leek niets uit te maken dat ze er niet meer bij was.

De twee volgende dagen werd het terrein rotsachtiger. De groep voerde de eerste technische beklimming uit, wat inhield dat ze er touwen bij gebruikten.

Ama moest een uur wachten tot ze aan de beurt was, en al die tijd beefde ze over haar hele lichaam. Heel voorzichtig klom ze een meter of twee omhoog, keek over haar schouder en raakte prompt in paniek. Ze klemde zich zo stevig vast aan het touw dat ze de huid van haar handpalmen schuurde. Haar voeten trilden zo hevig dat ze de tenen van haar schoenen niet in de daarvoor bestemde gaten kreeg.

Uiteindelijk moesten Dan en Jared haar als een dood gewicht aan het touw omhooghijsen. Zodra ze boven was bedankte ze hen en ging een paar meter verderop staan overgeven.

Later, nadat ze had geluncht en even in de zon had gelegen, keek ze uit over de bergwand die ze hadden beklommen. Natuurlijk bleef ze een flink eind bij de rand vandaan terwijl ze de hoogte probeerde te berekenen. Uiteindelijk besloot ze dat het waarschijnlijk ongeveer net zo hoog was als de wand waarlangs ze aan het eind van de tocht zouden abseilen. Iets lager misschien, maar niet veel.

Nog wat later zat ze op een platte steen terwijl Maureen zalf op haar kapotte handen smeerde.

'Hoe hoog was die wand?' vroeg Ama nonchalant.

Maureen hield Ama's handen bij de polsen omhoog, zodat ze de wonden goed kon bekijken in het wegstervende zonlicht. 'Hemeltjelief, meid,' prevelde ze. 'Hoe heb je dat voor elkaar gekregen? Ze zijn helemaal kapot.'

Ama haalde haar schouders op. Je moest mijn voeten eens zien, dacht ze. 'Maar hoe hoog was het nou? Weet je dat?'

'De klim van vandaag?' vroeg Maureen. 'Een meter of twaalf misschien.'

'Twaalf meter?' barstte Ama uit. 'Meer niet?' Ze balde haar zere vuisten.

'Misschien dertien, veertien. Zeker geen vijftien.' Maureen keek onthutst.

'Zeker geen vijftien meter? Vijftien, bedoel je? Niet vijftig?'

'Ik bedoel vijftien.' Maureen nam haar bezorgd op. 'Ama, wat is er?'

Ama klemde haar kiezen op elkaar. 'Niets,' fluisterde ze.

De wand waarlangs ze zouden abseilen was honderd meter. Dat was zeven keer zo hoog als de klim van vandaag. Minstens zeven keer zo hoog. Misschien eerder negen keer.

Een paar meter verderop ging Ama opnieuw staan overgeven.

'Wáár ga je naartoe?' vroeg Em, die rechtop op haar ligstoel ging zitten.

'Naar modellenkamp,' antwoordde Romy. 'Dat heb ik je toch verteld in een van mijn e-mails?'

'Volgens mij heb ik die niet gekregen,' zei Em schuldbewust. 'Wat houdt dat in, modellenkamp?'

'Het is in Gaithersburg.'

'Dat vroeg ik niet. Ik vroeg wat het inhield,' schreeuwde Em zowat in haar mobieltje. 'Wat moet je daar doen?' Eigenlijk had Em Romy expres teruggebeld op een moment dat ze verwachtte dat die het te druk zou hebben met oppassen of zo, maar de telefoon was pas één keer overgegaan toen ze gretig opnam. Nog voordat ze elkaar hadden begroet, had Em al genoeg van Romy.

'Je leert wat je moet doen om model te worden. Van alles, eigenlijk.'

'Zoals?' Em zag dat haar moeder in haar zwarte bikini en met haar grote strohoed op haar hoofd de veranda aan de achterkant van het huis op kwam lopen. Em wendde haar blik af. Zo veel hoefde ze van haar moeder niet te zien.

'Weet ik veel. Mode, make-up. Je weet wel, fotografie en zo.' Romy's stem werd zachter. Hoe langer ze praatte, hoe minder zelfverzekerd ze klonk.

Em dwong zichzelf even rustig adem te halen. 'Het was niet mijn bedoeling om zo negatief te doen. Ik wist alleen niet dat daar ook een kamp voor was.'

'Vind je soms dat ik geen model kan worden?'

Em luisterde naar de smekende ondertoon in Romy's stem en dwong zichzelf haar eerste impuls te verdringen. Als het Ama was geweest, had ze eerlijk kunnen zijn: Echt niet! Je lijkt in de verste verte niet op een model. In dat opzicht kon Ama heel veel hebben. Aan de andere kant, als het Ama was geweest, dan had het eerlijke antwoord geluid: Natuurlijk wel, gewoon doen – want zij zag er wel degelijk uit als een model. Maar ze kon Romy niet vertellen hoe ze er werkelijk over dacht. Romy kon wat dat betrof veel minder hebben.

'Dat weet ik toch niet. Wat weet ik er nou van?'

'Denk je dat ik niet in het plaatje pas?' Romy klonk zo verdrietig en serieus dat Em bijna zwichtte.

Maar Romy paste inderdaad niet in het plaatje. Ze had grote borsten en een wespentaille. Ze had grove gelaatstrekken, prominente jukbeenderen en een overbeet, het soort gezicht waar je in moest groeien. Ze was op een rare manier mooi, maar de meeste mensen zagen dat niet.

'Ik denk dat jij een laatbloeier bent, snap je? Over zeg maar een jaar of dertig ben jij veel mooier dan die meisjes die er nu uitzien als modellen, dat durf ik te wedden.'

Romy zweeg even, en Em betrapte zichzelf erop dat ze hoopte dat hiermee de kous af was.

'Maar Em, als je al in de dertig bent, kun je geen model meer worden.'

Em beet op haar knokkel. 'Ik heb het niet alleen over model zijn.'

'Nou, ik wel,' zei Romy.

'Oké, oké. Moet je horen, veel plezier op kamp. Het was niet mijn bedoeling zo negatief te doen.'

'Dus je denkt dat het wel iets kan worden? Met dat modellenwerk?'

'Tuurlijk,' antwoordde Em vermoeid, 'waarom niet?' Het was een kleine tegemoetkoming. Wat maakte het uit? In elk geval kon ze nu ophangen.

Em was uitgeput. Ze was in de war. De aanblik van haar moeder die in bikini twee plekjes witte verf van de balustrade probeerde te schrobben zodat de hele wereld haar pas gecorrigeerde buik kon aanschouwen, deprimeerde haar. Bovenal deprimeerde het haar dat Romy zo optimistisch kon zijn over dingen die haar nooit zouden lukken.

Zoals haar vriendschap met Em. Romy bleef maar optimistisch over de mogelijkheid een hechte band met haar te onderhouden, en soms wilde Em gewoon dat ze een beetje afstand hield.

Zolang ze met Romy bevriend was, was het alsof ze bevriend was met haar jongere ik, alsof ze wist wat er ging gebeuren en dat het niet leuk zou zijn. Em wilde vooruit, maar Romy sleurde haar altijd weer terug.

'Goldie!'

Na een late avonddienst met in haar wijk twee tafels vol mensen die telkens een nieuwe kan bier bestelden en maar niet wilden weggaan, verliet Em via de achterdeur het Surfside. Ze dacht dat op Jordan en Hidalgo na iedereen al weg was, maar opeens dook er vlak bij de afvalcontainers een zeker iemand naast haar op.

'Hoi,' zei ze verlegen.

Hij was helemaal niet verlegen. Hij pakte haar hand en drukte een kus op een knokkel. Toen legde hij zijn handen om haar middel en kuste haar op de kaak. 'Dat wil ik al de hele avond doen. Heb je zin om iets te gaan eten?'

Ze dacht aan de waarschuwing van de andere meisjes op de dames-wc. Had iemand dat gezien? Zou ze het morgen te horen krijgen? Ze dacht eraan dat ze op tijd thuis moest zijn en dat haar moeder op haar zat te wachten.

Hij hield haar hand vast en trok haar in de richting van de promenade.

'Ik moet zo naar huis,' wierp ze tegen. Ze wilde niet dat hij zou denken dat ze zo'n meisje was dat zich op de gekste momenten en plekken zomaar liet kussen. Al had hij een gegronde reden om dat te denken.

'Het duurt niet lang.' Hij bleef bij de eerste de beste toffeekraam staan en bestelde een half pond. Dat betaalde hij met zijn pas verdiende fooi. 'Zie je? Ik heb al eten besteld,' zei hij met het doosje trots geheven. 'Kom, dan eten we het op het strand op, en daarna breng ik je naar huis.'

Ze liep achter hem aan het strand op, en opeens welde er plezier op in haar binnenste. Het was zondagavond en het strand was donker en verlaten, zodat ze nauwelijks weerstand aan hem kon bieden. Hij trok haar dicht tegen zich aan toen ze net buiten het bereik van de golven op het zand gingen zitten. De wind streek zacht langs haar huid, warm maar niet heet. Hij opende de doos met toffees en gaf er eentje aan haar. 'Dit is een hele lekkere. Volgens mij zit er pindakaas in.'

'Een uitgebalanceerd maal,' zei ze. Ze beefde een beetje. Haar stem had een frivole ondertoon.

'Dat vind ik ook erg belangrijk,' zei hij.

Ze nam piepkleine hapjes van de toffee. Ze was te opgewonden om te eten.

Hij haalde een groene uit het doosje en bestudeerde hem achterdochtig. 'Wat is dit, denk je? Toffee hoort niet groen te zijn.' Hij bracht zijn arm naar achteren en gooide het ver de zee in.

'Haar hoort ook niet groen te zijn,' zei ze zachtjes, wetend dat het een gevaarlijke, flirterige opmerking was.

Hij lachte opgetogen en draaide zich naar haar om op een manier die aangaf dat hij haar wilde kussen. Hij kuste haar. Wat moest ze daar nou tegen beginnen?

Kun je niet een beetje… onhandiger zijn, vroeg ze hem in gedachten. Hoe kreeg hij het voor elkaar om haar zo zelf-verzekerd te kussen? Ze moest denken aan Arlo Williams tijdens de picknick in groep negen, die uren moed had verzameld voordat hij zelfs maar zijn arm om haar heen durfde te slaan.

Wat kon deze jongen goed kussen. Als nooit tevoren begreep ze wat dat inhield. Hij was de eerste met wie ze echt uitgebreid zoende, maar in een hoekje van haar geest – het deel waar ze haar geweten had weggestopt – wist ze dat dat voor hem niet gold.

Met een blos op haar wangen duwde ze hem van zich af. Ze moest even op adem komen. 'Ik moet je iets vragen, goed?'

Hij knikte, er duidelijk op gebrand zo snel mogelijk door te gaan waar ze gebleven waren. 'Wat je maar wilt.'

Ze zweeg even. 'Hoe heet je?'

De hele nacht dacht Ama erover na voordat ze haar besluit nam. Het was een moeilijke, maar onvermijdelijke beslissing: aan cijfers heb je niets als je dood bent.

Na het ontbijt zocht ze Maureen op, die haar spullen aan het inpakken was.

'Ik kan het niet.'

Maureen keek op. 'Wat niet?'

'Het abseilen.'

Maureen knikte bedachtzaam. 'Ik begrijp dat je er zo over denkt.'

'Zo denk ik er inderdaad over. En bovendien is het echt zo.' Ama probeerde de trilling uit haar stem te weren.

'Nee, dat is niet waar.'

'Maureen, ik kan het niet. Dat weet ik zeker. Echt.' Zenuwachtig tikte Ama met de punten van haar zware schoenen tegen elkaar.

Maureen legde een hand op haar pols. 'Hoor eens, lieverd. Ik weet dat het moeilijk wordt voor je. Echt. Het zal meer van jou vergen dan van wie dan ook uit deze groep. Dat begrijp ik. Maar je kunt het. Dat weet ik zeker. En je zult vreselijk trots zijn op jezelf als het achter de rug is.'

'Dan ben ik dood. Hoe kan ik nou trots op mezelf zijn als ik dood ben?'

'Je gaat niet dood. Denk je echt dat ik je zou laten doodgaan?'

Ama wilde Maureens bemoedigende glimlach beantwoorden, maar dat lukte niet. Ze zag echter wel wat een mooie glimlach het was. Maureen was zo iemand van wie je maar heel geleidelijk ging beseffen dat ze mooi was, omdat ze zo aardig was.

Ama sjokte weg om haar spullen in te pakken. Ze hoopte dat Carly weer ergens met een jongen lag te vozen, zodat ze niet met haar hoefde te praten terwijl ze de tent afbrak.

'Ik ben blij dat je met me bent komen praten,' riep Maureen haar na.

Ama keek over haar schouder. 'Maar het heeft helemaal niet geholpen.'

'Misschien ook wel.'

11

'Heb je zin om straks met ons mee uit te gaan?' vroeg Megan aan Em, die voor de derde keer tafel elf aan het indekken was. Het was weer een drukke avond in het Surfside. Het stroomde lekker door en er werden gulle fooien gegeven. Het bedienend personeel was in opperbeste stemming.

Iedereen behalve Bryn en Lila, een andere hulpserveerster, die de uitnodiging verrast en vol afgunst aanhoorden.

'Ja, graag,' zei Em. Met groeiende tevredenheid ging ze door met het afvegen en indekken van de tafel. Tot op dat moment had ze niet beseft dat ze het vervelend vond niet te worden uitgenodigd voor de feestjes na sluitingstijd. Geen enkele hulpserveerster mocht mee. Maar nu ze gevraagd was, had ze medelijden met Bryn en Lila. En ze had met terugwerkende kracht medelijden met zichzelf, vanwege alle avonden die hieraan waren voorafgegaan.

Ze moest wel eerst telefonisch haar moeder om toestemming vragen, maar ze vermoedde dat die er niet moeilijk over zou doen. Haar moeder had altijd gehoopt dat haar dochter net zo populair zou worden als zij altijd was geweest. Het andere goede hieraan was dat ze niet op weg naar huis met Zach kon zoenen, zoals ze de afgelopen paar keer telkens had gedaan. Zo kreeg ze een avondje vrijaf om kracht op te doen, zodat ze nee kon zeggen tegen de andere dingen die hij met haar wilde doen.

'Laten we naar de bowlingbaan gaan. Dan kunnen we tenminste dansen,' stelde Caroline aan het eind van hun dienst voor tijdens de make-up-, plannings- en roddelsessie in de dames-wc.

'Maar daar staat een nieuwe portier bij de deur,' zei Sheba. 'Laten we naar de Midnight Room gaan. Volgens mij is daar vanavond een optreden.'

'Brent wil vast eerst naar de speelhal,' merkte Megan op.

'En het is aan jou om nee te zeggen,' reageerde Violet meteen.

Em keek snel van de een naar de ander, luisterend naar de verschillende meningen, overgelukkig dat ze erbij betrokken was. Ze hoopte dat ze niet zou worden uitgelachen omdat ze geen vals identiteitsbewijs had.

Bryn hield haar staande toen ze de wc uit wilde lopen. 'Wat ben jij een geluksvogel! Niet te geloven dat ze je mee hebben gevraagd. Serieus. Ik ben er gewoon ziek van.' Dat laatste zei ze alsof het een compliment was.

'Het komt door Zach,' zei Lila, de andere hulpserveerster. Bryn knikte.

Em liep naar buiten om haar moeder te bellen, maar toen ze haar mobieltje aanzette, zag ze dat die anderhalf uur eerder een berichtje voor haar had ingesproken.

'Kom snel naar huis,' zei haar moeder op de voicemail. 'Ik heb hier een verrassing voor je.'

Ze belde haar moeder terug. 'Wat is de verrassing?' flapte ze eruit.

'Het is geen iets. Het is een iemand.'

'Is oma er soms?'

'Nee...' Haar moeder wilde het duidelijk spannend maken.

'Het is toch niet papa, hè?' Zodra ze dat vroeg, besefte ze dat dat niet kon, want dan zou haar moeder heel vaag en moeilijk doen. Dan zou ze het niet op deze manier brengen.

'Nee.'

'Wie dan wel?'

'Kom maar naar huis, dan zie je het vanzelf.'

'Zeg nou gewoon,' zeurde Em. Haar enthousiasme was als sneeuw voor de zon verdwenen. Ze wilde helemaal niet naar huis om het vanzelf te zien. Ze wilde liever naar de bowlingbaan of de speelhal of wat dan ook. 'Waarschijnlijk is het gewoon een van je zussen,' zei ze mokkend, maar ze voelde zich meteen schuldig.

'Nee hoor. Kom nou maar gewoon naar huis, goed?' vroeg haar moeder. Ze begon haar eigen spelletje kennelijk moe te worden. Het bleef nooit lang gezellig tussen hen.

Em verontschuldigde zich bij de groep meisjes die uit de wc kwamen en sjokte via de weg naar huis in plaats van langs de zee, zoals ze gewoonlijk deed. Niks uitgaan en lol maken. Zelfs zoenen zat er niet in. Ze betrapte zichzelf erop dat ze hoopte dat Zach achter een struik zou opduiken. Waar hing hij eigenlijk uit?

Zoals haar moeder al had beloofd, stond haar grote verrassing met grote donkere ogen en een ernstig gezicht op haar te wachten op de voorveranda.

'Hoi, Romy,' zei Em.

'Ik hoop dat je het niet erg vindt dat ik ben gekomen,' zei Romy terwijl ze tegenover elkaar in de keuken aan het aanrecht zaten. Em at een kom Cheerios.

Em knikte met haar mond vol en haar blik op haar lepel gericht. Ze had haar contactlenzen uitgedaan en haar bril opgezet, wat een hele opluchting was. Die contactlenzen droeg ze nu al dagen achter elkaar. Afgezien van haar familie waren Romy en Ama de enige mensen die wisten dat ze een bril had.

'Ik dacht dat je wel een vriendin kon gebruiken,' zei Romy plechtig.

Ik heb al een vriendin. Ik heb vriendinnen zat. Ik heb zelfs een vriendje, wilde Em zeggen. 'Hoezo?' vroeg ze.

Romy wierp haar een bevreemde blik toe. 'Vanwege je ouders.'

Em keek op. 'Hoe bedoel je?'

Nu keek Romy verbijsterd. 'Omdat ze uit elkaar gaan.' Ze keek alsof ze elk moment kon gaan huilen.

Em legde haar lepel neer. 'Wie heeft je dat verteld?'

'Je moeder. De laatste keer dat ik belde. Ik vroeg haar hoe het met haar ging, omdat ze een beetje verdrietig klonk, snap je.'

'En toen heeft ze het je verteld?'

'Ze dacht dat ik het al wist. Ze dacht dat jij het me had verteld.'

Em wist niet welke richting ze uit moest. Elke richting was vervelend en naar, en ze kon zichzelf er niet toe brengen er een te kiezen.

Romy had er met Ems moeder over gepraat. En dat terwijl Em er niet eens met haar moeder over had gepraat. En nu was Romy gekwetst, want ze begreep niet waarom Em het haar niet had verteld.

'Zo erg is het allemaal niet,' mompelde Em. Ze keek naar haar Cheerios, maar kon geen hap meer door haar keel krijgen.

'O nee?'

Em schudde haar hoofd. Opeens was ze onvoorstelbaar moe. Ze wist niet eens of ze haar bed wel zou halen.

'Weet je zeker dat het wel gaat?' Romy nam haar zorgvuldig op.

Em stond op. 'Ja hoor, ik ben alleen moe,' zei ze. 'We hebben vandaag lang doorgewerkt in het restaurant. Mijn voeten doen zeer.'

'Wil je gewoon naar bed?' Romy had een vergevensgezinde blik in haar ogen. Ze had Em onder de neus kunnen wrijven hoezeer die haar had gekwetst of kunnen doorvragen wat er precies tussen haar ouders was gebeurd, maar dat deed ze niet. Ze wilde Em niet verdrietig maken.

'Ja, eigenlijk wel.' Em was wel degelijk verdrietig. In te veel opzichten om op te noemen. Bovendien voelde ze zich schuldig. 'Bedankt dat je bent gekomen, Romy. Dat was lief van je.'

Romy knikte en liep achter Em aan naar de slaapkamer. Em zag dat Romy het reservebed onder het bed vandaan had gereden en een kussen en een deken had opgeduikeld. Haar koffer stond naast de ladekast. Ze wist waar ze alles kon vinden. Ze had hier immers al zo vaak gelogeerd.

'Misschien kunnen we morgen naar het strand,' stelde Romy voor.

'Oké,' antwoordde Em, die zich afvroeg hoelang Romy precies van plan was te blijven. Ze voelde zich schuldig toen ze een aardige manier probeerde te bedenken om tegen haar te zeggen dat ze naar huis moest gaan.

Liggend in het donker probeerde Em in slaap te vallen, maar hoe moe ze ook was, dat lukte niet. Aan Romy's ademhaling kon ze horen dat die ook nog niet sliep. Maar ze zei niets.

'Hé, sorry dat ik niet de energie heb om vanavond iets te gaan doen,' zei Em.

Romy knikte in het bijna-donker. 'Geeft niets. Ik snap het wel. Ik weet dat dit een moeilijke tijd voor je is.'

Lieve Romy,

Ik haat mijn tentgenote Carly. Ik haat haar echt. Ze heeft mijn roze bandana gepakt zonder het te vragen en toen ik haar ging zoeken, betrapte ik haar in het bos. Raad eens met wie? Met Noah!! Ik meen het serieus! Ik ben niet lang genoeg blijven staan om te zien wat ze allemaal aan het doen waren, maar ik kan me er iets bij voorstellen. Wat is ze toch een ongelooflijke slet! De enige jongen in de groep met wie ze nog niet heeft liggen vozen is Andy, en alleen omdat die de puberteit nog niet heeft bereikt.

Ik haat haar en ik haat Noah. Ik haat kamperen en wandelen en klimmen en mijn rugzak en mijn tent en mijn schoenen.

Liefs, wrevel en gal,
je vriendin Ama

Lieve papa,

Dank je voor je brief. Het woud en de bergen zijn inderdaad majestueus, zoals je al schreef. Je had gelijk toen je zei dat deze reis een prachtige kans is om nieuwe landschappen te zien en verkennen.

Doe de groetjes aan maman, Bob en Esi.

Liefs,
Ama

De eerste brief gooide Ama meteen weg. Ze was helemaal niet van plan hem te versturen. Ze moest gewoon wat stoom afblazen en Romy was altijd degene bij wie ze dat het liefst deed, want die luisterde het best en oordeelde niet zo snel. De tweede brief stopte ze in de tas met post die in Los Angeles zou worden verstuurd.

Toen Em wakker werd, wist ze in eerste instantie niet waar ze was. Even was ze bang en gedesoriënteerd, want ze dacht dat ze thuis was in Bethesda en dat Finn haar riep vanuit zijn slaapkamer, naast de hare. Ze herinnerde zich zijn stem nog heel goed, ook al had ze hem al een hele tijd niet meer gehoord. Met wild kloppend hart ging ze rechtop in bed zitten. Langzaam nam ze haar omgeving in zich op. De zon scheen door het raam naar binnen. Ze hoorde het rollen van de golven in de verte. Langzaam maar zeker kreeg ze weer besef van tijd en ruimte. Het was niet altijd een opluchting als je weer wist waar je was.

'Gaat het wel?' vroeg Romy, die met een bezorgd gezicht vanuit de gang de slaapkamer binnen kwam. 'Je schreeuwde.'

Em knikte. 'Het gaat wel. Ik heb gewoon raar gedroomd,' zei ze, maar haar hart klopte nog in haar keel. Ze zag dat Romy klaarwakker en aangekleed was en een boek in haar hand had. Em wreef haar ogen uit. 'Hoe laat is het?'

'Twaalf uur.'

'Echt waar?'

'Ja.'

'Sorry dat ik zo lang heb geslapen,' zei Em.

'Geeft niet. Heb je zin om naar het strand te gaan?'

'Ja, goed,' zei ze. 'Ik kleed me even om.'

'Ik ook,' zei Romy. Ze pakte haar toilettas en ging naar de gastenbadkamer, zodat Em die van haar voor zichzelf had. Em keek peinzend naar de koffer. Opnieuw vroeg ze zich af hoelang Romy van plan was te blijven.

Em trok een bikini aan en gooide wat spullen in een tas. Romy stond al helemaal klaar bij de deur te wachten.

Terwijl ze naar het strand liepen viel het Em op dat Romy heel bleek zag en dat haar armen heel dun leken. Ze leek wel een nachtvlinder, die niet in het zonlicht thuishoorde. Ging Romy eigenlijk wel eens naar buiten? Had ze wel een leven? Bij die gedachte voelde Em een steek, maar ze besteedde er geen aandacht aan. Het was toch niet haar taak om zich eeuwig zorgen te maken om Romy?

Op het brede zandstrand spreidden ze hun badhanddoeken, smeerden zich dik in met zonnebrandcrème – met haar rossige haar verbrandde Em snel en kreeg ze veel sproetjes – en bleven liggen tot ze het te warm kregen. Toen sprongen ze het water in.

De golven waren al hoog en werden steeds hoger. Eensgezind sprongen en doken ze. Romy werd omvergesmeten door een golf, maar kwam lachend weer overeind. Voor een nachtvlinder was ze opmerkelijk sterk en robuust. Toen Em in een golf sprong maar door de stroming onderuit werd getrokken, stak Romy haar hand naar haar uit. Em greep hem vast maar liet hem toen weer vallen, vanwege haar schuldgevoel en alle onuitgesproken zaken.

Daarna gingen ze weer op hun handdoek liggen om in de zon op te drogen.

'Hoe gaat je vader ermee om?' vroeg Romy na een lange stilte.

Em kneep haar ogen dicht tegen de zon. 'Hoe bedoel je?'

Romy draaide zich op haar zij, zodat ze Em kon aankijken.

'Met de scheiding, bedoel je,' zei Em op ternauwernood beleefde toon.

Romy knikte en keek Em strak aan met haar grote, ernstige ogen.

Em prutste aan het bandje van haar bikini en wendde haar blik af.

'Het viel niet mee voor ze na Finn, hè?' vroeg Romy.

Op dat moment zag Em over het glinsterende zand een groepje kennissen uit het restaurant op zich af komen. Achteraan liep Zach, die er goddelijk uitzag in zijn blauwe surfbroek.

'Hé, Goldie!' riep Megan wuivend.

Em ging rechtop zitten. 'Hoi.' Ze zwaaide naar hen. De schittering van het zonlicht op het water verblindde haar. De meesten kende ze wel, maar er waren ook twee nieuwe meisjes bij. 'Hoe gaat het?'

Megan keek vragend naar Romy.

Em nam Romy's kinderachtige zwemkleding, rare hoed en grote voortanden in zich op, en de manier waarop ze met ogen als spleetjes tegen de zon in tuurde. Ze zag haar door Megans ogen en dat beviel haar niks. Em voelde zich schuldig, maar ze wenste dat ze kon doen alsof ze Romy niet kende, ook al lagen ze naast elkaar op een handdoek. 'Dit is, eh... Romy,' zei Em.

Megan knikte.

'Hoi,' zei Romy.

'We gaan in de buurt van Oak Street volleyballen, als je zin hebt om mee te gaan.'

'Oké, bedankt. Misschien komen we straks nog even langs,' zei Em. Geen haar op haar hoofd die eraan dacht om Romy mee te nemen als ze met hen ging volleyen.

Zach bleef een beetje achter bij de rest van de groep. Hij nam haar van top tot teen op. Zijn blik bleef rusten op alles wat niet door haar bikini met lavendelblauwe en witte strepen werd bedekt. Toen knipoogde hij.

'Tot vanavond, Goldie,' riep hij voordat hij zich achter de anderen aan haastte.

Em keek hen na en wenste dat ze met hen mee kon. Zij kenden haar ouders niet, zij hadden Finn niet gekend, en het fijnste was nog wel dat het hun waarschijnlijk ook niets kon schelen.

'Wie is Goldie?' vroeg Romy toen ze weg waren.

Em haalde haar schouders op en veegde wat zand op een hoopje. 'Zo noemen ze me op het werk.'

Toen de deurbel door het grote, lichte, glazen strandhuis galmde, liep Romy achter Em aan naar de voordeur. Het meisje dat voor de deur stond herkende ze meteen van school. Ze herkende de fijne gelaatstrekken, de samengeknepen blauwe ogen en de nukkige mond, maar wist niet meer hoe ze heette.

'Je kent Bryn toch?' vroeg Em terwijl ze het meisje binnenliet.

'Ja. Van school,' antwoordde Romy. Ze beet op haar duimnagel. Bryn was duidelijk niet blij haar te zien. Ze wist dat ze niet Bryns type was. Bryn was een van de meisjes met wie Em sinds het eind van groep negen optrok, en ze snapte niet waarom.

'Willen jullie een glas limonade?' vroeg Romy. Het was wel duidelijk dat Bryn het dolgraag ergens over wilde hebben met Em, maar niet zolang zij erbij was.

Romy deed zo lang mogelijk over het inschenken van de limonade. Ze vroeg zich af of Ems moeder op de achterveranda was. Ze vond dat Ems moeder zich meer als een vriendin gedroeg dan Em zelf.

Romy hoorde de stemmen van de meisjes uit Ems kamer komen, dus liep ze voorzichtig met de drie glazen de gang in. Ze vertraagde haar pas toen ze opving wat Bryn zei. Dat deed ze niet expres, maar Bryns stem was schel en indringend, en Romy had erg scherpe oren.

'Ben je niet meegegaan?' vroeg Bryn op hoge toon. 'Je maakt een grapje.'

Em zei iets wat Romy niet goed kon verstaan.

'Vanwege haar? Dat meen je niet. Ik weet dat jullie vroeger met elkaar omgingen, maar ik wist niet dat ze nog steeds je hartsvriendin was.' Zo te horen moest Bryn lachen.

Em gaf geen antwoord.

'Echt waar, Em, volgens mij is ze zo'n beetje het raarste meisje van de hele school.'

Romy wilde geen stap naar voren doen, maar ze kon zich er ook niet toe zetten om achteruit te lopen. Het was overduidelijk dat Bryn het over haar had.

'Wat doet ze hier eigenlijk?' vroeg Bryn na een onverstaanbare reactie van Em.

De limonade klotste een beetje in de glazen, want Romy's handen beefden. Ze wilde niet dat de meisjes haar zouden horen. Ze wilde hier niet eens zijn. Ze kon niet voor- of achteruit.

Ze verwachtte dat Em voor haar zou opkomen. Oké, hun vriendschap was niet meer zo hecht als vroeger, en misschien wilde Em liever wat vaker met meisjes als Bryn omgaan, maar zij en Em waren echte vriendinnen. Dat ging niet zomaar over.

'Ik heb haar niet uitgenodigd. Ze kwam zomaar opdagen. Ik wou dat ze wegging.' Ems woorden staken als messen in Romy's oren.

'Dus ze is hier, maar volgens jou zijn jullie niet eens meer bevriend?'

Eerst hoorde Romy niets, maar toen zei Em: 'Vroeger wel. Nu niet meer.'

Em hoorde een bons, gerinkel en snelle voetstappen in de gang. Ze rende haar kamer uit, langs twee kapotte glazen en een steeds groter wordende plas, de keuken in.

Daar stond Romy met een prop keukenpapier in haar hand en tranen op haar wangen. Langs Em heen haastte ze zich naar de gang. Op haar knieën plukte ze onhandig de glasscherven uit de limonade en legde het keukenpapier eroverheen.

Als verlamd keek Em haar aan. 'Romy, wat is er gebeurd?' vroeg ze, al wist ze dat donders goed. Ze wist wat er was gebeurd.

'Ik heb de glazen laten vallen,' zei Romy met haar blik strak op de grond gericht. Em hoorde de snik in haar stem en liet zich op haar knieën zakken om te helpen met het oprapen van de glasscherven.

'Romy...'

Romy raapte het drijfnatte keukenpapier op en liep ermee naar de vuilnisemmer in de keuken. Daar liet ze het in vallen, samen met de glasscherven. Vervolgens liep ze langs Bryn heen, die op het bed in een tijdschrift zat te bladeren, Ems kamer binnen om haar koffer te pakken. Met het glas nog in haar handen keek Em toe.

Ze stond op, een beetje duizelig. Ze had het gevoel dat er iets van boven op haar drukte en zich om haar heen klemde. Elk moment konden haar benen het begeven en zou ze languit op de grond vallen.

Ze liep achter Romy aan naar de voordeur. Romy liep naar buiten, met haar koffer in haar hand en haar vochtige, wapperende strandhanddoek over haar schouder. Haar donkere kleren en lange kousen zagen er vreemd uit tussen de duinen. Op blote voeten en met de glasscherven nog steeds in haar hand liep Em een paar passen achter haar aan over het pad. Toen bleef ze staan en keek Romy na, die in de verte steeds kleiner werd.

Em wilde niets liever dan opgelucht zijn omdat Romy eindelijk wegging. Ze wilde vergeten wat er was gebeurd. Ze wilde zichzelf wijsmaken dat Romy eigenlijk niet zo veel had gehoord, en ze wilde het dolgraag geloven. Ze wilde weer het huis binnen gaan en er met Bryn om lachen, maar ze stond als aan de grond genageld.

Twee jaar lang had Em intuïtief haar oude en haar nieuwe vriendinnen strikt gescheiden gehouden. Het laatste wat ze wilde was samen met Romy en Bryn in dezelfde ruimte te moeten zijn, en niet alleen omdat ze zich voor Romy zou schamen. Ze was vooral bang geweest dat zij, Em, gemeen zou doen.

Em keek naar haar handen en zag dat ze bloedden.

12

'Romy, wat is er? Waarom eet je niets?'

Romy rukte haar blik los van haar Thaise afhaalmie en keek Dia aan. 'Ik heb gewoon… niet zo'n trek.'

'Heb je dan zo laat geluncht?'

Romy probeerde zich de lunch te herinneren. Had ze toen eigenlijk wel gegeten? Ze haalde haar schouders op.

'Heb je een vervelende dag gehad?'

Romy had weinig gegeten of gepraat sinds ze van Rehoboth Beach was teruggekeerd, maar het viel Dia nu pas op. Romy dacht terug aan haar dag. Had ze een vervelende dag gehad? Opnieuw haalde ze haar schouders op.

'Wat heb je vanmiddag gedaan?' Dia was duidelijk in opperbeste stemming. Ze dronk een of andere whiskycocktail met citroenlimonade en rode kersjes.

'Gewoon. Gelezen.'

Dia knikte. Ze keek Romy doelbewust aan. 'Is er iets gebeurd toen je bij Em aan het strand was?'

Het gebeurde niet vaak dat Dia iets opmerkte, maar wanneer ze dat wel deed, wist ze meteen de vinger op de zere plek te leggen.

Weer haalde Romy haar schouder op.

'Wat dan?'

Romy keek naar haar moeders korte, inktzwarte haar en

het glinsterende gouden knopje in haar neusvleugel.

Wat zou Ems vriendin Bryn van Dia vinden? Kon Bryn een ingewikkelder woord bedenken dan 'raar'? Waarschijnlijk niet. Voor mensen als Bryn stak de wereld verbazingwekkend eenvoudig in elkaar. Je was normaal of je was raar. 'Normaal' was een kleine, scherp afgebakende categorie, en 'raar' was een veel grotere, maar even scherp afgebakende categorie. Het maakte niet uit in welk opzicht of waarom je raar was. 'Raar' kende geen diversiteit. 'Raar' kende geen gradaties. Je was het wel of je was het niet. Dat waren de mogelijkheden, de enige mogelijkheden.

Romy moest denken aan Em, die zich in groep zes voor Halloween als Pippi Langkous had verkleed, met tussen haar benen het enorme paard dat ze van papier-maché had gemaakt. Ze moest denken aan Em die voor haar boompje vioolspeelde. Kon Em echt binnen de grenzen van 'normaal' blijven? Wilde ze dat ook echt?

'Ze heeft veel nieuwe vrienden aan het strand,' zei Romy. 'Lui die in het restaurant en aan de promenade werken.'

Dia knikte begrijpend. 'En jij had het gevoel dat je er niet bij hoorde?'

Romy wist dat dit Dia's vertrouwde stokpaardje was. Ze had haar leven gewijd aan nergens bij horen. Ik zal je eens laten zien wat raar is, leek ze met haar kleren, haar haar en haar kunstwerken uit te dragen.

Romy schudde van nee.

'Ach, maak je niet druk om die nieuwe vriendinnen.' Dia gebaarde met het steeltje van een kersje. 'Meisjes zoals wij zijn een stuk interessanter. Geloof me maar.'

Romy knikte, maar ze wist nog zo net niet of ze wel een meisje 'zoals wij' wilde zijn. Ze wilde helemaal niet interessant zijn. Misschien was dat niet zo erg als je volwassen was en het in eigen hand had, maar op high school was het helemaal niet leuk om interessant te zijn.

Romy vroeg zich af wat er zou gebeuren als ze nog een paar kilo afviel en een begin kon maken met haar modellencarrière. Stel dat ze een echt cv met portretfoto kreeg, zo een dat ze je aan het eind van het modellenkamp beloofden? Stel dat ze daadwerkelijk een klus aangeboden kreeg?

Stel dat Bryn haar in een tijdschrift zag staan? Stel dat Em dat zag? Stel dat ze wisten dat haar oma model was geweest, en nog een beroemd model ook? Wat zouden ze dan denken?

Dia stond op om nog iets voor zichzelf in te schenken. Toen ze weer ging zitten, trok ze een ernstig gezicht. 'Ik moet zeggen dat het me wel een beetje tegenvalt van Em. En van Ama ook, eigenlijk.'

'Hoe bedoel je?' vroeg Romy.

'Het gebeurt heel vaak dat het misgaat tussen vriendinnen als ze de tienerleeftijd bereiken,' zei Dia met een bedachtzame zucht. 'Kinderen worden ontzettend kleingeestig als ze naar high school gaan. Dat is niets nieuws. Maar ik dacht dat jullie drie meer in je mars hadden.'

Ik ook, dacht Romy.

'Tante Candice heeft gevraagd of ik een paar dagen naar Baltimore wil komen om kennis te maken met haar nieuwe vriend,' zei Ems moeder de volgende middag tegen haar.

Em knikte. Tante Candice liep in het scheidingsproces een paar jaar voor op haar moeder. Inmiddels had ze ook vriendjes. Op een vreemde manier was ze een soort rolmodel, bedacht Em.

'En, ga je?' vroeg Em.

'Ik zou wel graag willen.' Haar moeder was opgewekter dan ze in lange tijd was geweest. 'Hij is muzikant. Vrijdagavond heeft hij een optreden.'

Zoals haar moeder dat zei, was dat het enige wat er in de afgelopen tien jaar aan haar leven had ontbroken: een muzikant die in Baltimore op vrijdagavond moest optreden.

'Dan ga je toch? Ik vind het prima.' De radertjes in Ems hoofd kwamen in beweging.

'Je kunt bij de buren logeren,' zei haar moeder hoopvol. 'Jeannie zegt dat ze het hartstikke gezellig zou vinden.'

Jeannie, de buurvrouw, had een jongenstweeling van vier. Em wist zeker dat ze op hen zou moeten passen als ze een keer vrij had. Maar als ze hier bleef... tja. Ze had Zach. Ze had Bryn en de anderen van het restaurant. Geen moeder die zat te wachten tot ze thuiskwam. Dat leverde eindeloos veel intrigerende mogelijkheden op.

'Ik kan ook gewoon hier blijven,' zei Em. 'Ik red me wel. En als ik iets nodig heb, is Jeannie één deur verderop.'

Haar moeder keek weifelend. Ze wilde graag gaan. Ze wilde niet dat Em een obstakel zou vormen, en dat wist Em donders goed.

'Echt, mama, het is geen probleem. Aan de ene kant hebben we Jeannie en aan de andere kant mevrouw Gluck. Die gaat nooit ergens naartoe.'

Haar moeder knikte langzaam. 'Denk je echt dat je je kunt redden?'

'Natuurlijk. Jij hebt een mobieltje, ik ook. Je bent maar een uurtje of twee rijden hiervandaan. Ik zal het fornuis niet gebruiken. Wat kan er nou gebeuren?'

Haar moeder wilde echt heel graag gaan. 'Nou. Misschien. Ik weet niet. Denk je niet dat je er even met je vader over moet praten?'

Em slaakte een zucht van ongeduld. 'Mama, denk je nu echt dat het papa iets kan schelen?'

133

Gia was een van de eerste supermodellen geweest, en waarschijnlijk ook de meest tragische, concludeerde Romy na een uitgebreid onderzoek op internet. Cindy Crawford was een van haar favorieten omdat ze de beste van de klas was geweest op de middelbare school en werktuigbouwkunde had gestudeerd aan Northwestern University, een gerenommeerde universiteit.

Romy verliet haar computer en slenterde de badkamer binnen. Ze klom op de wastafel om haar achterwerk in de spiegel te bekijken. Was het kleiner geworden? Volgens de digitale weegschaal in de Wallman-drogisterij was ze bijna drie kilo kwijt.

Ze dacht na over haar onderzoek. Vooral Iman vond ze geweldig, want die kwam uit Afrika, net als Ama. Sterker nog, Iman leek erg op Ama, of liever, zoals Ama er volgens haar uit zou zien als ze wat ouder was. Christy Turlington deed aan yoga, en daar had ze respect voor, en Heidi Klum was zakelijk begaafd en had haar eigen tv-programma.

Ze draaide zich om, zodat ze zichzelf van voren kon bekijken. Inmiddels ging het diëten haar goed af, besefte ze. Daar was ze best trots op. Veel modellen over wie ze had gelezen hadden naar dieetpillen, drugs of sigaretten gegrepen om slank te blijven. Romy was blij dat ze daar haar toevlucht niet toe hoefde te nemen.

Wat het een stuk gemakkelijker maakte was dat Romy vaak in haar eentje at, dus als ze een keer een maaltijd oversloeg, merkte niemand dat. Ze stelde zich Ama's familie voor, die elke avond samen aan tafel zat. Het zou Ama nooit lukken om een maaltijd over te slaan. Niet dat Ama dat wilde. In tegenstelling tot Romy was Ama van nature al slank.

Romy had gehoopt nog een kilo of twee te kunnen afvallen voordat ze naar het kamp ging, maar ze had op internet in een artikel gelezen dat je in je groei geremd kon worden als je niet genoeg at. Wat was belangrijker: lang zijn of slank?

Kate Moss was een stuk minder sympathiek, ontdekte Romy. Zij was haar huidige onderzoeksproject. Als je een grondige studie wilde maken van modellen, kon je niet om Kate Moss heen. Maar hoewel ze uitzonderlijk mooi was, was ze ook moeder van een jonge dochter. Wanneer Romy op internet foto's zag waarop Kate Moss feestte met gestoorde rocksterren die onder de drugs zaten, moest ze altijd aan die dochter denken.

Romy's buik was plat en haar middel was smal, maar haar heupen en achterwerk zagen er nog precies hetzelfde uit. Haar gezicht was magerder en haar jukbeenderen staken meer uit, maar haar beha paste nog precies.

Toen ze naar haar kamer liep om zich aan te kleden, voelde ze zich nog steeds lomp in haar korte spijkerbroek. Ze boog nog steeds verlegen voorover in haar mouwloze shirtje. Ze raakte nog steeds gefrustreerd als Dia niet op de afgesproken tijd thuiskwam. In gedachten hoorde ze nog steeds wat Em in Rehoboth Beach tegen Bryn had gezegd, hoezeer ze ook haar best deed om het te vergeten.

Inderdaad, diëten ging Romy best goed af, maar ze begon zich af te vragen of je ooit af kwam van de aspecten van jezelf die je het liefst zou kwijtraken.

'Ik vind die sokken echt geweldig,' zei Carly enthousiast. 'Zitten er van die afzonderlijke tenen aan? Zulke sokken heb ik ook gehad, maar de droger heeft er een opgevreten.'

Het was twee dagen later, en Ama knikte grimmig tegen Carly terwijl ze samen de tent opzetten.

'Ik koop om de haverklap nieuwe sokken, jij ook?' babbelde Carly verder. 'Ik heb een keer een tijdje geen sokken aangetrokken, maar toen begonnen mijn hardloopschoenen verschrikkelijk te stinken.' Carly lachte om haar eigen hilariteit, terwijl Ama het beetje gewicht dat ze had gebruikte om een hoekpaal in de grond te drukken.

'Vervolgens besloot ik allemaal dezelfde sokken te kopen, zodat het niet uitmaakt als ik er een kwijtraak, weet je wel?'

Nee, dat wist Ama niet. Ama's moeder waste alle kleren zo zorgvuldig dat ze bijna nooit een sok kwijtraakte. Maar ze zweeg. Dat leek Carly niet te deren. Het leek haar niet eens op te vallen dat Ama geen antwoord gaf en dat al drie dagen niet meer deed, sinds het voorval met Noah.

De volgende keer dat Ama opkeek stond de tent er. Carly mocht dan veel kletsen, ze was een opvallend efficiënte tentenbouwer.

'Ik val om van de honger,' verklaarde Carly, waarna ze wegliep om zich bij de kookploeg aan te sluiten.

Ama slenterde in haar eentje rond en bestudeerde de mierenhopen aan weerszijden. Ze wist inmiddels veel over mieren, zowel rode als zwarte, en slaagde er over het algemeen in haar tent er niet bovenop te zetten.

Ze wilde zich niet aansluiten bij de kookploeg, want ze wilde Carly niet weer met Noah zien flirten. De afgelopen drie dagen had ze al veel te veel tijd verspild aan piekeren over de vraag of Carly en Noah er samen tussenuit knepen, terwijl ze tegelijkertijd elke kans om daarachter te komen voorbij liet gaan.

Moest Carly het nu echt met alle jongens aanleggen? Stuk voor stuk? Kon ze er niet één voor iemand anders overlaten?

Maar stel dat ze er inderdaad een voor me overliet, vroeg Ama zich onrustig af. Wat zou ik dan doen? Zou ik met hem praten? Zou ik naast hem gaan zitten? Zou ik ook maar twee tellen op mijn plaats blijven als hij naast me kwam zitten?

Niets, nee, nee, en nee. Nou, dan mocht Carly Noah toch ook hebben? Carly had genoeg voor iedereen, terwijl Ama voor niemand iets had.

Het was koud die nacht. Ama lag te bibberen in haar slaapzak en maakte zich afwisselend druk over het abseilen en over Carly en Noah. Daarin werd ze gestoord toen Carly bij de ingang van de tent opdook.

Meteen deed Ama alsof ze sliep, zodat ze niet met haar hoefde te praten, en opnieuw was dat een misrekening. Net als die eerste avond had Carly een gast meegenomen.

Was het Noah? Ama kon zich niet verroeren. Een fractie van een seconde opende ze een oog, en ze zag donker, steil haar. Ja, het was Noah! Ze wachtte op zijn stem toen ze samen het kleine tentje in kropen. Ze durfde haar hoofd niet te draaien.

Was hij het echt? Hij zei niets. Vol angstige spanning luisterde ze naar Carly's gefluister en gegiechel. Toen hoorde ze het onmiskenbare geluid van gezoen.

Dit werd haar te veel. Dit kon ze niet verdragen.

In een aanval van woede en afgunst, vermengd met een beetje vernedering, trok Ama haar slaapzak strak om zich heen en ritste haastig en met bevende handen de tentflap open. Ze pakte haar rugzak en stommelde de tent uit. Ze probeerde in haar slaapzak te lopen, maar dat lukte niet. Ze struikelde, liet haar rugzak vallen en probeerde onhandig overeind te blijven.

'Oeps. Kennclijk sliep ze toch niet,' hoorde ze Carly in de tent zeggen.

'Nee, dus niet,' antwoordde de jongen – was het Noah?

Ze fluisterden en lachten. Ama wilde alleen nog maar weg. Als ze uit haar slaapzak wilde kruipen, zou ze hier langer moeten blijven dan ze aankon, dus begon ze te huppen. Het was een moeilijke combinatie, boosheid en huppen. Ze voelde zich belachelijk. Maar ze wist ook dat ze zich nooit zo belachelijk kon voelen als ze eruitzag.

Ze hupte naar de rand van het kamp. Ze wilde haar woede heel duidelijk maken. In de verte hoorde ze een wild dier. Maar zó duidelijk nu ook weer niet. Doodgaan ging haar te ver.

Ze liet zich op de grond zakken en dacht even na. Toen schoof ze zorgvuldig haar rugzak onder een dichte struik zodat haar spullen niet al te nat zouden worden als het die nacht ging regenen. Vervolgens strekte ze zich uit en kroop zo diep mogelijk weg in haar slaapzak, zodat zelfs haar hoofd er niet meer uit stak.

Het was alsof ze in haar eigen piepkleine tentje lag, zonder sletterige tentgenote en teleurstellende jongens. Ik hou van je, slaapzak, dacht ze. Wat moest je met jongens, goede cijfers en zelfrespect als je je eigen piepkleine tentje had? Misschien was ze in een vorig leven een schildpad geweest.

Als ik hier nooit meer uit kom, word ik misschien nog wel gelukkig, dacht ze. Ze stelde zich voor dat er kamers en gangen in haar slaapzak zaten, en allerlei voorwerpen waar ze troost uit kon putten. Ze was net Oscar het Moppermonster in *Sesamstraat*, waar ze vroeger in Ghana wel eens naar keek. De gewone regels van ruimte golden om de een of andere magische reden niet voor Oscar, waardoor hij heel veel ruimte en allerlei spullen in zijn aluminium vuilnisbak had. Misschien kon haar slaapzak ook zo worden.

Die mooie gedachte was de laatste voordat Ama's bewustzijn ontrafelde en overging in slaap.

Er wordt wel beweerd dat het geluid
van de wind in de wilgenbomen het
gefluister is van elfjes in het oor van de
dichter.

Er wordt ook beweerd dat de wilg zijn
wortels uit de grond kan trekken om
reizigers te achtervolgen en dreigend toe te
mompelen.

13

'Ik kan er wel iets aan doen. Geen punt,' zei Romy tegen mevrouw Miller, de haar- en make-updocente van het modellenkamp, die hoofdschuddend naar haar haar stond te kijken.

'Ik denk aan extensions,' zei de vrouw. 'En de kleur?'

Romy tuurde naar zichzelf in de spiegel. 'Wat is daarmee?'

'Is dit je natuurlijke kleur?'

'Eh... ja.'

'Het is erg streng. Erg donker.'

'Ik zou het lichter kunnen maken,' zei Romy voorzichtig. Ze vroeg zich af wat haar moeder daarvan zou zeggen. Haar moeder was een groot voorstander van haarverf, maar alleen in de kleuren zwart, roze, groen of blauw. Blond zou Dia behoorlijk in het verkeerde keelgat schieten. Romy keek om zich heen en erkende dat ze zowel de oudste als veruit de minst blonde was. Waarschijnlijk was een aantal meisjes niet zo geboren.

Dat was iets wat haar verbaasde aan modellenkamp. Hoewel in de brochure stond dat het bedoeld was voor meisjes tussen de negen en de zestien, was ze met haar veertien jaar ruim twee jaar ouder dan de op één na oudste deelneemster.

Nog iets vreemds: het kamp bevond zich pal naast de parkeerplaats van een enorm overdekt winkelcentrum, en het bleek dat er ook veel lestijd was ingeruimd voor winkelen onder begeleiding. Niet dat Romy had gerekend op een bos bij een meer met tenten en kano's, maar een parkeerplaats en een winkelcentrum had ze ook weer niet verwacht.

Het winkelen was een probleem, ten eerste omdat ze helemaal niet van winkelen hield en ten tweede omdat elke dollar die ze met oppassen had verdiend al was opgegaan aan het inschrijfgeld voor het kamp. Met als gevolg dat ze geen budget overhad om te winkelen of naar de snackbar van het kamp te gaan. En dat was waarschijnlijk maar goed ook, want ze moest nog een kilo afvallen.

Dat bracht haar op nog een feit dat haar verbaasde. Voor meisjes die ernaar streefden model te worden, brachten ze opvallend veel tijd door in de snackbar.

Tijdens de vrije uren op het midden van de dag, wanneer de andere meisjes in de snackbar tv zaten te kijken, ging Romy in het klaslokaal door met haar onderzoek naar beroemde modellen. Ze wist dat ze eigenlijk meer haar best moest doen om contacten te leggen, maar ze was zich pijnlijk bewust van het leeftijdsverschil, en bovendien wist ze dat ze anders was.

Trouwens, ze vond het makkelijker om tijd door te brengen met supermodellen dan met tastbare meisjes die alleen maar streefden naar alles wat supermodellen al hadden en die van je verwachtten dat je antwoordde als ze iets zeiden.

Voordat ze die avond naar het restaurant ging, trok Em haar favoriete korte broek aan. Haar haar liet ze die avond loshangen, in de hoop dat ze zich dan beter zou voelen. Ze wilde Zach heel graag zien. Als hij er was, verdwenen al haar gewone, trage gedachten en kwamen er nieuwe, razendsnelle gedachten voor in de plaats, en vandaag vond ze dat een fijn vooruitzicht.

Toen ze hem tussen de tafels zag rondlopen, liep ze op hem af en stak even haar hand in zijn kontzak. 'Hoi Zach.'

Ze wilde dat hij haar zou kussen, al was het maar heel even. Dat was het enige waar ze de afgelopen twaalf uur aan had gedacht, maar hij moest snel naar de keuken om zijn eerste bestelling door te geven.

Zach, Zach, Zach, Zach, Zach. Nu ze zijn naam wist, genoot ze ervan om hem uit te spreken. Ben je mijn vriendje? Ben jij mijn vriendje, Zach?

Tijdens de pauze voegde ze zich bij de andere meisjes, die zaten te roken en sms'en, sneller dan je met het blote oog kon volgen. Ze had nu het gevoel dat ze erbij hoorde, al rookte ze niet. Em herkende het nieuwe meisje dat ze die avond al een paar keer had gezien.

'Is dit je eerste dag?' vroeg Em.

'Deze vakantie wel, ja,' antwoordde ze. 'Vorig jaar heb ik hier in augustus ook gewerkt.'

Ze was waarschijnlijk zeventien of achttien, vermoedde Em, maar ze zag er ouder uit. Ze droeg hetzelfde Surfside-T-shirt als iedereen, maar het zat van boven een stuk strakker dan bij Em. Ze had schitterend donker haar, een huid die makkelijk bruin werd en een forse neus. Opvallend was ze zeker, maar eerder sexy dan echt mooi.

'Ik ben Em,' zei Em. 'Kom je uit Washington?'

'Bethesda. En jij?'

'Ik ook,' zei Em. 'Waar zit je op school?'

'South Bethesda. Ik doe komend jaar examen.'

Em knikte. Opeens voelde ze zich heel jong en klein. Ze besloot niet te zeggen dat ze daar ook op school zat. Ze wilde dat dit meisje haar zou beschouwen als een collega-serveerster (min of meer) met een vriendje, en niet als een jong grietje dat nog aan high school moest beginnen.

'Ben je hulpserveerster?' vroeg het meisje een beetje neerbuigend, terwijl ze iets in haar tasje zocht.

'Ja,' antwoordde Em. Ze wilde dat dit meisje zou begrijpen dat ze niet zomaar een meelopertje was, dat ze echt bij de groep hoorde. Bovendien was ze het vriendinnetje van veruit de knapste jongen die in het restaurant rondliep. Ja, ze was hulpserveerster, maar ze had een zekere status, zelfs bij de bediening.

Het meisje deed wat gloss op haar lippen, slingerde haar tasje over haar schouder en liep terug naar het restaurant.

'Hé, Effie, wacht even,' riep Violet haar na.

Em voelde zich bleek en extra sproeterig toen ze zo waardig mogelijk terugliep naar de afwaskeuken. Ze dacht aan de avond die voor haar lag. Als Zach aan het eind van haar dienst opdook, zoals altijd, en met haar naar het strand wilde om te zoenen, zou ze ervoor gaan. Niet dat ze dat eerder niet had gedaan, maar nu werd het anders. Nu was ze eraan toe om een echt vriendje te hebben. Ze wist wat een jongen als Zach waard was en ze wilde het niet verpesten.

Om kwart over tien waren alle tafeltjes leeg, op één na, en was Em druk bezig met het schoonmaken en indekken van tafels voor de volgende dag. Ze keek om zich heen, op zoek naar Zach, maar die was niet in het restaurant zelf.

Bryn kwam naar haar toe met de bestekkar. 'Ik heb gehoord dat Zachs vriendin van vorig jaar terug is,' verkondigde ze luid fluisterend.

'Waar heb je het over?'

'Die nieuwe serveerster? Je weet wel, die met de grote tieten en het donkere haar? Ze heeft tegen Megan gezegd dat Zach haar vriendje is. Ze hebben vorig jaar zomer verkering gekregen en zijn het hele jaar bij elkaar gebleven.'

Niet erg dicht bij elkaar, kennelijk, dacht Em, maar ze zei het niet hardop. Ze ging door met het indekken van de tafels alsof het haar allemaal weinig kon schelen. 'Ik geloof er niets van. Heeft Megan je dat verteld?'

'Nee, Violet. Megan heeft het tegen haar gezegd.'

'Aha,' zei Em nonchalant, alsof ze het niet echt geloofde en er al helemaal niet mee zat.

Met groeiende frustratie keek ze om zich heen. Ze moest nog zeven tafels doen en die laatste gasten wilden maar niet vertrekken. Dat was niet eerlijk, want het bedienend personeel mocht meestal weg zodra hun wijk leeg was, maar de hulpbediening moest blijven tot alle tafels in hun wijk schoon en gedekt waren.

De meeste meisjes hadden zich al verzameld in de dameswc. Eerder, tijdens de lunch, had Megan gezegd dat Em vanavond mee mocht, maar ze wist dat ze niet allemaal op haar zouden wachten. Ze zouden gewoon vast gaan en Em hier achterlaten. Maar Zach zou wel op haar wachten.

Verwoed poetste ze door, zonder acht te slaan op Bryn en haar geroddel. Het meisje met de grote tieten en het donkere haar mocht dan denken dat ze Zachs vriendinnetje was, ze had het overduidelijk mis. Zach dacht er anders over. Misschien hadden ze vorig jaar verkering gehad. Dat was alleszins mogelijk. Maar Zach had het duidelijk achter zich gelaten, en daar zou dat meisje gewoon mee moeten leren leven.

Enigszins wanhopig keek Em toe terwijl de meisjes luidruchtig naar buiten dromden. De meeste andere obers en serveersters waren ook al weg. Ze bleef achter te midden van het mindere volk: Brownie, Jordan de dombo en Carlos. Zelfs Bryn en Lila waren al vertrokken.

144

Zij en Brownie vouwden de papieren tafellakens van de ene tafel na de andere op, met alle krabschalen en -ingewanden erin, en liepen ermee naar de grote vuilcontainers achter het restaurant. Em werkte snel en slordig. Waarschijnlijk zou ze de rest van haar leven naar krab stinken.

Zach stond vast achter op haar te wachten. Straks sprong hij weer achter een container vandaan of zo. Maar hoelang was hij bereid te wachten?

Ze overwoog weg te gaan. Zou Jordan haar dan ontslaan? Hij moest haar toch minstens nog een tweede kans geven?

Toen ze eindelijk weg kon uit het restaurant, was Zach er niet meer. De rest van de groep was allang weg.

Ze pakte haar mobieltje en belde haar moeder. Ze kon nog niet naar huis. Absoluut niet.

'Mama, ik ga nog even een halfuurtje stappen met mijn collega's, oké?'

'Em, het is al bijna elf uur.'

'Ik ben op z'n laatst om tien voor halftwaalf thuis, dat beloof ik.'

'Wil je dat ik je kom ophalen?'

'Nee, hoeft niet. Ik red me wel.'

'Heb je je vader al gebeld, lieverd?'

Verdorie. Ze had hem zullen bellen, maar ze was het vergeten, net als gisteravond en de avond ervoor. 'Het was ontzettend druk vandaag. Ik bel hem morgen wel.'

Ze liep snel over de promenade in de hoop dat haar geweten haar dan niet zou inhalen. Gelukkig waaide er een stevig windje in haar gezicht.

Ze zou even langsgaan bij de speelhal en dan gaan kijken bij de Chatterbox. Zo veel plaatsen waren er niet waar ze konden zijn, tenzij ze op het strand een feestje bouwden.

In de speelhal waren ze niet, maar ze zag wel een paar bekende gezichten toen ze bij de Chatterbox aankwam. De groep ging graag aan de grote tafel bij het raam zitten. Ze had de koperen deurknop al in haar hand en wilde de deur net opentrekken, toen ze door het grote raam Zach zag zitten.

Haar handen beefden toen ze ze langs haar zij liet vallen en terugdeinsde, de lichtkring uit.

Feitelijk kon ze Zachs gezicht maar half zien, want de andere helft was begraven in de hals van het meisje met het donkere haar. Zij hield haar arm bezitterig om hem heen terwijl ze met iemand aan de andere kant van de tafel praatte.

Het donkerharige meisje vond dat Zach haar vriendje was, en kennelijk vond Zach dat ook.

Die nacht werd Ama geplaagd door vervelende dromen, zowel saaie als inspannende. Ze werd af en toe wakker, maar sliep net zo snel weer in, te moe om iets te onthouden.

De eerste steek kwam na zonsopgang. Ze trok haar been op, krabde aan haar enkel en verweefde dat met het verhaal van haar droom. Even later volgden een tweede en een derde steek, die ze ook nog dromerig verdroeg, maar toen de vijfde tot en met de vijftigste in één keer kwamen, moest ze wel wakker worden en haar hoofd uit haar slaapzak steken. Ze gilde het uit.

Snel kroop ze uit haar slaapzak en sloeg naar haar enkels en armen.

Vuurmieren! Aah! Bovenmenselijk snel en behendig sprong ze gillend in het rond en sloeg naar de mieren, tot ze ze allemaal kwijt was.

Daarna keek ze op, langzaam, heel langzaam. Het was volop licht en ze verwachtte niets anders dan dat de rest van de kampeerders naar haar krankzinnige optreden had staan kijken.

Maar er was helemaal niemand. Even was ze gedesoriënteerd. Ze voelde de zon branden op haar hoofd. Het was later dan ze had gedacht.

Ze draaide zich om en zag de met gras begroeide heuvel achter zich. Toen ze in slaap was gevallen, had ze nog aan de rand van het kamp gelegen. Nu niet meer. Kennelijk was ze van de heuvel af gerold. Verbazingwekkend maar waar. Ze kon de struiken zien waar ze haar rugzak onder had geschoven, een paar meter verderop op de heuvel.

Ze tilde haar slaapzak op en sloeg die om haar schouders. Niks slaapzak met magische beschermingskracht dus. Langzaam liep ze tegen de heuvel op.

Meteen vond ze haar rugzak terug, precies op de plek waar ze hem had achtergelaten. Ze trok hem onder de struiken vandaan en liep het kampeerterrein op. In eerste instantie was ze opgelucht dat het verlaten was, zodat niemand de draak met haar kon steken omdat ze in haar slaap van de heuvel was gerold en was aangevallen door agressieve mieren. Maar die opluchting was van korte duur. Waar was iedereen?

Ze liep over de open plek. Ze kon zien waar het kampvuur had gebrand, en er lagen nog wat etensrestjes. Dit was inderdaad het kampeerterrein. Ze was dus niet in een andere werkelijkheid wakker geworden of zo.

Wat was het plan voor vandaag ook alweer? Ze wist nog dat ze in een kloof zouden afdalen. Ze moesten vroeg op, en waarschijnlijk was het de bedoeling dat ze een uur voor zonsopgang al op pad gingen.

De bezorgdheid die knaagde aan haar ingewanden werd met de minuut heviger. Hadden ze haar achtergelaten? Hoe kon dat nou? Was het dan niemand opgevallen dat ze er niet was? Ze dacht aan de vele keren dat ze ver achter de rest van de groep aan had gelopen. Hadden ze haar rugzak dan niet gezien? Ze dacht eraan hoe zorgvuldig ze hem onder de struiken had weggestopt.

'Hallo?' riep ze. Haar stem klonk zwak en timide in het bos. 'Hallo?' probeerde ze nogmaals, iets harder.

Als ze nu op pad ging, kon ze hen misschien nog inhalen. Ze probeerde er niet aan te denken dat ze nog moeite zou hebben om ze bij te houden als ze haar een voorsprong gaven. Welke richting waren ze op gegaan?

De kloof moest ergens heuvelafwaarts zijn, dacht ze. Kloven ontstonden door stromend water. Water stroomde naar beneden. Haar gedachten buitelden wild over elkaar heen. Ze konden niet in de richting zijn gegaan waar zij naartoe was gerold, want dan zouden ze haar hebben gezien.

In paniek propte ze haar slaapzak in haar rugzak. Ze had al een paar meter gelopen voor ze besefte dat ze zich niet eens had aangekleed. Verwoed haalde ze de bovenste spullen uit haar rugzak en trok de eerste de beste kleren die ze tegenkwam over haar lange ondergoed heen aan.

De paniek onderdrukkend marcheerde ze heuvelafwaarts. Steeds sneller liep ze. Stel dat ze de anderen niet kon vinden? Stel dat ze verdwaalde en doelloos moest rondzwerven, zonder eten of water? Straks ging ze nog dood, en niemand die het zou merken!

Ze keek om zich heen naar de bomen, op zoek naar iets wat leek op een pad, maar ze zag er geen. Alleen maar bomen, bomen en nog eens bomen, en die leken allemaal op elkaar. Wat moet ik nu, dacht ze.

'Hallo?' schreeuwde ze vruchteloos tegen de bomen.

Ze versnelde haar pas tot ze bijna rende. Vaag besefte ze

hoe sterk haar benen waren geworden, hoe stevig haar enkels nu waren. Stug liep ze door. Ze was buiten adem en haar
longen brandden, maar dat merkte ze niet eens. Het gewicht
van haar rugzak voelde ze niet.

'Hallo?' schreeuwde ze zeker een uur later heuvelafwaarts,
zoekend naar water. Ze hoorde niemand.

14

'Mag ik je iets vragen?' Em was extra vroeg naar het restaurant gegaan, zodat ze Zach nog even kon spreken.

Zach blikte om zich heen en toen naar zijn mobieltje, dat hij in zijn hand had. 'Wat je maar wilt,' zei hij luchtig, maar zo te zien meende hij het niet echt. 'Tot ik aan de slag moet, over drie minuten.'

'Heb je een vriendin?' Alle uren dat ze wakker had gelegen voor ze in slaap viel had ze nagedacht over hoe ze het zou verwoorden, en dit was eruit gekomen. Ze had overwogen te vragen: 'Heb je nóg een vriendin?' maar ze was bang dat ze dan alleen maar verwarring zou creëren of arrogant zou overkomen. Als hij haar echt leuk vond, zou hij antwoorden: 'Jij bent mijn vriendin, Goldie.'

'Wat?' vroeg hij, alsof hij hardhorend was.

'Of je een vriendin hebt.' Behalve mij, wilde ze er eigenlijk aan toevoegen. Maar het liefst wilde ze dat hij zou vragen: 'Behalve jij?'

'Bedoel je Effie?' vroeg hij.

Dat was het verkeerde antwoord. 'Ik weet niet wie ik bedoel. Is Effie je vriendin? Is zij degene met het donkere haar en de grote… Want zo ja, dan bedoel ik haar inderdaad.' Em wilde dat haar mond eens ophield met praten.

150

'Effie en ik hebben verkering gekregen toen we hier vorig jaar in de vakantie werkten,' zei hij. Hij speelde met zijn telefoon. 'Ik wist niet dat ze terug zou komen.'

Vast niet, dacht Em. Misschien was dat wel het enige tot nu toe waar hij niet over had gelogen. 'Zijn jullie nog steeds samen?'

Hij zuchtte, alsof al die vragen irrelevant en enigszins ergerlijk waren. 'Samen? Weet ik niet. Ik bedoel, we gaan nog wel met elkaar om.'

'Zij zegt dat jij haar vriendje bent. Is dat zo?'

Glimlachend schudde hij zijn hoofd. 'Jemig, wat een kruisverhoor. Ik weet niet wat zij zegt. Hoe moet ik dat weten?'

Nu raakte Em ook geërgerd. 'Laat ik het zo stellen: als ik tegen haar zou zeggen dat jij al de hele vakantie je tong in mijn mond steekt, zou ze daar dan moeite mee hebben?'

Zach woelde door zijn haar. De glimlach verdween. 'Em. Toe nou.'

Tot op dat moment had ze werkelijk geloofd dat hij dacht dat ze Goldie heette.

Uren later kreeg de zon een roze gloed en zakte de moed Ama in de schoenen. Ze liep nu langzamer en probeerde zich voor te bereiden op een voortijdige, eenzame dood.

Kon ze het kampeerterrein van de vorige avond maar terugvinden. Pas nadat ze urenlang paniekerig dan weer naar links, dan weer naar rechts was gerend drong tot haar door dat er, zodra haar verdwijning werd opgemerkt, iemand zou worden teruggestuurd naar het kampeerterrein – de laatste plek waar de groep nog compleet was geweest – en dat ze daar dan niet meer zou zijn. Als ze gewoon was gebleven waar ze was, hadden ze haar inmiddels waarschijnlijk al gevonden en had ze zich nu niet hoeven voor te bereiden op een voortijdige, eenzame dood. Maar dat had ze niet gedaan. Ze wist allang niet meer welke kant ze op liep. Ze wist niet hoe ze terug moest naar het kampeerterrein, net zomin als ze wist hoe ze ergens anders moest komen.

Het maakt niet uit of ik doorloop of niet, dacht ze. Maar toch liep ze verder.

Uiteindelijk zag ze een kleine open plek en een bord. Haar hart sprong op. Ze legde haar hand tegen haar borst om te voorkomen dat het dwars door haar ribben naar buiten zou springen. Was het bord een luchtspiegeling? Ze strompelde eropaf en pakte het met twee handen beet om zichzelf ervan te overtuigen dat het echt was, tastbaar.

Het was een routekaart. Er stond een wandelroute op aangegeven, uiteraard, maar wat belangrijker was: ook een rangerspost. Zou die nog open zijn? Zou er nog iemand zijn?

Ze prentte zich de kaart in en liep snel weg. Even schoot het door haar heen hoe gemakkelijk ze tegenwoordig routes kon volgen. Op topsnelheid volgde ze de markeringen. De afstand gleed voorbij onder haar schoenen. Als ze nu nog blaren had, voelde ze ze niet meer.

Dolblij nam ze het houten gebouwtje in zich op dat voor haar opdoemde. Ze gooide haar rugzak op de grond, rende naar de deur en bonkte erop.

'Toe, laat er iemand zijn,' zei ze smekend tegen de deur. Ze wist niet eens zeker of ze het hardop zei, of alleen in gedachten. 'Toe, alsjeblieft, alsjeblieft.'

Toen de deur daadwerkelijk openging, schrok ze daar zo van dat ze het gebouw bijna binnen viel. Een heel lange man van middelbare leeftijd in groene rangerkleding staarde haar aan terwijl ze overeind krabbelde en haar gedachten op een rijtje probeerde te krijgen.

'Mijn groep is zonder mij vertrokken. Ik ben verdwaald,'

ratelde ze. Eigenlijk had ze gehoopt het iets beheerster te brengen, maar dat lukte niet. Ze moest even op adem komen.

De ranger, die Bob bleek te heten, gunde haar wat tijd om tot rust te komen en stelde haar toen alle relevante vragen. Kennelijk gaf ze enigszins samenhangende antwoorden, want hij nam haar mee naar een telefoon op een bureau en wees ernaar. 'Ga je gang,' zei hij. 'Ik ga het nummer van Wild Adventure opzoeken.'

Hij ging naar een ander deel van het gebouw en liet haar alleen achter het bureau achter met de ouderwetse telefoon. Met bevende hand pakte ze de hoorn op. Intuïtief draaiden haar vingers het nummer van haar ouders. Ze stelde zich haar moeder voor, hoorde haar stem. Hopelijk kon ze haar tranen bedwingen tot ze het probleem had uitgelegd. Maar haar moeder nam niet op. Niemand nam op. Alleen het antwoordapparaat. Ama liet stamelend een bericht achter. Ze sprak het nummer van de rangerspost in en vroeg haar ouders haar zo snel mogelijk terug te bellen.

Waar was haar moeder? Welke dag was het? Hoe laat was het? Hoe laat was het hier? Hoe laat was het daar? Was er nu twee of drie uur tijdsverschil met thuis? In welke staat bevond ze zich eigenlijk?

Wat een merkwaardige vragen voor iemand die er prat op ging dat ze altijd precies wist waar ze was, en wanneer. Ze moest denken aan Esi, die altijd haar reusachtige horloge om haar pols droeg dat de tijd in alle vierentwintig tijdzones van de wereld aangaf.

Ama wist het mobiele nummer van haar vader niet meer. Ze wist het nummer van zijn coördinator niet meer. Dat waren nummers die waren opgeslagen in het geheugen van haar mobieltje, niet in haar eigen geheugen. Haar moeder had geen mobieltje, en ze was bijna altijd thuis. Behalve nu.

Esi's nummer kende ze wel uit haar hoofd. Dan moest ze Esi maar bellen. Maar wat moest ze dan zeggen? Ik ben verdwaald? Ik ben een idioot? Ik ben achtergelaten en vergeten? Ze hebben me niet eens gemist? Ik ben de slechtste deelnemer uit de geschiedenis van Wild Adventure? O, trouwens, Es, ze geven je een cijfer en ik krijg een dikke onvoldoende? Weet je nog dat je dacht dat ik net als jij naar Princeton zou kunnen?

Ze belde Esi. De telefoon ging eindeloos over. Ze hing op zonder een bericht in te spreken. Esi zou na de vakantie aan haar geneeskundestudie beginnen en werkte tot die tijd in een scheikundelab. Esi zette haar mobieltje altijd uit als ze in het lab of in de bibliotheek was, en ze was zelden ergens anders.

Wat nu?

Ama legde haar hoofd op haar armen. Nog niet huilen, waarschuwde ze zichzelf.

Er waren nog twee andere telefoonnummers die ze uit haar hoofd kende. Het waren nummers die ze al goed kende lang voordat ze haar eerste mobieltje had gekregen.

Ranger Bob kwam de kamer binnen. 'En, gelukt?'

'Tot nu toe neemt er niemand op. Weet u hoe laat het is?' vroeg Ama.

'Vijf over vier,' zei hij na even op zijn horloge te hebben gekeken.

'En weet u ook welke dag het is?' vroeg Ama timide.

Bob glimlachte naar haar. 'Vrijdag. De hele dag.'

Ama knikte. Ze durfde hem niet te vragen in welke tijdzone ze zich bevonden. Misschien waren haar vader, haar moeder en Bob gaan eten bij tante Jessie. Ze was niet echt hun tante, maar een oudere dame van de kerk met wie haar moeder bevriend was. 'En u? Is het gelukt?' vroeg Ama.

'Nog niet. Ze zoeken het op het hoofdkantoor voor me op.' Ranger Bob ging terug naar zijn kantoor, en Ama staarde naar de telefoon.

Ze belde de enige, afgezien van haar moeder, die vrijwel altijd opnam.

'Hallo?' klonk het nadat de telefoon één keer was overgegaan.

'Spreek ik met Romy?' vroeg Ama.

'Ama, ben jij dat?'

'Ja. Ik ben het.' Ama voelde het schrijnen in haar keel. Het was vreemd op zo'n afgelegen plek en midden in haar lange, vreemde beproeving zo'n vertrouwde stem te horen. Ama was al bijna gaan geloven dat ze het allemaal had verzonnen.

'Waar ben je?'

'In… Dat weet ik niet.' Tegen Romy kon ze dat zeggen. Al klonk het eerder als iets wat Romy tegen haar zou zeggen.

'Maar je bent toch nog op vakantie? Op kampeervakantie?'

'Ja. Ik ben in een rangerspost. Ik ben mijn groep kwijtgeraakt en daarna verdwaald.'

'O nee.'

Ama voelde tranen opkomen. 'Ja.'

'Heb je je ouders al gesproken?'

'Nee. Ze zijn niet thuis. Ik heb een bericht ingesproken.'

'Gaat het wel?'

Romy was er, en dat scheelde. Romy kon goed luisteren. Ama haalde diep adem en rilde een beetje. 'Ik denk het wel.'

'Wat ga je nu doen?'

'Ik wil naar huis.'

'Echt naar huis, bedoel je?'

155

'Ja.'

'Nu?'

'Zodra ik hier weg kan.'

'Waarom?'

Ama zweeg even. 'Waarom? Omdat ik deze vakantie verschrikkelijk vind. Ik haat wandelen. Ik haat mijn groep. Ik haat mijn haar. Ik wil hier niet blijven.' Tegen Romy kon je klagen. Zij deed altijd of ze was vergeten wat je had gezegd als dat nodig was, terwijl iemand als Grace je telkens weer hielp herinneren aan de irritante dingen die je had gedaan.

'Maar moet je niet wachten tot het eind van de reis?' vroeg Romy.

'Het kan me niets meer schelen. Als mijn ouders terugbellen, zeg ik dat ik nu naar huis wil.'

Romy zweeg even. 'Maar is het daar wel mooi?'

'Weet ik veel. Ik denk het wel,' zei Ama afwezig. Ze had te veel naar de grond lopen kijken om die vraag te kunnen beantwoorden. 'Als ik blijf, moet ik langs een hartstikke hoge wand abseilen. En dat kan ik niet.'

'Waarom niet?'

'Waarom niet? Omdat ik dan waarschijnlijk doodval, dat is één reden. Het is doodeng. Ik heb hoogtevrees.'

'En Pony Hill dan?'

Verrast en geërgerd zweeg Ama. 'Wat is er met Pony Hill?'

'Daar was je altijd dol op, meer dan wie ook.'

Ongelovig schudde Ama haar hoofd. Dat was typisch iets voor Romy, om zoiets kinderachtigs te zeggen. Op zulke momenten was het overduidelijk dat Romy haar helemaal niet meer kende.

'Dit heeft echt helemaal niets met Pony Hill te maken,' zei Ama.

Romy was weer even stil, en Ama was bijna misselijk van

vermoeidheid en ongenoegen. Waarom had ze haar eigenlijk gebeld? Zelfs toen ze nog dikke vriendinnen waren, hoorde ze onder aan de lijst thuis van mensen die je in geval van nood kon bellen. 'En trouwens, wat maakt het jou uit of ik ermee kap of niet?' vroeg Ama.

'Niks. Ik dacht alleen... dat je misschien spijt zou krijgen als je naar huis ging zonder het te hebben geprobeerd.'

'Ik zou helemaal geen spijt krijgen,' hield Ama vol. 'Ik zou dolblij zijn.'

'Oké,' zei Romy.

'Dan komt er tenminste op mijn lijst te staan dat ik de cursus niet heb afgemaakt en kan ik ook geen onvoldoende halen,' mompelde Ama.

'Hè?' vroeg Romy.

Ama had er al spijt van dat ze dat hardop had gezegd. Ze had het gevoel dat ze zich in de kaart had laten kijken. Dat was ook zoiets wat Romy nooit zou begrijpen. 'Niets. Laat maar,' zei ze.

'Maar moet je eens nagaan hoe ver je dan kunt kijken,' zei Romy weemoedig.

'Hoe ver je kunt kijken? Waar?' vroeg Ama. 'Waar heb je het over?'

'Boven aan die bergwand.'

'Ik wil helemaal niet ver kijken,' snauwde Ama. 'Ik wil gewoon naar huis.'

Romy's favoriete vak op modellenkamp was 'De blik van de fotograaf'. Elke dag luisterde ze ingespannen naar theorieën over kleuren en composities, terwijl ze in de kantlijn van haar schrift kleine tekeningetjes maakte. Meneer Seaver, die ook wel Geoff werd genoemd, was verreweg haar favoriete docent. Hij was jong en relaxed. Hij was tenger gebouwd en droeg sportschoenen en paisleyhemden. Alle andere docenten waren oudere vrouwen, van wie de meesten verstijfde gezichten hadden, en puntige schoenen en haar dat zo perfect in model zat dat ze zich nauwelijks durfden te bewegen.

'Meneer Seaver is homo, hoor,' zei een van de meisjes in de snackbar tegen Romy, alsof die dat erg moest vinden. Maar dat was niet zo.

Al op de eerste dag had meneer Seaver haar tekeningetjes opgemerkt, en in plaats van boos op haar te worden, zoals de meeste docenten, hield hij ze in het licht om ze beter te kunnen bestuderen. 'Wauw,' zei hij. 'Je lijkt wel een jonge Edward Gorey. Moet je die bomen zien. Waar haal je het vandaan?'

Romy wist niet wie Edward Gorey was en of dat goed of slecht was. Ze vroeg of hij liever had dat ze ophield met tekenen.

'O, nee. Zeker niet.'

Eerst was ze bang dat hij het sarcastisch bedoelde, maar elke dag aan het eind van de les bekeek hij ze en gaf hij haar uitgebreide feedback, die voornamelijk uit loftuitingen bestond.

Na de tweede dag liet hij haar in zijn klas blijven om te tekenen en praten terwijl de andere deelnemers naar het winkelcentrum gingen.

Hij liet haar een aantal van zijn landschapsfoto's en stadsfoto's zien en hij legde uit dat hij de kost verdiende met commerciële fotografie en lesgeven, maar dat zijn hart lag bij kunstfotografie.

'Waarom wil je eigenlijk model worden?' vroeg hij haar op de derde dag.

Ze tikte met haar wijs- en middelvinger tegen het bureau. 'Mijn oma was ook model,' zei ze.

Geoff knikte. 'Echt waar? Interessant. Was ze succesvol? Hoe heette ze?'

Nu werd het lastig. 'Dat weet ik niet.'

'Weet je niet hoe ze heet? Leeft ze nog?'

'Dat weet ik niet.'

'Oké.' Hij wachtte tot ze verderging.

'Ze is de moeder van mijn vader. Ik heb mijn vader nooit gekend, dus haar ook niet. Ik weet alleen dat ze model was.'

'Op die manier.'

Diezelfde middag, voordat ze wegging, legde ze iets op zijn bureau.

'Wat is dat?' vroeg hij.

'Dat is een onderzoeksrapport dat ik heb gemaakt.'

'Voor school?'

'Nee. Gewoon... voor de lol, eigenlijk.'

'"Supermodellen en hun leven",' las hij voor. Hij bladerde door de vele pagina's. 'Heb je dit allemaal zelf gemaakt? Al die tabellen, plaatjes en onderschriften en zo?'

Ze knikte, een beetje onzeker. Ze wist dat ze sommige mensen nerveus maakte met haar intensiteit.

Hij nam het mee toen hij die middag wegging en bracht het de volgende ochtend weer mee. Ze zat al in zijn lokaal toen hij binnenkwam. Ze kwam graag wat vroeger, voor het geval hij tijd had om nog even te kletsen.

'Romy, dit is ongelooflijk.'

Ze hield haar hoofd scheef. In haar leven had ze al zo veel zogenaamde complimentjes gekregen dat het tweede natuur was geworden om ervoor op haar hoede te zijn. 'Vindt u dat echt?'

'Ja, absoluut. Dit lijkt wel een doctoraalscriptie of zoiets. De leraren bij jou op school moeten wel heel trots op je zijn.'

'Nou ja, soms,' antwoordde ze. Afgezien van de leraren

die wiskunde, Spaans en muziek gaven.

'Ik heb nooit geweten dat het leven van supermodellen zo spannend kon worden beschreven. Ik meen het. Het is alsof je de levens van de heiligen leest, maar dan minder braaf en met betere kapsels.'

Ze lachte.

Nu, op dag vijf, was het laatste uur van het kamp voor die week aangebroken en liet hij haar in zijn stille lokaal rondhangen terwijl hij zijn administratie bijwerkte. Ze had geen zin om in de snackbar te praten over kleren en make-up of op tv naar realityprogramma's over het modellenwereldje te kijken. Dan zat ze liever hier te kijken naar het roze getinte zonlicht dat over de vloer schoof.

Ze moest denken aan Ama, en daar werd ze verdrietig van. Het ontroerde haar dat Ama haar tijdens haar trektocht had gebeld, maar voor haar gevoel had ze allemaal verkeerde dingen gezegd. Kon ze het gesprek maar overdoen en alles anders aanpakken. Kennelijk had ze het verleerd om iemands vriendin te zijn.

Meneer Seaver was ook minder spraakzaam dan normaal en leek een beetje verdrietig toen hij op weg naar buiten haar rapport op haar bureau liet vallen. Zuchtend en afwezig schudde hij zijn hoofd. 'Romy, wat doen we hier eigenlijk?'

'Hier?'

'Op deze plek. Bij dit kamp.'

Ze prutste aan de bladzijden. Ze keek naar de tekening die ze voor het omslag had gemaakt. Ze dacht aan Em en Bryn. 'Hoe bedoelt u?' vroeg ze onzeker, hoewel ze het in werkelijkheid wel een beetje aanvoelde. 'Vinden we het hier dan niet leuk?'

Ze besefte dat ze een antwoord van hem wilde, omdat ze het zelf niet wist.

15

Terwijl ze wachtte op een telefoontje van haar ouders staarde Ama naar een poster die vlak voor haar aan de ruwe, knoestige houten muur hing. Het was een natuurfoto: hoge, schitterende zwarte dennen en een schilderspalet van wilde bloemen tegen een achtergrond van donkerblauwe bergen. Dat soort prachtige taferelen had haar vader zich bij haar vakantie voorgesteld, maar zij had ze nog niet gezien.

Toen de telefoon eindelijk rinkelde, griste ze de hoorn van de haak.

'Hallo?'

'Ama, ben jij dat?'

Het was haar moeder. Ama dacht dat ze haar emoties wel aardig onder controle had, maar zodra ze de stem van haar moeder hoorde, besefte ze dat het tegendeel waar was.

'Ama, is alles in orde? Waar ben je?'

Ama wilde haar mond niet opendoen. Ze dacht niet dat ze invloed kon uitoefenen op wat eruit zou komen.

'Ama? *Où es-tu?*' Haar moeder schakelde over naar Frans. Dat deed ze soms als ze van streek was.

'Ik ben er nog,' piepte Ama. 'Ik ben nog op vakantie.'

'*Tout va bien? Qu'est-ce qui s'est passé? Dis-moi, Ama.*'

'Ik… ik ben de rest van de groep kwijtgeraakt. Maar het gaat wel weer.'

'*Mais tu vas bien?*'

'Ja. Het gaat wel.' Ama voelde de tranen over haar wangen stromen.

'Heb je de groep al teruggevonden?' Haar moeder was voldoende gerustgesteld om weer op Engels over te schakelen.

'Nog niet.' Had ze maar een papieren zakdoekje, dan kon ze haar neus snuiten.

'Nog niet? Waar zijn ze dan? Waar ben jij? Je klinkt raar, Ama.'

Ama hield de telefoon een eindje bij zich vandaan en snoot zachtjes haar neus in haar mouw. Hartstikke smerig natuurlijk, maar wat moest ze anders?

'Ik... ik heb een ranger gevonden. Hij is voor me op zoek.'

'Weten de leraren waar je bent?'

'Nee.'

'O, Ama. *Chérie.*'

'Ik ben verdwaald. Ik wist niet waar ik naartoe moest.' Ze liet haar tranen de vrije loop. 'Ik haat het hier, *maman*. Ik haat deze vakantie. Ik wil gewoon naar huis.'

'*Chérie.*' Ama's moeder was duidelijk verbaasd. 'Ik wist niet dat het zo erg was.'

'Dat heb ik je ook niet verteld.'

'Ik ga meteen het kantoor van Wild Adventure bellen. Ik heb een telefoonnummer voor noodgevallen gekregen. Zodra ik met ze heb gepraat, bel ik terug.'

'Oké.'

Ama hing op, staarde naar de poster en huilde. Ze verloor zich erin. Het ritme van haar gesnik was zo sussend dat ze vergat waarom ze eigenlijk huilde. Ze schrok van de telefoon toen die een paar minuten later rinkelde.

Deze keer was het haar vader. 'Ama, je gaat naar huis.' Zo boos had ze haar rustige vader nog nooit gehoord.

'Echt waar?' Ze probeerde haar stem vast te laten klinken, maar er zat een duidelijk hoorbare snik in.

'Die organisatie is volslagen incompetent! Je groepsleiders weten niet eens waar je bent! We regelen dat je wordt opgehaald en naar het vliegveld wordt gebracht. Je gaat naar huis. Je kunt daar niet blijven.'

De opluchting was als een warme golf die over haar voeten heen spoelde. Ze keek uit over de kalme, grenzeloze weldadigheid ervan.

'Ze zeggen dat je er geen studiepunten of vermelding in je dossier voor krijgt als je de cursus niet afmaakt, maar daar maken we ons een andere keer wel zorgen over.'

'Dat geeft niet. Dat is geen probleem!' riep Ama zowat. Ze mocht naar huis. Haar ouders lieten haar terugkomen. Geen trektochten meer. Geen blaren meer. Geen Carly meer. En ze hoefde niet te abseilen! Heerlijk! Geen onvoldoende! Niets in haar dossier! Het was bijna te mooi om waar te zijn.

Ze snufte. 'Oké.'

'Ama, vraag de ranger of hij even aan de telefoon komt. We willen een volwassene spreken.'

'Maar...'

'Ga je hem even halen?'

Ama legde de hoorn neer en schuifelde naar het vertrek. Ze schraapte haar keel. 'Eh... Bob?' riep ze timide.

Ze hoorde dat hij aan de andere telefoon met iemand praatte.

'Neem me niet kwalijk,' zei ze. 'Sorry dat ik stoor. Maar mijn vader wil u graag spreken.'

Bob gaf nog wat laatste instructies, hing op en liep met grote passen van de ene telefoon naar de andere. 'Ik heb Wild Adventure te pakken gekregen,' legde hij onderweg aan haar uit, waarop hij de hoorn oppakte en met haar vader allerlei ingewikkelde afspraken maakte.

Ama hoorde nauwelijks waar ze het over hadden. Ze zat op een stoel bij de muur, staarde naar de natuurposter en krabde aan haar hoofd. Ze voelde zich net een klein kind dat nog niet kon praten.

Daarna pleegde ranger Bob nog meer telefoontjes. Ama's hoofd zakte op haar kin en haar ogen vielen dicht. Haar maag rammelde.

Eerst droomde ze over eten. In haar droom was ze bij Em thuis in de keuken, waar Romy in haar favoriete cowboyshirt, dat onder de bloem zat, voor Ama bakplaten vol brownies, koekjes en toffee met stukjes chocola maakte, en een roze taart met zeven lagen, maar Ama kon er niets van eten.

'Dat kan ik niet betalen,' zei Ama, die verwonderd toekeek toen de zoetigheid in bloemen veranderde. Overal in de keuken stonden opeens bakplaten vol tulpen, margrieten en roze klimrozen.

'Maar het is gratis,' zei Romy.

'Ama?' Ranger Bob wekte haar uit haar droom. 'Je groepsleider Maureen is aan de telefoon. Ze wil je graag spreken.'

Suf en gedesoriënteerd pakte Ama de hoorn aan.

'Maureen?'

'Ama, liefje. Het spijt me zo verschrikkelijk wat er vandaag is gebeurd.' Maureen klonk alsof ze elk moment kon gaan huilen.

Ama slaakte een zucht. 'Geeft niet,' mompelde ze.

'Jawel, het geeft wel. We hebben vanochtend het kampeerterrein verlaten toen het nog donker was, en meteen viel de groep uiteen. Ik zag je niet en je rugzak ook niet, dus ik dacht dat je met de eerste groep mee was gegaan. Zodra we stopten om water te drinken beseften we dat je weg was. Noah en ik zijn nog teruggerend om je te zoeken, maar kennelijk was je al weg.'

Ama knikte. Opnieuw welden er tranen in haar ogen op. Ze had gewoon op het kampeerterrein moeten blijven en op hen moeten wachten. Dat was de meest voor de hand liggende oplossing. Helemaal aan het begin van de reis hadden de leiders ook tegen hen gezegd dat ze dat moesten doen als ze verdwaalden of de rest van de groep kwijtraakten.

'Ik vind het echt vreselijk, Ama. Wij allemaal. We hebben ons ontzettend zorgen gemaakt.'

'Geeft niet,' zei Ama opnieuw. Was het echt pas vanochtend gebeurd? Het leek allemaal al heel lang geleden.

Ama zei gedag. Ze was te moe om te vertellen wat ze had doorstaan, te moe voor vergiffenis.

Toen ze ophing, zag ze dat het buiten al donker was.

'We laten je vanavond hier in de rangerspost slapen,' legde Bob vriendelijk uit. 'Dat leek ons de meest logische oplossing. Morgen komt de groep je met de bus halen. Bij het eerstvolgende beginpunt van een route verlaat je de groep en brengt een van de leiders, Jared, je naar het vliegveld. Je ouders boeken een vlucht naar huis voor je. Zodra ze de bevestiging binnen hebben, nemen ze rechtstreeks contact op met de groepsleiding.'

Ama knikte. Naar haar mening werd niet gevraagd, merkte ze. Kennelijk werd er geen bijdrage van haar verwacht.

'Zal ik iets te eten voor je maken? Heb je honger?'

Bob maakte rijst met bonen uit een zakje voor haar klaar. Ze was te moe en hongerig om er veel van te proeven. Of misschien zat er gewoon geen smaak aan. Dat wist ze niet.

'Mijn broertje heet ook Bob,' zei ze om maar iets te vertellen te hebben.

'Heet hij voluit Robert?' vroeg Bob.

'Nee, gewoon Bob,' antwoordde Ama.

Ranger Bob knikte, en verder zeiden ze eigenlijk niets.

Na het eten legde Bob uit dat hij in het appartementje achter in het gebouwtje zou slapen en hij liet haar zien waar ze haar slaapzak kon neerleggen en waar ze de badkamer kon vinden.

Ze besefte wel dat ze in een vreemd huis ging slapen met een vreemde man. Dat zou een reden tot zorg kunnen zijn, maar ze was niet bang. Ze was moe en hoopvol. Ze mocht naar huis. Ze mocht hier weg. Nog even en ze zag haar familie weer. Nog even en ze kon haar haar weer in model brengen. Ze stelde zich de hereniging met haar haarverzorgingsproducten voor.

En trouwens, ze vertrouwde ranger Bob. Hij was een ranger zoals je je een ranger voorstelde: lang, rustig en met een zware stem. Waarschijnlijk gebruikten ze zijn foto in advertenties en folders, als ze die hadden. Hij liet vast nooit afval slingeren en stak nooit bosbranden aan.

Gapend legde Ama haar slaapzak neer. Opeens miste ze haar schoenen. Ze besefte dat ze ze bij de deur had laten staan, en zonder voelde ze zich onzeker. Daarom zette ze ze zorgvuldig aan het voeteneind van haar slaapzak neer.

Terwijl ze Bob bedankte en welterusten wenste, viel haar oog weer op de natuurposter.

'Bob, mag ik iets vragen?' Ze wees naar de poster. 'Waar is dat?'

'Dat?' Hij keek naar de poster en toen weer naar haar. 'Dat is hier.'

'Wát deed hij?' Als het Ems bedoeling was geweest om Bryns aandacht te trekken, was ze daar uitstekend in geslaagd.

Em zette de telefoon aan haar andere oor. 'Echt waar. Hij

stak zijn hoofd zowat in haar shirt. Ik heb ze bij de Chatterbox gezien.'

'Bedoel je Effie?' vroeg Bryn.

'Ja. Effie.' Em haatte die naam. Zo heerlijk als ze het vond om 'Zach' te zeggen, zo vreselijk vond ze het om 'Effie' te zeggen.

'Wauw. Dat is echt klote.'

'Echt wel. Vertel mij wat.'

'Wacht, je moet me precies vertellen wat er is gebeurd. Alles. Was het gisteravond?'

Braaf vertelde Em het hele verhaal, maar Bryn viel haar doorlopend met vragen in de rede en ze werd het 'alles' en 'precies' algauw beu. Het mocht dan spannend zijn om te horen, het was nogal pijnlijk om het te moeten vertellen.

'Wauw,' zei Bryn aan het eind opnieuw. 'Ik dacht dat hij je echt leuk vond.'

Em vroeg zich af of het medeleven was dat ze in Bryns stem hoorde, of iets anders.

Ze wilde zeggen: dat dacht ik ook, maar bij die gedachte sprongen de tranen haar in de ogen, en ze vroeg zich af in hoeverre ze haar hart wilde uitstorten bij Bryn. Eigenlijk was ze erg blij dat ze het haar over de telefoon had verteld in plaats van persoonlijk. Ze had het gevoel dat ze op haar hoede moest zijn, en ze kon zich niet herinneren dat het met Romy of Ama ooit zo was geweest. 'Zo erg is het niet,' hoorde ze zichzelf zeggen. 'Misschien wil hij zich gewoon niet vastleggen.'

'Zo erg is het niet?' herhaalde Bryn ongelovig. 'Zach zat te vozen met een ander meisje, alsof hij jouw bestaan alweer vergeten was, en jij zegt dat het niet zo erg is?'

Het liefst wilde Em nu ophangen. Ze vroeg zich af waarom ze Bryn eigenlijk had gebeld. Wat had dit voor zin? Em moest diep graven om nog een spoortje waardigheid te vinden. 'Bryn, moet je horen. Zijn vriendin van vorig jaar is teruggekomen. Hij vond het te gek om haar weer te zien. We zijn niet getrouwd of zo. Jij doet alsof hij een seriemoordenaar is.' Em hoopte dat het verdriet niet in haar stem te horen was.

'Wie zegt dat hij dat niet is?' vroeg Bryn.

Als ze had gekund, zou Em daarom hebben gelachen. 'Ik weet vrij zeker dat hij gewoon zo'n jongen is die het niet bij één meisje kan houden. Zelf ben ik ook niet bepaald trouw ingesteld. Ik weet niet wat ik zou doen als een ex-vriendje van me kwam opdagen.' Dat zoog ze helemaal uit haar duim, maar ze voelde zich meteen een stuk beter.

'Nou, laat ik het dan zo stellen,' zei Bryn. 'Denk je dat hij zich nu net zo klote voelt als jij?'

Em voelde dat de tranen over haar wangen biggelden en op haar hand drupten. Het antwoord op die vraag wist ze wel, maar ze zei het niet hardop.

Ama werd in de rangerspost wakker. Ze poetste haar tanden en pakte haar spullen in, ving een glimp op van haar spiegelbeeld en kromp ineen. Haar nachtje slapen als een schildpad had haar haar bepaald geen goed gedaan.

Buiten ging ze op een bankje bij de weg zitten wachten, zoals ranger Bob haar had opgedragen. Om halfnegen was de weg al stoffig en de zon heet. Ama's huid werd bloedheet en in haar haar, dat als een grote, wilde bos boven op haar hoofd zat, was van alles blijven hangen. Ze probeerde het stof en de rommel eruit te borstelen, maar het was een hopeloze onderneming.

Het wachten was beschamend. Twee uur lang kwam er niets voorbij. Zelfs geen insect. Ama besloot dat ze zelfs blij zou zijn een mier te zien.

Eindelijk verscheen de gele bus aan de horizon als een grimmiger, smeriger uitgave van de zon. Ze stelde zich het beeld voor dat de groep in de bus nu van haar had, zoals ze daar in haar eentje in de brandende zon op een bankje zat te wachten, het verdwaalde, verwarde meisje met de gigantische bos haar. Veel stommer dan nu kon ze zich niet voelen.

In een grote stofwolk kwam de bus piepend tot stilstand, en de deur ging open. Maureen, die achter het stuur zat, gaf Ama een kneepje in haar hand toen ze instapte, maar verder zweeg iedereen. Het geluid van haar bewegingen klonk extra luid in Ama's oren. Ze sleepte haar spullen achter zich aan terwijl ze met bonkende schoenen door het middenpad liep. Haar gezicht brandde, niet alleen door de zon, maar ook van schaamte.

Er was maar één plek vrij: naast Carly. Nou ja. Luidruchtig en weinig elegant propte Ama haar spullen in het bagagerek en ging zitten. De bus kwam in beweging en ze keek strak voor zich uit.

Opeens voelde ze iets tegen haar handen. Toen ze naar beneden keek, zag ze dat Carly iets bij haar op schoot had gelegd. Ze wierp een zijdelingse blik op haar tentgenote en keek toen weer naar haar schoot.

Stil en onopvallend lagen daar twee bruine haarelastiekjes en de mythische reisverpakking crèmeverzorging met zijdeproteïne van Kiehl.

Sommigen geloven dat een wilgentak
in huis je beschermt tegen tovenarij
en het kwaad.

16

'Mijn god, Romy. Je bent afgevallen,' zei haar moeder toen die haar op de laatste dag van het kamp kwam ophalen bij metrostation Friendship Heights. De afgelopen drie dagen had Dia tot laat in de avond in haar atelier zitten werken, waardoor Romy haar nauwelijks had gezien.

'Een halve kilo maar, sinds vorige week,' antwoordde ze.

'Weet je het zeker?'

'Ja. Je was er gewoon aan gewend om me elke dag te zien,' zei Romy. En het was waar dat je wekenlang je leven met iemand kon delen zonder hem echt te zien, zeker als je Romy's moeder was. Ooit had Romy vier dagen lang met een oogontsteking rondgelopen voordat Dia het opmerkte. Soms zag iemand je pas weer echt als je een tijdje weg was geweest.

'Ik weet het niet, liefje.' Haar moeder keek verontrust. 'Nu niet meer afvallen, oké? Je ziet er ongezond uit.'

Romy knikte, maar ze was het er niet echt mee eens. In zekere zin was ze blij dat het haar moeder eindelijk was opgevallen. Ze voelde zelfs een vonkje van trots dat zij zo goed was in afvallen terwijl haar moeder er, ondanks alle moeite die ze deed, nooit in slaagde. Het was zeldzaam om ergens beter in te zijn dan een volwassene. Hier wilde ze wel genoegen mee nemen.

Romy's moeder sloeg een arm om haar heen terwijl ze over de parkeerplaats naar de auto liepen. In Romy's beleving was het intiem en afstandelijk tegelijk.

Ze besefte dat ze de hele dag nog niets had gegeten. Ze voelde zich leeg en klein, en dat vond ze prettig. Je hele jeugd was je bezig met groter worden. In de loop van de tijd werd je minder vaak gedragen, minder vaak vastgehouden, tot het uiteindelijk helemaal over was. Ze vond het een merkwaardig plezierig gevoel om eens kleiner te worden in plaats van groter. Het was fijn te weten dat je de klok kon terugdraaien als je daar behoefte aan had.

'Ik zet je even thuis af en dan ga ik terug naar het atelier, goed?' zei Dia.

'Oké. Hé, Dia?'

'Ja?' Haar moeder reed van de parkeerplaats af. Ze kneep haar ogen samen alsof ze hoofdpijn had.

'Vind je het leuk als ik meega naar het atelier? Dan ga ik gewoon zitten lezen of tekenen. Ik zal je niet storen.'

Dat deed Romy vaak toen ze nog heel klein was. Als baby had ze daar een box, en later een bureautje met al haar tekenspulletjes erin. Ook had ze een bedje waar ze soms een dutje deed, en waar haar moeder soms een schets van haar maakte terwijl ze sliep. Het atelier zelf stond altijd boordevol kunstwerken, foto's, hout, klei en stapels spullen die haar moeder op straat had gevonden, schetsen die ze aan de muur had opgehangen, grote hoeveelheden eten en hier en daar een verlepte kamerplant.

Toen Romy zes was, had Dia het kunstwerk gemaakt waar ze een grote nationale prijs mee had gewonnen. Het was in brons gegoten en in het centrum op het plein voor een gebouw geplaatst, met een bordje erbij. Daarna was Dia voor een galerie in New York uitgenodigd om haar werk tentoon te stellen en had ze allerlei belangrijke opdrachten gekregen.

In de loop van de tijd had ze zo veel werk gekregen dat ze het niet meer kon bolwerken, met als gevolg dat ze de meeste opdrachten niet eens afkreeg. De tentoonstelling in de galerie had ze jaar na jaar opgeschoven. Vaak had Romy het gevoel dat Dia als onbekend kunstenares gelukkiger was geweest dan toen ze bekend was geworden.

'O, Romy.' Haar moeder liet het stuur met één hand los zodat ze een slok ijskoffie kon nemen, maar ze hield haar blik op de weg gericht. 'Vandaag niet. Vandaag moet ik me echt concentreren. Maar binnenkort een keertje. Goed?'

Zwijgend reden ze door Bethesda, tot ze Solomon Street in reden.

'Hé, Dia?'

'Ja?'

'Volgende week is er in New York een modellen- en talentenconventie. Alle meisjes in het kamp hebben het erover. Ik wil er heel graag heen.'

Dia trok haar wenkbrauwen op, maar keek haar niet aan. 'In New York?'

'Het is vier dagen. De belangrijkste scouts uit het hele land komen eropaf. Je moet ervoor worden uitgenodigd, en dat gebeurt misschien niet. Maar voor de zekerheid heb ik me toch opgegeven.'

'Laat me raden. Ze nodigen je uit en dan kun je ze honderden dollars betalen?' mompelde Dia. 'Romy, je laat je veel te veel meeslepen. Ik weet niet wat jij hebt de laatste tijd. Je valt maar af en bent helemaal geobsedeerd door dat modellengedoe. Zo was je vroeger nooit. Ik snap het niet.'

Dia had het mis. Romy was vroeger ook al zo. Ze stortte zich een tijdje vol overgave op de ene hobby en ruilde die vervolgens in voor een andere: vlinders, papier-maché, piraten, de boeken van Philip Pullman. Zo had ze al vele hobby's gehad, alleen deze nog niet.

'Het interesseert me gewoon, oké? Ik wil weten of ik er goed in ben.'

Dia zette de auto voor het huis stil en draaide zich om naar Romy. 'Hoe kun je daar nou goed of slecht in zijn? Het enige wat je doet is staan en proberen het juiste gezicht te trekken. Ik vind dat er betere manieren zijn om je talenten te benutten. Dat meen ik echt.'

Romy plukte aan het stiksel van haar stoel. 'Als ik word uitgenodigd, wil ik heel graag gaan.'

Dia tikte op het stuur. Romy wist dat ze graag weg wilde. 'Het is vast heel duur. En er moet iemand met je mee. Nee, Romy. Ik denk niet dat het gaat lukken.'

'Alsjeblieft, Dia?'

Haar moeder zuchtte. 'Ik vind het geen goed idee.'

Maar ze zei geen nee, dus toen Romy uit de auto stapte, het portier dichtdeed en met grote passen het tuinpad op liep, had ze er nog alle vertrouwen in.

Want Dia was moe. Niet alleen vandaag, elke dag. En nee zeggen en dat volhouden kostte veel meer energie dan toegeven. Dat was de factor waar Romy keer op keer op vertrouwde. Haar moeder had immers weinig wilskracht, en zijzelf had bijna niets anders.

De volgende avond hing er een rustige sfeer in het kamp. Ook Ama was ingetogen terwijl ze samen met de andere leden van de groep aan het werk was. Ze waren er zo bedreven in geworden om de taken te verdelen en eten te maken dat ze nauwelijks een woord hoefden te wisselen. De pasta met tomatensaus smaakte ongewoon lekker. Nu Ama wist dat ze wegging, kon ze zich eindelijk ontspannen. Toen Noah haar chocoladekoekje probeerde te stelen, vocht ze lachend terug. Ze speelde het spelletje mee, ook al was hij eigenlijk een rotzak.

Na het eten was Ama stil en bedachtzaam. Ze slenterde naar de rand van het kampeerterrein en ging op een gladde steen zitten, van waaruit ze kon uitkijken op de vallei in de diepte. De hemel leek gerimpeld door stroken roze en oranje licht, en de ronde, rode zon zakte langzaam weg achter de bergen. Voor haar gevoel was het de eerste zonsondergang in lange tijd waar ze getuige van was.

Toen Romy aan de telefoon over Pony Hill was begonnen, had Ama zo verontwaardigd gereageerd omdat ze het gevoel had dat Romy de spot met haar dreef. Heette het eigenlijk wel Pony Hill? Was dat de officiële naam, of hadden ze die zelf verzonnen? Hoe dan ook moest ze er telkens aan denken. Ze trok haar mouwen over haar handen om ze warm te houden en probeerde zich te herinneren wat ze er zo geweldig aan had gevonden.

Ze vond het altijd heerlijk om langs de helling naar beneden te rennen, want het was net of haar lichaam sneller wilde dan haar benen en haar benen eerder werden aangedreven door de zwaartekracht dan door haarzelf, alsof ze er niet echt controle over had. Als ze na school naar hun boompjes gingen kijken, bleven ze boven aan de heuvel altijd even staan om neer te kijken op het kleine bosje beneden. Je moest van Pony Hill af rennen om bij de bomen te komen. Het was te steil om gewoon te kunnen lopen. Soms pakten Em en Romy en zij elkaars hand vast en renden ze zo hard mogelijk naar beneden, gillend en aan elkaar trekkend. Soms bleven ze tot onderaan overeind, maar vaak rolden ze het laatste stukje naar beneden. Ze wist nog dat ze regelmatig grassprietjes en verdorde blaadjes uit haar broek, shirt, sokken en haar moest plukken. Soms rolden ze op hun zij van boven naar beneden, waarbij ze probeerden hun benen recht en hun armen strak langs hun lichaam te houden, maar meestal hielden ze dat niet vol. Als er in de winter sneeuw lag, gleden ze op de achterkant van hun donzen jassen naar beneden, meestal op hun buik en met het gezicht naar voren. In het weekend namen ze Ems slee mee.

Heerlijk vond Ama dat, die snelheid. Vooral het gevoel dat je ervan in je buik kreeg. En het gras was zacht en de sneeuw ook, dus je deed jezelf nooit pijn. Ze hield van het uitzicht vanaf de top van de heuvel. Ze vond het leuk om te proberen of ze hun boompjes in het bos kon onderscheiden, ook al kon je ze van daaruit eigenlijk niet zien.

Ama legde haar kin in haar hand en voelde haar gewrichten ontspannen. Ze had het idee dat ze zich toen anders had gevoeld in haar lichaam. Alsof ze er meer van gebruikte. Toen had ze zich nog dichter bij de grond bevonden.

Ze herinnerde zich ook nog die speciale vermoeidheid die je voelde als je de hele dag buiten was geweest. Het was een fijn soort vermoeidheid, niet chagrijnig maar loom. Zo voelde ze zich nu ook.

De zon zakte weg achter de bergen en de vallei had een prachtige gloed. Ama dacht het tafereel te herkennen van de poster.

Die avond verkoos ze buiten de tent te slapen. Waarom wist ze niet precies.

'Ik neem niemand mee naar binnen. Dat zweer ik,' beloofde Carly plechtig.

Onwillekeurig moest Ama lachen. 'Dank je. Maar ik heb gewoon zin om in de openlucht te slapen vannacht.'

Terwijl ze daar lag, bereikten allerlei geluiden haar oren.

Af en toe hoorde ze een paar meter verderop iets knappen in het nagloeiende kampvuur. Er stond een licht briesje dat van alles deed ritselen. Bovenal waren er vogels. Heel veel verschillende vogels, waaronder waarschijnlijk ook uilen. Er klonk een hoog, indringend geluid dat van een vogel of een coyote afkomstig zou kunnen zijn, of zelfs van een wolf. Ze verwachtte dat alles aan haar zou verkrampen van angst, maar dat gebeurde niet. Haar armen en benen voelden zwaar en ontspannen aan, alsof ze wegzonken in de grond. Om de een of andere reden was ze niet in de stemming om bang te zijn. Ze was al een heel eind gekomen zonder door een wolf te worden verslonden. Dan overleefde ze deze nacht waarschijnlijk ook nog wel.

Wie ben jij en wat heb je met Ama gedaan? Met die woorden plaagde Em haar vroeger altijd wanneer ze zich anders gedroeg dan van haar werd verwacht. Het was lang geleden dat Ama zichzelf had verrast.

Ontspannen liet ze zich wegzakken in de vele lagen van vogelgeluiden. Toen ze op het randje van slaap balanceerde, maakten de geluiden een herinnering bij haar los van lang voor het van Pony Hill af rollen. Het was een heel verre herinnering aan Kumasi, een fragmentarische herinnering die bestond uit beelden, geluiden en geuren in plaats van samenhangende verhalen. De vogels klonken hier anders, maar ze deden haar wel aan die andere vogels denken. Ze dacht aan de ruw krassende vogels en de vrolijk fluitende vogels die vanuit de mangoboom bij de voordeur tegen haar kwetterden. Ze dacht aan de vogels op de binnenplaats waar ze vroeger altijd speelde, die als er een hard geluid klonk, een claxon bijvoorbeeld, allemaal tegelijk opstegen en wegvlogen. Ama stelde zich voor hoe ze op een dekentje op het gras lag en omhoogkeek naar de heldere hemel en ze als een grote wolk zag afsteken tegen het felle blauw.

Opeens had ze medelijden met haar broertje Bob, die hier was geboren. Het gemis schrijnde als ze aan hem dacht, met zijn melktandjes en zijn ronde bolletje. Zulke herinneringen zou hij nooit hebben, diep weggestopt in zijn geheugen. Hij had nooit een mangoboom bij de voordeur gehad, alleen maar een gang met vloerbedekking en twee liften.

Nicky en Katherine Rollins en Romy's lichaam waren mikado aan het spelen op het zonovergoten tapijt in de hal van het te sterk gekoelde huis van de familie Rollins. Romy's geest had haar lichaam verlaten en zweefde weer op zijn vaste plekje onder het plafond.

Ze wist dat ze een betere oppas was wanneer haar geest in haar lichaam bleef, maar vandaag kon ze hem gewoon niet vasthouden.

Vandaag zag ze in zichzelf niet het hongerige meisje met kippenvel op het tapijt, maar een platte versie van zichzelf in een tijdschrift. Ze stelde zich voor dat haar gezicht was gebruikt in een advertentie voor lipgloss of deodorant. Maar ze stelde zich een aangepaste, verbeterde versie van haar gezicht voor, een gefotoshopte versie, met rechtere tanden en wijze ogen.

Ze stelde zich stapel na stapel tijdschriften met haar gezicht erop in een magazijn voor. Ze stelde zich voor dat ze in pakketten werden samengebonden en over het land werden verspreid. Dat ze in de laadruimte van een vliegtuig lagen, op weg naar andere delen van de wereld. Dat ze in elk van die tijdschriften een beetje bestond, dat kleine stukjes van haar door het vliegtuig over de hele wereld werden verspreid.

Ze stelde zich voor dat ze zou worden gezien door alle

mensen die langs de bladzijde bladerden waar zij op stond, dat lezers naar haar zouden kijken en dat ze hun blik zou beantwoorden. Dat ze werd gezien door iedereen die ze ooit had gekend en ooit zou leren kennen en zelfs door mensen die ze niet kende maar wilde leren kennen, zoals haar vader. En dat zij al die mensen zou zien. Stel dat haar vader haar in zo'n tijdschrift zag? Zou hij haar herkennen? Zou hij even denken dat hij naar zijn eigen moeder zat te kijken, toen die nog jong was?

Als je plat was, kon je veel meer van de wereld zien dan wanneer je gevuld was. Als je gewichtloos was, kon je veel meer plaatsen bereiken dan wanneer je zwaar was. Ik wil graag tweedimensionaal zijn, dacht ze. En modellen mochten dat.

17

'Hebben jullie al plannen voor vanavond?' vroeg Em aan Megan toen ze met haar handen vol menukaarten terugliep naar de gastvrouwbalie.

Met een behoedzame blik in haar ogen legde Megan de menukaarten op de plank op een stapel. 'We gaan een avondje uit met de serveersters,' legde ze verontschuldigend uit. 'Effie heeft het georganiseerd.'

'Nou, mijn moeder is er niet vanavond. Het huis is helemaal leeg. Komen jullie langs?' Em was er zelf verbaasd over hoe snel en gretig ze haar troefkaart uitspeelde.

Megan keek spijtig. 'Ik weet niet, Em. Volgens mij had Effie iets anders in gedachten.'

'We hebben allemaal chips en zo. Mijn moeder en ik zijn in het weekend inkopen gaan doen. We kunnen de jongens ook uitnodigen. En eigenlijk mag ik dit niet zeggen, maar,' – Em liet haar stem dalen – 'de bar staat helemaal vol drank.'

Het deel van Ems brein dat niet aan het praten was, vroeg zich af waarom ze dat in vredesnaam allemaal zei. Haar moeder zou het meteen merken als ze een hele groep vrienden in huis haalde die de bar plunderden. Zoiets had ze nog nooit gedaan en ze zou er de grootste heisa mee krijgen. Waarom bood ze het dan aan?

'Em.' Megan keek gegeneerd. 'Misschien een andere keer.'

Effie wil er geen hulpserveersters bij hebben. Ik heb het niet bedacht.'

'Ik heb deze vakantie al zo vaak met jullie opgetrokken. Kun je dat niet tegen Effie zeggen?'

Megan trok een gezicht, en Em wist niet of ze wel wilde weten wat ze daarmee duidelijk wilde maken.

Ze wist best dat het met Zach te maken had. Zach was hét grote geheim achter Ems sociale successen die zomer, en nu Effie terug was en beslag op hem had gelegd, was Em een moeilijk geval geworden. Het leek wel of niemand haar vandaag wilde aankijken of met haar wilde praten. Ze diende te worden gemeden. Zelfs Zach meed haar.

Waarom schaarden ze zich allemaal zomaar achter Effie? Em was er al de hele zomer. Wisten ze allemaal wel dat zij en Zach al heel vaak hadden gezoend? Dat het meer was dan zomaar een flirt? Zij kon net zo veel aanspraak op hem maken als Effie, zo niet meer.

Het leek wel of iedereen bang was voor Effie, maar daar deed Em niet aan mee. Zij was niet bang voor Effie. Effie moest maar bang zijn voor haar.

De laatste gasten gingen om tien uur weg, bijna alsof ze wisten dat Em helemaal geen zin had om naar huis te gaan. Ze zag de serveersters weggaan, opgemaakt en in hun leukste kleren. Van de ene op de andere dag had Effie de leiding overgenomen, en kennelijk hield ze de hiërarchie strenger in de gaten dan de anderen.

Em wilde niet naar haar lege huis, waar ze niets te doen had. Ze wilde Bryn niet bellen. Kon ze Romy maar bellen, maar tegen haar was ze veel te gemeen geweest. En ze voelde zich zo schuldig dat ze haar vader al die tijd niet had gebeld, dat ze hem ook niet durfde te bellen.

'Ik snap niet waarom je hem nog niet hebt gebeld,' had

haar moeder die ochtend gezegd, vlak voordat ze naar Baltimore vertrok.

'Hij kan mij toch ook bellen als hij me wil spreken?' antwoordde Em.

'Misschien is hij bang dat hij eerst met mij moet praten voordat hij jou aan de telefoon krijgt,' opperde haar moeder. Dat was een eerlijke, redelijke opmerking.

'Dan kan hij me toch op mijn mobieltje bellen?'

'Misschien hebben vaders geen kaas gegeten van mobieltjes.'

Wat haar vader betrof klopte dat wel. Hij had nog een pieper. Waarschijnlijk wist hij haar nummer niet eens.

Een tijdje bleef Em in het stille kantoortje zitten. Ze vroeg zich af wat Ama op dat moment aan het doen was. Wat er ook was gebeurd, ze wist dat Ama haar ellendige verhaal zou aanhoren en er niet opgetogen over zou doen. Ama was zo iemand die verdrietig was als jij verdrietig was. Maar Ama was op kamp en onbereikbaar.

In een opwelling besloot Em achter op een papieren kindermenu een brief aan Ama te schrijven. Ze schreef niets over het restaurant of over Zach, maar wel over haar ouders. 'Ze zeggen dat ze even willen proberen hoe het gaat als ze uit elkaar gaan, maar ik heb de indruk dat ze er erg goed in zullen zijn. Ze hebben immers een hele tijd kunnen oefenen.' Aan het eind van de brief schreef ze: 'Veel plezier met de doolhof en de woordzoeker.' Ze stal een envelop uit Jordans bureau – en zijn twee doosjes tic tac – en adresseerde die aan Ama's ouders, omdat ze wist dat Ama's moeder er dan voor zou zorgen dat Ama hem kreeg.

Hidalgo kwam haar wat krabsoep met een extra pakje kleine, ronde crackertjes brengen.

'Dank je,' zei ze. Ze probeerde te glimlachen. '*Gracias.*' Ze had het gevoel dat ze elk moment kon gaan huilen, en ze wist niet eens zo goed waarom.

Had ze Romy diezelfde middag dat ze was weggegaan maar gebeld. Was ze het maar blijven proberen tot ze haar te pakken had en sorry kon zeggen. Had ze haar maar een doos chocoladekoekjes toegestuurd, bij wijze van troost. Kon ze maar terugnemen wat ze die dag tegen Bryn had gezegd. Maar soms leek het wel of Romy een bandrecorder in haar oor had. Ze zou haar misschien vergeven, maar ze zou het nooit ofte nimmer vergeten.

Uiteindelijk ging Em maar naar huis.

'Goldie.'

Tot haar verrassing was Zach op de promenade.

Haar hart sloeg een slag over toen ze hem zag. Ze kon er niets aan doen. 'Hoi,' zei ze.

'Alles goed?'

Ik zou boos op je moeten zijn, zei ze in gedachten tegen hem. Je bent een eikel. Maar waarom was ze dan zo blij? 'Ja hoor. Ik ben op weg naar huis,' zei ze.

Hij keek op zijn mobieltje hoe laat het was. 'Je hebt nog vijfentwintig minuten voor je thuis moet zijn.'

Het vleide haar dat hij dat nog wist. Het is nog maar een paar dagen geleden! Waarom zou hij het niet meer weten, berispte ze zichzelf.

'Mag ik je via het strand naar huis brengen?' vroeg hij.

'Je hebt toch een vriendin?' vroeg ze. Het was de bedoeling dat het ondeugend en een tikje scherp zou klinken, maar het klonk als een gewone vraag.

Hij liep alvast in de richting van het strand, en zij liep achter hem aan. 'Alleen maar lopen, verder niets,' voegde ze eraan toe terwijl ze haar pas versnelde om hem bij te houden.

'Dat zeg je alsof ik getrouwd ben of zoiets,' zei Zach. Hij

pakte haar hand vast en zwaaide ermee heen en weer. 'Geloof me, ik ben niet getrouwd.'

Dat is niet goed genoeg, zei een stem in haar hoofd die klonk als Ama.

Je kunt hem helemaal niet geloven. Hij verdient je niet, voegde een stem die klonk als Romy eraan toe.

Maar Em trok haar hand niet los. Die eerste avond had Zach tegen haar gezegd dat ze krachtige handen had. Ze wilde hem nog steeds graag geloven.

Het hoort niet zo veel moeite te kosten om hem te geloven, zei Ama.

Hou nou eens op, zei ze tegen Ama en Romy.

In plaats van haar mee te nemen naar het water, zoals anders, leidde hij haar in de richting van de verlichte promenade. Het verbaasde haar dat hij terug wilde naar de promenade, maar dat bleek niet zo te zijn. Hij leidde haar eronder, waar het donker en behoorlijk vochtig was. Zelfs het zand voelde hier anders aan.

'Hé, Goldie?'

'Ja.'

'Ik moet de hele dag aan je denken.'

Als je niet met Effie aan het zoenen bent, bedoel je. Dat had ze moeten zeggen. Maar dat deed ze niet. Ze verlangde zo naar zijn aandacht dat ze er een beetje bang van werd. Nu had hij alleen oog voor haar, en ze wilde hem niet boos maken en dit moment verpesten.

Toen hij haar vrije hand ook vastpakte, liet ze hem begaan. Hij was oogverblindend mooi om naar te kijken. Onder zijn gebruinde huid had hij een egale blos op zijn wangen, waardoor hij er onschuldiger uitzag dan hij eigenlijk verdiende. Zoals bijna altijd straalde hij roekeloosheid en vreugde uit. Zijn houding was ontspannen en zijn zelfvertrouwen bedwelmend.

Ze probeerde manieren te bedenken om onder een kus uit te komen, maar stiekem hoopte ze dat het toch zou gebeuren. Wat hij haar bood, zou ze aannemen. Ze kon er niets aan doen. Hier wilde ze nu zijn, en nergens anders. Ze wilde niet hoeven nadenken.

Hij boog naar voren en kuste haar. Ze deed geen enkele poging om hem te ontwijken. Hij sloeg zijn armen om haar heen en legde zijn handen op haar rug, zodat hij haar bovenlichaam tegen zich aan kon drukken. Ze beantwoordde zijn kus. Nadenken deed ze niet meer.

Ze voelde zijn handen onder haar shirt, warme handen op haar blote rug. Haar hart bonsde. Laat me niet nadenken, zei ze in gedachten tegen hem. Laat me niet praten. Ik weet nu toch niet hoe ik nee moet zeggen.

Het was niet Zach die haar dwong tot nadenken, noch zijn zoekende handen. Het was een kreet, en voetstappen vlakbij op het strand.

Ze keek op, alsof ze wakker schrok uit een droom. Vlak bij hen stond een meisje naar hen te staren, en verderop stonden er nog drie.

Zach liet Em los en trok zich terug.

Em herkende het meisje. Het was Violet. Ze kwam iets dichterbij, zodat ze konden zien dat zij het was, en rende toen terug naar het groepje. Effie was erbij. Dat kon Em nu duidelijk zien. En Megan en Sheba. Alle vier keken ze naar Em en Zach, die nu een heel eind uit elkaar stonden.

Em voelde een koude druppel boven op haar hoofd vallen, en dat leek haar wakker te schudden. O god. Hoe had ze dit kunnen doen? Zij met z'n tweeën onder de promenade. Wat ongelooflijk afgezaagd.

Em besefte intuïtief dat het voor een meisje als Effie heel erg was om Em en Zach op hetzelfde moment als haar vriendinnen te betrappen. Dat was een onheilspellende gedachte. Nu kon Effie het niet ontkennen, ze kon er geen draai aan geven zodat het in haar straatje zou passen. Ze leed onherroepelijk gezichtsverlies, want ze kon hen op geen enkele wijze doen geloven dat Zach echt het meest van haar hield.

Voor die tijd had Em Zach al niet echt geloofd wanneer hij zei dat Effie zijn vriendin niet was, en nu geloofde ze het helemaal niet meer. De vreugde en de ondeugendheid waren als sneeuw voor de zon verdwenen.

'Ik ga nu,' zei ze zachtjes tegen Zach. Nagestaard door de anderen rechtte ze haar rug en liep naar huis.

Ze voelde zich leeg. Ze had het gevoel dat ze genoegen had genomen met kruimels op een vieze vloer omdat ze zo graag wilde geloven dat ze een volledige maaltijd kreeg. Ze had het gevoel dat ze al dagen niet meer behoorlijk had gegeten.

Kon ze haar verdriet maar terugduwen, of voor zich uit als het moest, zodat ze erop kon terugkijken of het kon uitstellen, maar het was er nu en het ging niet weg. Wat deprimerend dat ze zichzelf zo had verlaagd. Wat triest dat ze geluk had gezocht in zoiets kleins.

'Maman?'

'Ama?'

'Ja, met mij.'

'Wat nu weer? Is alles goed?'

'Ja hoor. Prima.' Haar stem klonk veel kalmer deze keer. 'Ik mag de satelliettelefoon gebruiken van Maureen.'

'Waar ben je? Volgens mij had je al op weg moeten zijn naar het vliegveld. Of niet?'

'We zijn nog in Yosemite. Maman?'

'Ja?'

'Ik denk niet dat ik vanavond terugga.'

'Ama! *Pourquoi pas? Est-ce qu'il y a un problème?* Ze willen je er toch wel naartoe brengen? De vlucht is al bevestigd.'

'Ja, weet ik. Ze willen me best wegbrengen. Maar ik vind dat ik moet blijven.'

'Ama! Waarom?'

Even zweeg ze. Ze was blij dat er niemand in de buurt was.

'Omdat ik vind dat ik dit moet afmaken.'

'Ama, je bent ze niets verschuldigd. Je kunt doen wat je zelf wilt.'

'Dat weet ik. Je hebt gelijk. Ik geloof... dat ik het zelf wil.'

'O ja? Je zei dat je het vreselijk vond.'

Ama zuchtte. 'Je hebt gelijk. Dat weet ik. Ik weet niet zo goed hoe graag ik het wil. Tegen één onderdeel – het abseilen – zie ik ontzettend op. Maar toch vind ik dat ik moet blijven. Niet voor hen of voor jou, maar voor mezelf. Begrijp je wat ik bedoel? Ik denk dat ik tevredener met mezelf zal zijn als ik hier blijf.' Ama dacht aan wat Romy had gezegd, en hoe graag ze wilde geloven dat het niet klopte.

'Moet je van de groepsleiders blijven?' vroeg haar moeder.

'Nee, maman. Het is mijn eigen keuze.'

'Weet je het zeker?'

'Ja.' Ze keek naar haar schoenen. 'Het is hier heel mooi.'

'O ja?'

'Echt waar. Het doet me een klein beetje aan Kumasi denken.'

'Werkelijk.' Daar was haar moeder even stil van.

Nadat ze elkaar gedag hadden gezegd en hadden opgehangen, besefte Ama hoe makkelijk het was om te blijven nu ze eigenlijk weg mocht.

Een kwartier voordat ze op haar werk moest zijn voor de lunch kreeg Em een sms'je van Bryn.

als ik jou was meldde ik me ziek

Em was eigenlijk al van plan om zich ziek te melden. Ze liep nog in haar pyjama. In de keuken had ze al een paar keer flink gehoest in een poging zichzelf en eventuele buren die haar zagen of hoorden te overtuigen.

Maar nu ze naar dit berichtje stond te staren, bedacht ze zich.

Iedereen wist het. Iedereen. Als iemand het nog niet wist, zou Bryn het wel vertellen. Waarschijnlijk wist zelfs Hidalgo het. Iedereen praatte erover en het restaurant was nog niet eens open.

'Wat zou Zach doen?'

Ze liep naar haar kamer. Ze moest zich snel aankleden. Ze mocht dan een sloerie zijn en ieders grootste vijand in het Surfside, maar ze was geen lafaard. Als het moest zou ze het boetekleed aantrekken naar haar werk, maar gaan zou ze. Het feit dat iedereen het wist was vreemd genoeg vooral bevrijdend.

Bryn was de eerste die haar zag toen ze naar binnen liep. Bijna meteen dook ze naast haar op.

'Heb je mijn berichtje gekregen?' vroeg ze dringend, fluisterend.

Em knikte.

'Wat doe je hier dan?' Bryn was buiten adem van opwinding. Dit was hét drama van de vakantie, en ze was er duidelijk trots op dat ze er een rol in speelde.

'Wat moet ik dan? Me de rest van de maand augustus ziek melden?' Em nam de moeite niet om haar stem te dempen.

'Violet zegt dat Effie op moord uit is. Ik zeg het maar,' siste Bryn.

'Als ze me vermoordt, zijn er genoeg getuigen,' zei Em. Als je je zo ellendig voelde als zij, maakte het je ook niet zo veel uit wat er met je gebeurde of wat anderen over je zeiden.

'Sorry dat ik het zeg, Em, maar je bent niet goed wijs.'

'Lief dat je zo bezorgd bent,' zei Em.

Ze stopte haar spullen in haar kluisje en deed haar schort om. Ze zag Jordan zitten toen ze langs het kantoortje kwam. Ze hoopte dat hij haar naar de afwaskeuken zou sturen, zoals zo vaak, maar kennelijk voelde hij aan dat dat vandaag een opluchting voor haar zou zijn.

'Jij werkt vandaag in het restaurant, Em,' blafte hij. 'Wijk één.'

Em aarzelde even. Ze schraapte haar keel. 'Heeft Zach dienst?' vroeg ze.

Jordan keek haar veelbetekenend aan. Zelfs hij wist het. 'Zach heeft zich ziek gemeld,' antwoordde hij.

De lafaard, dacht Em. Ze kon zich zijn gezicht zoals ze het de vorige dag had gezien nauwelijks meer voor de geest halen. Ze wilde dat hij een belangrijk iemand was, iemand wiens liefde alles kon veranderen, maar zelfs zij kon zichzelf vandaag niet zo voor de gek houden.

Toen ze het restaurant binnen liep had ze het bange voorgevoel dat Jordan nog beter aanvoelde hoe hij haar ellende kon vergroten dan ze had gevreesd. Opeens wist ze, zonder te hoeven kijken, wie de hoofdserveerster van wijk één was. Ze vroeg zich af of hij het soms wist van de tic tacs.

In wijk één zag ze inderdaad Effie staan. Megan had wijk drie. Violet bemande de gastvrouwbalie. Em keek van de een naar de ander. Hoe erg is het, wilde ze met een blik aan Megan of Violet vragen, maar ze keken haar geen van beiden aan. Scott ook niet, maar toen hij langs haar heen liep, neuriede hij 'Under the Boardwalk'.

Tjonge, kennelijk moest je met het vriendje van een ander zoenen om erachter te komen wie je echte vrienden waren. Niemand, in haar geval.

Er bleek maar één iemand te zijn die wél bereid was haar aan te kijken. Eén iemand, en helaas was dat Effie. Het was niet bepaald een vriendelijke blik.

Even overwoog Em gewoon op Effie af te stappen en haar verontschuldigingen aan te bieden. Maar wat moest ze dan precies zeggen? Het was geen ongelukje, geen vergissing. Ze kon natuurlijk met de hand op haar hart beloven dat ze het nooit meer zou doen, maar daar was het nu een beetje te laat voor. Ze kon er niet voor zorgen dat Zach Effie leuker zou gaan vinden, of dat Effie minder om hem zou gaan geven. Het enige wat echt iets zou betekenen was een verontschuldiging van Zach, en die kon Em haar niet geven.

En trouwens, het krachtveld om Effie heen was zo duister en angstaanjagend dat Em niet eens dichtbij genoeg kon komen om het te proberen.

'Kreng,' siste Effie haar in het voorbijgaan toe terwijl ze met grote passen naar de keuken liep.

Em bleef staan waar ze stond en voelde haar wangen rood worden. Ze keek naar het kotsbruine tapijt en sloeg toen haar ogen weer op. Nog steeds durfde niemand haar aan te kijken. Verwoed knipperde ze de tranen weg, waarna ze naar de dichtstbijzijnde serveerstersbalie liep en mandjes met brood vulde.

'Ik durf te wedden dat ik vandaag bijna geen fooi krijg,' zei ze tegen Bryn toen die langskwam. Ze probeerde luchtig te klinken, maar zelfs Bryn praatte niet meer met haar.

Em overwoog niet eens om in de personeelskamer te gaan lunchen. Ze at in de keuken, samen met Carlos en Hidalgo. Ze was hun ontzettend dankbaar dat ze tegen haar praatten, ook al was het dan in het Spaans. Het weinige Spaans dat ze kende, wendde ze aan om Hidalgo naar zijn dochter te vragen. Toen het druk werd, bracht ze hun allebei twee minirepen.

Pas toen ze haar spullen bij elkaar raapte om naar huis te gaan, belachelijk dankbaar dat ze vandaag alleen maar 's middags hoefde te werken, zei er weer iemand iets tegen haar.

Het was Effie, die op het trapje bij de achterdeur hoog boven haar uittorende.

'Niet terugkomen morgen,' waarschuwde ze.

'Ik werk hier,' zei Em dapper. Ze deinsde niet terug en wendde haar blik niet af.

'Niemand wil je hier hebben.'

'En toch werk ik hier,' zei Em. Ze draaide zich om en liep naar huis.

In het stille huis bleef Em een hele tijd in de keuken voor zich uit zitten staren. Toen ging ze naar haar kamer en staarde daar nog veel langer voor zich uit.

Ze keek naar het reservebed en dacht aan Romy. Ze zou er heel wat voor overhebben om Romy nu bij zich te hebben.

Ze dacht aan haar vader, die alleen in hun andere huis was. Ze zag hem voor zich, omringd door witte kartonnen bakjes van de afhaalchinecs. Toen hij in de twintig was, voordat hij met haar moeder was getrouwd, was hij in China geweest, en in het restaurant probeerde hij de gerechten altijd in het Chinees te bestellen. Toen ze nog klein was vond ze dat indrukwekkend, maar later vond ze het vooral gênant.

Had ze hem maar gebeld.

18

Na vijf dagen achter elkaar oppassen kwam Romy thuis, en haar hart ging sneller slaan bij de aanblik van de berg post op het tafeltje in de hal. Ze bekeek de stapel en liet alles wat niet van de Internationale Modellen- and Talentenassociatie was op de vloer glijden.

Daar was hij! Met bevende vingers scheurde ze slordig de envelop open en haalde de brief eruit. Een antwoordkaartje en een envelop vielen op de grond, maar Romy was te nerveus om ze op te rapen.

Het begon als volgt.

Beste Romy,

Met genoegen nodigen we je uit voor de 23e jaarlijkse conventie van de Internationale Modellen- and Talentenassociatie.

Het was zover. Ze was binnen. Ze was geaccepteerd. Het was helemaal niet dom geweest te denken dat ze dit kon. Ze was uitgenodigd.

Snel las ze de rest van de brief voor. Er stonden data op, routeaanwijzingen, informatie over hotels, betaalinformatie en nog veel meer blabla. Achter op de brief was in een klein lettertype een lijst afgedrukt van alle deelnemende modellen- en scoutingbureaus. Het waren er honderden.

Ze moest ernaartoe.

Ze rende naar de telefoon in de keuken en belde het nummer van Dia's atelier. Toen die niet opnam, probeerde ze haar mobieltje. Ook daar kreeg ze de voicemail. Ze had er een hekel aan om berichtjes voor Dia achter te laten. Als ze uitlegde waarom ze belde, betekende dat zo goed als zeker dat ze niet snel zou worden teruggebeld. Ze maakte meer kans als ze inspeelde op haar moeders onzekerheid en angst voor een mogelijk noodgeval. Daarom hing ze op zodra ze het welkomstbericht hoorde.

Romy staarde naar de keukenklok. Ze wilde dat ze terug kon gaan naar de tijd waarin ze Em of Ama kon bellen wanneer ze maar wilde, toen ze nog blij waren haar stem te horen. Had ze maar iemand aan wie ze dit kon vertellen.

Ze wierp een blik door het raam aan de voorkant van het huis. Waarschijnlijk zou ze het aan de buren of de vuilnisman hebben verteld als ze de kans kreeg. De postbode was natuurlijk al geweest.

Ze overwoog zelfs even oom Hoppy in het verzorgingstehuis te bellen, maar hij hoorde zo slecht dat je niet eens fatsoenlijk met hem kon telefoneren. Hij kon alleen liplezen. Romy dacht erover na, en opeens leek het een belachelijk idee.

Ze moest echt met Dia praten.

Met een briefje van tien en haar huissleutel in de zak van haar spijkerbroek liep ze met grote passen de deur uit. Het was minstens vijf kilometer naar de studio van haar moeder, maar ze wist hoe ze er moest komen, en trouwens, als ze ging lopen kon ze wat extra calorieën verbranden.

Dia moest gewoon ja zeggen. Dat moest gewoon. Romy kon het bijna helemaal zelf betalen als ze zo vaak bleef oppassen. In de afgelopen vijf dagen had ze al $210 verdiend. Ze kon bij de supermarkt een briefje ophangen waarin ze zichzelf aanbood als hondenuitlater. Ze kon mevrouw Rollins en haar andere klanten vertellen dat ze nog vaker kon oppassen. Als het erop aankwam, kon ze overal in de buurt gaan aanbellen om te vragen of iemand nog een klusje voor haar had.

Het grootste deel van de wandeling hield Romy zich bezig met rekensommetjes. Eerst berekende ze hoeveel uur ze nog moest werken (85) om genoeg geld te verdienen voor de conventie ($1160, inclusief hotel en treinkaartjes). Toen ze daaruit was, berekende ze hoeveel calorieën ze die dag had gegeten (340 tot nu toe) en hoeveel calorieën ze per dag mocht eten (1100) als ze vóór het begin van de conventie haar nieuwe streefgewicht (46) wilde bereiken.

Toen ze het gebouw binnen liep waar het atelier van haar moeder was gevestigd, bleef Romy opeens onzeker staan. Deels kwam dat doordat de hal verrassend klein bleek te zijn. Was het zo lang geleden dat ze hier voor het laatst was geweest? Ze kon het zich niet eens meer heugen. De afmetingen klopten niet van de hal met zijn gevlekte linoleum en saaie groene muren, en hij was gehuld in een troebel waas van oude herinneringen.

De laatste keer dat ze hier volgens haar was geweest had ze nog die witte baret gedragen die ze in groep zes zowat elke dag op wilde. Zo lang kon het toch nog niet geleden zijn?

Voorzichtig liep Romy verder. Ze wist hoeveel trappen ze op moest. Tenminste, dat wisten haar benen nog. Ze wist hoe de koude knop van de deur naar het trappenhuis aanvoelde, hoewel ze er nu een heel eind boven uitkwam. Ze voelde het loszittende slotje in het midden, dat als een navel tegen haar hand drukte.

Ze had minder passen dan vroeger nodig om bij de deur naar het atelier te komen, maar het waren wel tragere passen. Vroeger rende ze altijd door deze gang. De muren leken haar extra snelheid te geven, zoals de wanden van een kloof een rivier meer snelheid gaven.

Ze legde haar hand op de deurknop van haar moeders atelier en vroeg zich af of ze hem gewoon moest omdraaien of eerst moest aankloppen. Ze klopte aan.

Pas toen besefte ze dat ze de brief, de uitnodiging voor de IMTA, nog in haar hand had. Ze propte hem in haar achterzak. Nerveus voorovergebogen bleef ze staan terwijl ze zich het atelier aan de andere kant van de deur voorstelde. Ze stelde zich voor dat haar moeder naar de deur liep, niet zoals ze nu was maar zoals ze eruit had gezien toen Romy hier nog vaak kwam, voordat Dia haar tweede en derde tattoo had laten zetten en haar neus had laten piercen, toen haar haar nog lang was en ze er een roze bandana omheen bond wanneer ze aan het werk was. Romy herinnerde zich de ruimvallende, paarse broek die Dia haar harembroek had genoemd, de donzige klompen, de kleivegen op haar zwarte coltrui die tot strepen van licht poeder opdroogden.

Romy klopte opnieuw aan. 'Dia?' Haar stem wurmde zich krassend door de vele lagen en muren van stilzwijgen heen. Ze schraapte haar keel. 'Hé, Dia? Ben je daar?'

Hoorde ze daar iets? Geritsel? Gezoem?

Ze klopte voor de derde keer aan, en toen er weer geen reactie kwam, probeerde ze de knop. Hoewel ze het niet had verwacht, draaide hij gemakkelijk. Voorzichtig duwde ze de deur open. Het zonlicht scheen door de hoge ramen naar binnen en verblindde haar kortstondig. Met kleine pasjes liep ze naar binnen.

'Dia? Hallo?'

Ze keek om zich heen. Even was ze bang dat ze toch ergens verkeerd was gelopen.

Dit kon het atelier van haar moeder niet zijn, want dat stond altijd boordevol en deze ruimte was leeg. Romy keek om zich heen, op zoek naar de bekende stapels tegen de muren, maar die waren er niet. Links achter in de hoek zag ze twee armaturen. Er hing wel opgedroogde klei aan, maar ze waren al lang niet meer gebruikt.

Het atelier van haar moeder was volgepropt met kunstwerken en materialen, en behangen met schetsen. Waar waren die? Waar waren de enorme tonnen vol kapotte mobieltjes, batterijen en accu's, polshorloges en computeronderdelen? Dia bracht bijna elke dag van Romy's leven in het atelier door. Waarom waren haar spullen dan niet hier?

Langzaam draaide Romy zich naar rechts om. Haar blik gleed over de muur naar het bureautje, haar oude bureautje, waaraan ze altijd zat te tekenen terwijl haar moeder werkte. Dat stond er nog, maar nu stond er alleen een laptop op. Toen ze verder keek, zag ze rechts achter in de hoek haar oude bedje, waar ze altijd sliep. Ze voelde zich net het kleine beertje uit *Goudlokje* toen ze met stijgende verbazing besefte dat er iemand in haar bedje lag.

'Dia?' vroeg Romy met een klein stemmetje, maar haar moeder verroerde zich niet.

Haar moeder lag met opgetrokken benen, haar blote voeten over de rand en haar gezicht afgewend naar de muur, op het bedje te slapen.

Behalve het bureau en het bed stond er ongeveer een meter achter het voeteneinde van het bed een tv op een oud nachtkastje. En verder zag Romy dat er langs de achterste muur flessen stonden, twee rijen diep. Het waren voornamelijk wijnflessen, ontkurkt en leeg.

Opeens werd Romy bang en wilde ze weg. Ze wilde dat haar moeder haar zou troosten en zou uitleggen wat er gaande was, maar ze was ook bang voor Dia. Zolang ze in deze veranderde ruimte met haar rug naar haar toe lag, was dit voor haar gevoel niet helemaal haar moeder. Maar als ze zich omdraaide en ze haar gezicht kon zien, zou het wél weer haar moeder zijn.

'Dia?' Romy kon de tranen in haar eigen stem horen. Zachtjes sloop ze dichterbij. Kom terug. Wees niet boos op me.

Haar voeten brachten haar dicht genoeg bij de vroegere voorraadkast om erin te kunnen kijken. Romy herinnerde zich nog dat haar moeder jaren geleden de scharnieren met een schroevendraaier had losgeschroefd, de deur eruit had getild en hem aan de straat had gezet. Romy had haar geholpen en toegejuicht. De bodem van de inbouwkast was een soort nis geworden waarin haar moeder enkele van haar kunstwerken tentoonstelde. Het verwonderde Romy dat je dat zomaar kon doen: met je blote handen een inbouwkast bij de kamer trekken. Haar moeder kon dat.

Nu lagen er stapels boeken op het kleine, houten, rechthoekige vloertje, en daarboven waren drie tekeningen op papier boven elkaar aan de wand geplakt, de enige werken van haar moeder die er nog hingen. Het waren drie verschillende perspectieven van een slapende Romy. Ze waren van lang geleden, toen ze nog klein was.

Die middag zat Em een hele tijd achter de computer om een mailtje te typen. In zekere zin was het handig dat er na haar dienst in het restaurant niemand in huis was. Zo kon ze zo veel huilen als ze wilde zonder dat iemand haar zag of hoorde. Bovendien had ze zo genoeg tijd om alle mogelijke versies van haar brief tegen elkaar af te wegen. Ze had de vriendelijke versie, de praktische versie en de mooi geschreven versie al gehad, maar ze koos uiteindelijk voor de eerlijke versie.

Aan: Romy
Van: Em
Onderwerp: Schaamte en verdriet

Lieve Romy,

Ik heb vreselijk spijt van wat er tijdens jouw bezoek is gebeurd. Ik weet dat je moet hebben gehoord wat ik tegen Bryn zei, en ik voel me ellendig wanneer ik eraan denk. En ik denk er heel vaak aan.

De waarheid is dat ik eigenlijk niet wilde dat je op bezoek kwam. Gemeen van me, dat weet ik, en ik schaam me diep. Ik werd volledig opgeslokt door het restaurant en de oudere meisjes daar en een jongen met wie ik min of meer iets had. Dat vond ik het allerbelangrijkste en ik was bang dat jij me zou hinderen. Dat is niet eerlijk tegenover jou, maar zo dacht ik erover.

Het is best wel eng om het zo mis te hebben. Heel eng zelfs. Maar ik had het mis. Die lui waren helemaal niet belangrijk. Het waren helemaal geen echte vrienden. Maar jij wel. Dat besef ik nu een stuk beter. Wat er ook gebeurt, ik zal altijd weten wat echte vriendschap inhoudt, dankzij jou en Ama.

Ik verwacht niet van je dat je me vergeeft. Eigenlijk vind ik dat je dat niet moet doen. Ik wilde je gewoon de waarheid vertellen, want wat ik tegen Bryn zei, was gelogen. Jij bent wel degelijk mijn vriendin. Zelfs als we nooit meer een woord tegen elkaar zeggen, ben jij een betere vriendin voor me geweest dan ik ooit heb verdiend.

Liefs,
Em

De treurwilg wordt vanwege zijn vorm
traditioneel geassocieerd met verdriet.

19

'Ik denk niet dat hij nog terugkomt,' zei Richard, de manager, over Zach.

'Hoe bedoelt u?' vroeg Em.

'Hij is al drie dagen op rij niet komen opdagen. Dat houdt in dat we hem niet meer terugzien. En trouwens, als hij wel terugkomt, zal ik hem waarschijnlijk toch moeten ontslaan.' Richard drukte een paar toetsen op zijn telefoon in. 'Zo gaat dat in augustus. Het bedienend personeel in strandrestaurants is over het algemeen niet erg betrouwbaar.'

Em knikte. 'Nee, inderdaad niet.'

Kennelijk had Jordan het schema weer gemaakt, want Em moest wederom in Effies wijk werken. Wat had hij toch een wrang gevoel voor humor.

Em verdroeg de boze blikken en de stekelige opmerkingen. Ze begon te wennen aan de afgewende blikken en het gefluister. Zelfs Bryn katte op haar tegen de oudere meisjes, opgetogen dat ze hun eindelijk iets te bieden had.

Om negen uur kreeg Em pijn aan haar voeten en was ze ineens bang dat ze in tranen zou uitbarsten.

Ze liep door de voordeur naar buiten, waar niemand van het bedienend personeel pauze hield. Van daaruit liep ze over het zand helemaal naar de waterlijn, waar ze haar schoenen uitschopte en haar voeten in het water stak. Vergeleken bij de uitgestrekte oceaan voelde ze zich onbeduidend, maar die dag was dat een troost. Zach was onbeduidend, Effie was onbeduidend, en zelfs deze stomme zomervakantie was onbeduidend.

Toen ze terugliep zag ze dat er op een bankje bij de voordeur een jonge vrouw zat te wachten.

'Hoi,' zei Em zonder duidelijke reden, behalve dat de jonge vrouw een aantrekkelijk, sympathiek gezicht had.

'Hoi,' antwoordde de jonge vrouw.

'Wacht je op iemand?' vroeg Em. Ze snakte naar wat aanspraak, dat besefte ze. Vreemdelingen waren vaak vriendelijker dan zogenaamde vrienden.

'Ja, op een van de serveersters. Ken je Effie Kaligaris?' vroeg ze.

Dat leek Em een goed moment om weer aan het werk te gaan. Bij de kluisjes kwam ze Bryn tegen. 'Voor het restaurant zit iemand op Effie te wachten,' zei ze, ook al wist ze dat Bryn niet met haar wilde praten. 'Als je het mij vraagt, is ze het mooiste meisje dat ik ooit heb gezien.'

Bryn kon de verleiding niet weerstaan om haar kennis tentoon te spreiden. 'Dat is Effies zus. Ze heet Lena. Ze is net terug uit Europa.'

'Heet ze Lena? Weet je dat zeker? En weet je zeker dat het Effies zus is?'

'Ja.'

'Dat meen je niet.'

Bryn sloeg haar ogen ten hemel. 'En waarom zou ik daar grapjes over maken?'

'Volgens mij is ze een van de Vier Vriendinnen. Je weet wel, die met de spijkerbroek. Volgens mij is ze een van die meisjes,' legde Em ademloos uit. Het was alsof ze een filmster in het echt had gezien. Opeens wilde ze Ama en Romy bellen om het hun te vertellen. Kon ze dat maar.

Bryn kneep haar ogen samen. 'Mens, maak je niet zo druk,' zei ze spottend.

Em ging op haar tenen staan om nog een glimp op te vangen van Lena, maar ze was er niet meer.

'Geen wonder dat Effie zo'n zuurpruim is,' prevelde Em.

'Wat wil je daar nou weer mee zeggen?'

'Hoe zou jij het vinden om zo'n zus te hebben?'

Het laatste uur van Ems dienst was Effie vriendelijker. Of liever: minder uitgesproken onvriendelijk. Misschien voelde ze zich geïntimideerd door de aanwezigheid van haar zus, giste Em. Misschien was tot haar doorgedrongen hoe gemeen ze deed. Misschien was het ergste achter de rug.

Dat dacht Em, tot ze met een dienblad vol drankjes in haar ene hand en een poetsdoekje in haar andere naar tafel vier liep. Haar voeten hadden nog nooit zo'n zeer gedaan en haar hand beefde onder het gewicht van het zware dienblad.

Ze manoeuvreerde zich naar het juiste plekje aan de zijkant van de tafel en wilde het dienblad neerzetten. In stilte vervloekte ze zichzelf omdat ze het doekje had meegenomen, want dat kon ze nergens neerleggen en ze kon best een tweede hand gebruiken om haar evenwicht te bewaren. Ze zakte door haar knieën en leunde over de vierpersoonstafel heen, tussen een zwangere vrouw en een man door, vermoedelijk haar echtgenoot.

Op dat moment kwam Effie langs, niet zozeer een mens als wel een schaduw, die net lang genoeg vaste vorm aannam om in te schatten wanneer Em op haar wankelst was en haar een zet tegen haar heup te geven. Em voelde zichzelf vallen, en ze kon niets doen om het te voorkomen. De tijd vertraagde, zodat ze elk aspect van de catastrofe met angst en beven kon zien aankomen.

Het had minder erg kunnen zijn, als het bijvoorbeeld mineraalwater of gingerale was geweest dat over de tafel ging, in plaats van drie glazen rode wijn en een glas cranberry met prik.

Het had minder erg kunnen zijn, als ze gewoon op de vloer stuk waren gevallen in plaats van op de tafel, zodat er een ware golf van rode vloeistof en glasscherven ontstond.

Het had minder erg kunnen zijn, als de man aan wie ze zich vastklampte gewoon een gezonde schouder had gehad in plaats van een recent ontwrichte schouder in een mitella.

Toen alle druppeltjes en glasscherven eindelijk onder invloed van de zwaartekracht waren geland, verstijfden niet alleen de vijf mensen om de tafel – Em en haar vier gasten – maar ook alle andere aanwezigen, ongelovig knipperend met hun ogen, terwijl ze zich ervan vergewisten dat er geen glas in hun ogen of mond terecht was gekomen.

Uiteindelijk kreeg Em de beheersing over haar stem weer terug, en kort daarna ook over haar handen. Zich uitputtend in verontschuldigingen begon ze glasscherven van armen en schouders te vegen.

De man met de pijnlijke schouder drukte er kreunend zijn goede hand tegenaan. De andere drie mensen aan tafel stonden tegelijk op, zodat de glasscherven van hun schoot op de grond vielen.

Terwijl de rest van het personeel er roerloos en zwijgend bij stond te kijken, kwam Carlos aanlopen met een rol keukenpapier onder zijn arm en een veger en blik in zijn handen.

'Dank je, Carlos,' fluisterde Em met iets wat nog net geen snik was.

Hij gaf haar een klopje op haar arm. Daardoor vielen er nog meer scherfjes op de grond. Ze vroeg zich af of ze al mocht gaan huilen.

Richard, de manager, kwam aan gemarcheerd, op de voet gevolgd door Jordan. Jordan schudde meewarig zijn hoofd. Het regende verontschuldigingen. Em hoorde de meeste ervan uit haar eigen mond komen. Er werd een diner op kosten van de zaak aangeboden en dergelijke. De vier gasten wilden zo snel mogelijk weg. Als ze niet zo veel haast hadden gehad, hadden ze Em nog veel langer de huid vol kunnen schelden.

Ze hoorde Richard de vertrekkende gasten op onheilspellende toon verzekeren dat hij 'met haar zou afrekenen'. Wat hield dat in? Nam hij haar mee naar achteren om haar af te schieten?

Ze keek toe terwijl de vier gasten onder begeleiding van Richard, die aan één stuk door sussend tegen hen praatte, naar buiten liepen, allemaal in meerdere of mindere mate onder het rode spul.

Lieve help, wat zag het er macaber uit. Het leek wel een scène uit een horrorfilm – aan het eind, niet aan het begin. Het had minder erg kunnen zijn als de zwangere vrouw geen witte jurk had gedragen.

'Romy?' Gedesoriënteerd kwam Dia overeind. 'Romy! Wat doe jij hier? Is er iets?'

Romy voelde zich verdoofd en slap. Ze wist niet of ze op haar moeder af moest lopen of moest terugdeinzen. 'Nee, niets.'

'Hoe kom jij hier?'

'Ik ben komen lopen.'

De schrik verdween van Dia's gezicht, en het besef van waar en wanneer keerde langzaam terug. Ze keek om zich heen naar de studio en weer naar Romy. 'Wat doe jij hier?' vroeg ze opnieuw, maar op een andere toon.

'Ik... ik...' Romy legde haar hand op het verfrommelde papier in haar achterzak. 'Niets. Zomaar.'

'Ben je zomaar helemaal hiernaartoe komen lopen?'

'Mijn... Ik dacht...' Romy wist niet meer waarvoor ze was gekomen. Ze kon zich de naam niet meer herinneren van de conventie waar ze naartoe wilde. 'Ik ga wel weer,' zei ze.

'Romy.' Haar moeder sloeg haar armen om zich heen, alsof het koud was, terwijl het in werkelijkheid heet was.

Haar moeder had talloze middag- en avondmalen overgeslagen. Ze had Romy keer op keer niet naar school gebracht of opgehaald. Ze had de voetbalwedstrijden gemist waarbij Romy meestal op de bank met grassprietjes zat te spelen tot haar vingertoppen groen werden. Ze was er niet bij geweest als Romy in een toneelstuk speelde of een vriendin thuis uitnodigde. Afspraken voor dingen als de tandarts en pianoles had ze niet gemaakt omdat ze écht naar het atelier moest. Romy stelde zich voor dat er kunstwerken zouden zijn, honderden kunstwerken, voor alles wat ze had gemist. Waar waren ze? Wat betekende dit? Wat deed haar moeder als ze hier kwam?

Romy wilde haar moeder niet aankijken, wilde geen uitleg horen. 'Ik zie je thuis wel,' mompelde ze.

'Romy, wacht even. Wat heb je in je achterzak?' vroeg Dia. Ze liet haar armen langs haar zij vallen en stond op.

Opnieuw legde Romy haar hand erop. 'Niets.'

'Laat eens kijken.'

Gehoorzaam haalde ze de brief uit haar zak. Haar moeder liep op haar af, en ze gaf haar het velletje papier. Dia streek het glad om het te kunnen lezen.

'Dit gaat over dat modellengedoe in New York. Je bent uitgenodigd.'

'Ja.'

'Daar zul je wel blij om zijn.'

Romy wist niet zo goed wat ze op dat moment voelde, maar 'blij' was niet het woord dat ze ervoor zou gebruiken.

'En ik wed dat je er graag naartoe wilt.'

Romy haalde haar schouders op. Ze was moe. Ze wilde slapen. 'Als je niet mee kunt, dan houdt het op.'

Dia's blik schoot van links naar rechts door het lege atelier terwijl ze nadacht. 'Misschien kan ik wel mee. Misschien is het wel goed voor me om een paar dagen naar New York te gaan.'

Romy hield haar hoofd stil en zei niets.

'Weet je, ik denk dat het wel een goed idee is. Kom, dan gaan we thuis kijken naar de data en de dienstregeling van de treinen en hoeveel het kost, misschien komen we er dan wel uit.'

Romy liep achter Dia aan het atelier uit en keek toe terwijl ze de deur op slot deed. Ze dacht aan de vragen die ze niet stelde en de antwoorden die Dia niet gaf. Ze vroeg zich af wat voor dealtje zij en haar moeder eigenlijk maakten.

Em ruimde de wijn, het sap en de glasscherven op tot ze op het kantoor werd ontboden. Toen ze door het restaurant naar achteren sjokte, had ze het gevoel dat er geen eind aan kwam en dat alle ogen op haar gericht waren.

'Hoi,' zei Em vermoeid zodra ze voor Richards bureau stond. Om de een of andere reden had ze het gevoel dat ze dat niet had moeten zeggen.

'Em.'

'Ja.'

'Ik vrees dat dit een fout is waarvoor ik je kan ontslaan. En een dure bovendien.'

Ze knikte.

'Ik weet dat het een ongelukje was. Maar lieve hemel, wat een ongeluk.'

Ze knikte opnieuw. Wat haar betrof was het inderdaad een ongelukje, wat Effie betrof niet. Dat had ze kunnen zeggen, maar daar had ze geen zin in. Ze wilde Effie niet nog erger tegen zich in het harnas jagen.

'Tot nu toe heb je bewezen een uitstekende hulpserveerster te zijn.'

'Dank u,' mompelde ze.

Jordan hing vlak bij de deur rond. Em had zin om hem te slaan.

'Ik neem wel ontslag, als dat het gemakkelijker maakt,' bood ze aan.

Richard zuchtte. 'Dan kan ook.'

'Oké, goed dan. Bedankt. En het spijt me.'

'Hou je taai, Em.'

Jordan sprong uit de weg om haar langs te laten. Haar schort liet ze in de keuken achter. Hidalgo omhelsde haar en Carlos gaf haar een klopje op haar arm. Ze haastte zich de deur uit, zodat niemand haar kon zien huilen.

Pas toen ze buiten was en het koele briesje op haar huid voelde, besefte ze dat ze zelf ook onder de kleverige rode vloeistof zat.

Em kon niet naar huis. Ze dwaalde een tijdje rond over het strand terwijl ze probeerde te bedenken wat ze moest doen. Wat was ze blij geweest dat ze een paar avonden alleen thuis zou zijn. Ze stelde zich feestjes voor, zoenpartijen, veel te laat naar bed gaan. Ze stelde zich de vrijheid voor. Nu bleek die vrijheid één en al leegte te zijn, en die leegte was ondraaglijk.

Ze had een idee. In plaats van naar huis te lopen, liep ze

terug in de richting van de stad. Ze had geld in haar zak en hoefde nergens naartoe. Niemand wachtte op haar, er was niemand die op haar gezelschap zat te wachten en bij wie ze langs kon gaan. Morgen hoefde ze niet eens te werken.

Ze keek op naar de hemel en stelde zich voor dat Ama op dat moment vanaf een berg naar diezelfde hemel keek, en dat Romy er door het raam bij haar bed naar lag te kijken.

Toen stelde ze zich Zach voor, maar daarvan raakte haar maag in de knoop. Ze had hem gestut met haar eigen hoop en behoeften, en zonder dat alles bleef hij geen seconde overeind.

Vrijheid. Ha. Ze had meer vrijheid dan ze nodig had. Het is niet zo geweldig als je nu denkt, wilde ze het liefst tegen haar vader zeggen.

Weer was de bus zo goed als leeg. Deze keer was de dichtstbijzijnde passagier een oudere vrouw met een broek met elastiek om haar middel en met potlood getekende wenkbrauwen. Ze was bij lange na niet zo leuk als Zach, natuurlijk, maar door haar zou Em ook niet zo in de problemen komen.

'Moet jij niet naar een dokter?' vroeg de vrouw, die zich inspande om Em goed te kunnen zien, met een bezorgd gezicht.

Em raakte haar stijve haardos aan en bracht haar vingers toen naar de wijnvlek op haar T-shirt, die nog niet helemaal was opgedroogd. 'O, het is geen bloed,' legde ze uit. 'Het is wijn.' Aan het gezicht van de vrouw te zien was dat een schrale troost.

Em kon de misselijkmakend zoete geur ervan ruiken, vermengd met die van het cranberrysap.

Tijdens de busrit viel ze even in slaap en droomde ze dat het mooie meisje, Effies zus, onder de wijn zat. Ze droomde dat Finn samen met haar van Pony Hill af sleede, alleen was zij al ouder en hij nog klein. Ze droomde dat ze in haar eigen huis verdwaalde.

Gelukkig had ze nog genoeg geld om vanuit het busstation een taxi naar huis te nemen. Ze was bang dat mensen de politie of de ambulance zouden bellen als ze haar zagen lopen.

Ze belde bij haar eigen huis aan alsof ze een vreemde was. Moest haar vader overwerken? Sliep hij bij een of andere vrouw die nacht? Zou ze hem storen tijdens een afspraakje? Was dat de reden dat hij zo'n haast had om een punt achter zijn huwelijk te zetten?

De deur ging open en daar stond hij. Zo te zien had hij geen afspraakje. Hij droeg shorts, een hemd, sloffen en zijn bril met bifocale glazen aan een koordje om zijn hals. Zijn haar zat in de war.

'Em,' zei hij met een verschrikt gezicht toen hij de rode vlekken op haar gezicht en shirt zag. 'Wat is er met jou gebeurd?' Hij pakte haar vast alsof ze vier was in plaats van veertien.

'Rustig maar,' protesteerde ze met haar gezicht tegen zijn hemd gedrukt. 'Het is maar wijn.'

Hij liet haar los zodat hij haar beter kon bekijken. 'Waarom zit je onder de wijn?'

'Ik heb het gemorst.'

'Heb je gedronken? Had je de sleutel van het strandhuis niet bij je? Waar is je moeder?'

Hij mocht dan al een tijdje niet geoefend hebben, hij was één en al vaderlijke bezorgdheid.

'Nee. Ik heb het tijdens mijn werk gemorst. In het restaurant. En toen werd ik ontslagen, dus ben ik maar naar huis gegaan.'

Hij knikte. Gelukkig was hij zo vriendelijk te doen alsof dat allemaal heel logisch klonk.

'Kom binnen. Wil je even douchen? Heb je al gegeten?' Grappig dat hij opeens in een moederkloek veranderde.

'Ja. Nee, ik heb nog niet gegeten.'

'Ik maak wel iets voor je klaar. Ga je douchen en omkleden, dan kun je me daarna vertellen wat er precies is gebeurd.'

Tijdens de dodenmars naar het angstaanjagende doemklif liep Noah de hele tijd naast Ama. Zij zei niet veel, maar Noah deed zijn best haar aan de praat te krijgen.

'Hoe gaat het met je voeten?'

'Beter,' antwoordde ze.

'En met de blaren?'

'Weg.'

'Wauw. Dat is mooi.'

Zwijgend liepen ze door.

'Heb je zin in gorp? Ik heb nog een extra zakje.'

Gorp was inmiddels zo zeldzaam als goud. Niemand had nog iets. Ze dacht aan de M&M's. Het water liep haar in de mond, maar ze liet zich niet vermurwen. 'Nee, dank je.'

Ze staken een beekje over. Het verbaasde Ama hoe gemakkelijk ze van de ene steen naar de andere stapte zonder uit te glijden of te wankelen onder haar twintig kilo wegende rugzak. Ze liepen een heuvel op en aan de andere kant er weer af.

'Heb je wel eens van de jongeren-VN gehoord?' vroeg hij na een tijdje.

Ama knikte. Haar zus was naar de jongeren-VN geweest. Ama wilde dat ook graag, maar ze had geen zin om dat tegen hem te zeggen. 'Hoezo?'

'Daar moet je volgend jaar naartoe gaan.'

'Vind je?'

'Ja. Het is hartstikke gaaf. En dan zien we elkaar nog eens.'

Ze keek naar de grond en zei niets.

'Maar dat is pas in het voorjaar.' Hij lachte verlegen. 'Dus waarschijnlijk zou het gemakkelijker zijn als ik gewoon om je telefoonnummer vroeg.'

Ama kon er niet meer tegen. Ze bleef staan, en hij ook.

'Hé, Noah?'

'Ja?'

'Mag ik je iets vragen?'

'Oké.'

'Als je zo graag mijn telefoonnummer wilt, waarom heb je dan met Carly gezoend?' Ze kon zich niet meer inhouden.

Noah staarde haar aan. Verwarring veranderde in verontwaardiging. Hij keek alsof ze hem ervan had beschuldigd dat hij konijntjes levend had gekookt. 'Waar heb je het over? Ik heb helemaal niet met Carly gezoend.'

Hij was goed, dat moest ze toegeven. 'Jawel. Zeker twee keer. Waarvan één keer in mijn tent. Dat kun je niet ontkennen.'

Nu keek Noah echt boos. 'Nee, Ama, dat heb ik niet gedaan. Niet één keer. Niet in jouw tent en ergens anders ook niet. Ik weet werkelijk niet waar je het over hebt.'

Hij klonk zo zeker van zijn zaak dat Ama begon te twijfelen. Had ze zijn gezicht wel echt gezien? Wist ze heel, heel zeker dat hij het was? Ze probeerde zich zijn gezicht voor de geest te halen op die noodlottige avond dat ze verongelijkt de tent uit was gelopen en op de mierenhoop in slaap was gevallen. Dat lukte niet. Ze zag een rug voor zich, en het haar waaraan ze hem dacht te hebben herkend, maar niet zijn gezicht. Was het mogelijk dat ze het al die tijd mis had gehad? Maar ze was er zo zeker van geweest. 'Weet je het zeker?' vroeg ze timide.

'Ik denk dat ik het nog wel zou weten.'

Ze beet op haar wang. 'Carly heeft verder met iedereen gezoend,' merkte ze op.

'Ja, dat zal best, maar niet met mij.'

Hij keek nog steeds boos, en ze voelde zich een heel klein beetje schuldig, maar ze voelde ook iets lichts, als bubbeltjes, in haar buik.

'Misschien ben je het vergeten,' zei ze ondeugend.

'Hou je mond.' Hij deed alsof hij haar een stomp tegen haar arm wilde geven.

Ze gaf hem een stomp in zijn rug, en dat was niet alsof.

'Au.' Hij probeerde terug te slaan, maar ze ontweek hem lachend.

Ze liepen verder. Een heuvel op en aan de andere kant weer naar beneden. Ze voelde de zachte dennennaalden onder haar schoenen. Tevreden keek ze naar de hemel. In een vriendelijk gebaar tikte ze tegen zijn hand. 'Mag ik die gorp van je?' vroeg ze.

20

Em hoorde haar vader in de keuken rommelen, nog voordat ze hem zag. Hij maakte een hels kabaal terwijl hij dingen openmaakte of liet vallen.

Het huis voelde anders aan, dacht ze toen ze de woonkamer voorbij liep. Misschien was het er iets stoffiger en rommeliger en brandden er minder lampen. De kussens waren niet meer zo keurig opgeklopt en de viooltjes op de vensterbank klampten zich aan het leven vast.

De ramen stonden open. Dat was het grootste verschil, besefte ze. Het was niet oncomfortabel warm in huis, want het was een heerlijk koele avond. Maar de benauwdheid van de zomer, de diepe, rijpe geur van augustus was de kamers binnen geslopen, terwijl dat alles gewoonlijk buiten de deur werd gehouden.

Dat was het grote verschil. Haar moeder vertrouwde bijna volledig op de airco. De binnenlucht en de buitenlucht kwamen zelden met elkaar in aanraking.

Het huis leek niet verlaten, zoals ze half had verwacht. Integendeel. Het voelde verrassend en ongewoon bewoond aan. Haar vaders kranten en medische tijdschriften lagen verspreid over de eetkamertafel. Zijn sloffen lagen midden in de woonkamer en zijn boek lag opengeslagen op de bank. Overal stonden koffiebekers en glazen, en nergens lag een

214

onderzettertje onder. Wat zou haar moeder daarvan zeggen? In de keuken was het gas onder een pan aan, maar voor zover ze kon beoordelen was de pan zelf leeg. Ze hoopte dat haar vader het huis niet liet afbranden. Bijna alle lades en kastjes in de keuken stonden open. Het was heel anders dan wanneer haar moeder hier bezig was.

'Wat ben je aan het maken?' vroeg ze.

'Taco's,' antwoordde hij opgewekt.

'Wauw.'

'Vertel mij wat. Ik ben deze zomer maar eens aan het koken geslagen.'

Hij kwam overeind voor het kastje onder het aanrecht waar hij in had zitten neuzen. Hij keek zo trots dat haar hart er bijna van brak.

Toen hij olijfolie in de lege pan goot, begon het woest te sissen en roken. Haar vader sprong achteruit. 'Moet je dat zien,' zei hij.

Ze probeerde niet ineen te krimpen. 'Kan ik je ergens mee helpen?'

Hij zette het gas wat lager. 'Je mag de kaas raspen,' bood hij aan.

'Oké,' zei ze.

Braaf raspte ze kaas terwijl hij nog meer dingen openmaakte en nog meer dingen liet vallen en sommige dingen zowaar in de pan wist te krijgen.

'Waarschijnlijk denk je dat ik nooit in de keuken heb gestaan,' zei hij terwijl hij geconcentreerd de etiketten van potjes kruiden las, 'maar weet je nog dat ik elke dinsdag en donderdag voor jou en Finn kookte als je moeder moest werken?'

'O ja?' Het voelde als een vreemde, onverwachte bevrijding dat haar vader zomaar Finns naam noemde, het zomaar op tafel gooide te midden van de chilipepertjes en de gesneden sla. Dat konden ze niet doen waar haar moeder bij was. Haar moeder raakte meteen van streek en verliet de kamer, dus hadden ze geleerd het niet meer te doen, maar Em hunkerde ernaar. Ze hunkerde ernaar om over Finn te praten, niet over de droevige dingen en zijn dood, maar over de tijd dat hij nog gewoon deel had uitgemaakt van hun leven.

'Ja. Ik maakte geen ingewikkelde dingen als taco's,' vertelde haar vader, 'maar wel kip met rijst. En ik heb een keer gehaktbrood gemaakt.'

'Echt waar?'

'Weet je dat niet meer?'

Ze wilde het zich dolgraag herinneren. 'Ja, ik geloof het wel. Vaag.'

'Je was dol op erwtjes. Ik kookte altijd erwtjes.'

'Finn was ook dol op erwtjes,' zei Em.

Haar vader knikte. 'Nou en of.'

'Ik ben er nog steeds dol op.'

'Echt waar?'

'Ja.'

Hij huppelde zowat naar de vriezer. Daar haalde hij een pak erwten uit dat hij aan haar liet zien.

Ze lachte. Ze kon zich niet heugen wanneer ze voor het laatst had gelachen.

'Ik ben klaar met de kaas. Kan ik verder nog iets doen?' vroeg ze.

Zijn taco's baarden haar een beetje zorgen, want er ontstond een vreemd brouwsel in zijn pan en het aanrecht was één grote chaos. Ze besefte dat ze wilde dat dit hem zou lukken. Ze wilde dat de taco's lekker zouden smaken.

Hij zette haar aan het werk met een snijplank, een fruitmesje en een avocado. Ze was merkwaardig trots dat hij haar met een scherp mes vertrouwde.

'Gezellig, om met z'n tweeën te koken,' zei hij na een comfortabele stilte.

Ze knikte. Haar intuïtie vertelde haar dat hij net zo eenzaam was geweest als zij. En dat hij die vakantie net zozeer van zijn vrijheid had genoten als zij.

Gewoonlijk hield Em alles op haar bord netjes apart, maar bij de taco's van haar vader was dat onbegonnen werk. Of ze het leuk vond of niet, de salsa vermengde zich met de zure room en bedekte de tortilla zowat, de tortilla lag tegen een hoopje bonen aan en deelde een onduidelijke grens met de guacamole, en over dat alles heen lag een dikke laag smeltende kaas.

Haar vader hief zijn flesje bier en zij hief haar glas melk. Ze moest bijna lachen toen ze hem melk voor haar zag inschenken, alsof ze nog maar een jaar of zes was. Bijna had ze er nee tegen gezegd, maar nu ze ervan dronk, kon ze zich niets lekkerders voorstellen.

'Proost,' zei hij.

'Proost,' antwoordde ze. Ze wist niet wat ze anders moest zeggen.

'Nou, tast toe,' zei hij.

Ze ademde diep in en hoopte de mengeling van texturen en temperaturen op haar vork. Voorzichtig nam ze er een hapje van, en toen met groeiend vertrouwen een grotere hap. Ze nam er nog een, met extra salsa. De geur wikkelde zich om haar hoofd en de smaak verdrong zowat al haar andere zintuigen. Wat had ze een honger.

Ze bleef maar eten. Ze goot nog wat salsa op haar bord en strooide er nog wat kaas over. Ze kon niet eens lang genoeg opkijken of stoppen met eten om iets te zeggen, maar uiteindelijk dwong ze zichzelf even een pauze in te lassen. Met

een blik op haar vader zei ze: 'Dit is heel, heel erg lekker.'
En dat was ook zo.

Haar maag werd steeds voller, maar ze bleef eten. 'Is er nog meer?' vroeg ze.

Haar vader keek gevleid. 'Ja hoor. Meer dan genoeg. In de keuken.'

Hij schepte een tweede bord voor haar op en keek toe terwijl ze at. Nu hij zijn bril niet ophad, kon ze zijn ogen zien.

'Em?'

'Ja?'

'Ik ben heel blij dat je naar huis bent gekomen.'

In het begin had Romy tegen zichzelf een beetje overdreven over het gewicht dat ze was kwijtgeraakt. Ze was blij en trots op zichzelf, dus rondde ze naar boven af. Als de weegschaal aangaf dat ze 1,6 kilo was afgevallen, maakte ze er 2 van.

Nu ze echter meer was afgevallen dan de bedoeling was, begon ze naar de andere kant toe te overdrijven. Ze was 6,8 kilo lichter, maar ze hield zichzelf voor dat het er maar 5,5 waren omdat ze zich aan het begin waarschijnlijk niet helemaal goed had gewogen.

Nu woog ze zichzelf niet meer vlak na het opstaan, nadat ze geplast had, maar pas later op de dag, als ze iets had gegeten en een groot glas water had gedronken. Ze wilde nog niet ophouden.

Ik ben klein, dacht ze, want haar rode katoenen broek flodderde om haar heen toen ze zich in de badkamer aankleedde. Ze was het gewend om uit haar kleren te groeien, maar nu ging ze de andere kant op, bijna alsof ze de klok terugdraaide. Het was een troostende gedachte dat je dat kon doen. Het verleden was een stuk gemakkelijker te voorzien dan de toekomst. Ze stelde zich voor dat ze naar een kledingwinkel ging om kleren in een kleinere maat te halen. Zelfs haar beha's waren eindelijk te groot geworden. Gisteren had ze achter in een la de eerste beha gevonden die ze had gekregen, in groep acht.

Misschien kan ik er toch uitzien als een model, dacht ze, licht huiverend in de zonnestralen die door het raampje van de badkamer naar binnen schenen. De adertjes schenen door de huid op haar armen heen die uit het T-shirt staken. De donkere haartjes op haar armen leken talrijker en langer dan voorheen. Haar zilveren lievelingsarmband, die Dia voor haar had gekocht in een antiekwinkel in Philadelphia, hing los om haar dunne pols.

Met stevige passen en zwaaiend met haar armen om calorieën te verbranden liep ze terug naar haar slaapkamer. Verbranden. Raar woord eigenlijk.

Ze moest opschieten, want om halfelf moest ze op de kinderen van de familie Rollins passen en om vier uur op een peuter, Ryan. Ryans moeder was een nieuwe klant, die door mevrouw Rollins naar haar was doorgestuurd, en ze wilde een goede indruk maken.

Dia zei dat Romy geen extra geld hoefde te verdienen, dat zij de rest zou betalen, maar Romy vond het fijn om te werken en de hele dag ergens naartoe te moeten.

De treinkaartjes naar New York kocht Romy via internet, een voor zichzelf en een voor Dia. Dia wilde niet de hele tijd bij de conventie zijn, maar ze zei dat ze in New York samen leuke dingen konden gaan doen, naar het Metropolitan Museum gaan bijvoorbeeld. Dia wilde tijdens Romy's grote catwalkshow met de mensen van haar kunstgalerie gaan praten, maar dat vond ze niet zo erg.

Ze gingen pas over een paar dagen, maar Romy was al begonnen met inpakken. Haar koffer lag open op de grond.

In de loop van de dag deed ze er wat spullen in, of haalde er iets uit en legde er iets anders voor in de plaats. Ze legde haar rapport over modellen erin, maar bedacht zich. Ze wist niet of ze op de IMTA iemand zou tegenkomen die zich ervoor interesseerde. De tekening die ze voor de voorkant had gemaakt vond ze nu een beetje kinderachtig, al was ze er indertijd erg trots op geweest.

Ze miste Ama en Em. Daar kon ze niets aan doen. Ze moest het al te lang zonder hen stellen. Zo lang dat ze bang was dat ze zou vergeten hoe je vrienden moest maken of een vriendin moest zijn. Ama en Em kenden haar het beste en hadden haar geholpen zichzelf te leren kennen. Ze kenden de omtrek van haar persoonlijkheid en wisten hoe ze haar erbinnen moesten houden. Zonder hen had ze het gevoel dat ze was losgeslagen en buiten de lijntjes was geraakt.

De gedachte dat ze aan groep elf moest beginnen zonder hun vriendschap was pijnlijk, maar ze moest zichzelf er maar gewoon toe zetten. Hoewel het e-mailtje van Em haar hoop had gegeven, durfde ze niet al te veel te hopen. Het was waarschijnlijk goed voor haar om te oefenen met alleen-zijn.

Die avond kon Em niet slapen. Ze liep naar beneden, genietend van de maan die aan weerszijden van de grote voordeur door de ruiten naar binnen scheen. In haar T-shirt en boxershort slenterde ze de woonkamer binnen en ging op de bank zitten. Het was hier gezelliger nu de spullen van haar vader overal lagen. Ze had een hekel aan onderzettertjes. Het was hier fijner nu de bedwelmende, naar groen geurende zomerlucht binnen kon komen.

Het riep een schrijnende nostalgie bij haar op, die zomerse geur in de kamer. Vroeger, toen Finn nog leefde, liet haar moeder de ramen vaak open. Em kon zich herinneren hoe dat voelde.

Opeens vroeg ze zich van alles af over dit huis, dat haar moeder smetteloos hield door Mona, de huishoudster, de strikte opdracht te geven je spullen op te ruimen nog voordat je ze goed en wel ergens had laten liggen. Haar moeder besteedde veel tijd en geld aan het huis, net als aan haar lichaam, haar gezicht en haar haar – haar 'onderhoud', zoals ze het noemde. Em had altijd geloofd dat haar moeder graag wilde dat alles perfect was voor haar gezin. Maar nu begon ze daaraan te twijfelen. Wat was er echt de bedoeling van?

Het was vreemd om de spullen van haar vader te zien. Ze was het niet gewend om de boeken en kranten te zien die hij las, de kruiswoordraadsels die hij half had ingevuld en een sudokupuzzel met in elk vakje met potlood een cijfer. Wie had kunnen denken dat haar vader van sudoku's hield?

Het was een vreemde gedachte dat haar vader zichzelf deze vakantie in de keuken in zijn eentje had leren koken, terwijl hij voorheen zelden voor het eten thuis was.

Ze had verwacht dat hij, als hij eenmaal van haar moeder was verlost, dag en nacht in het ziekenhuis of zijn kantoor zou blijven en alleen maar weg zou gaan om te feesten met leuke arts-assistenten of verpleegkundigen. Maar niets wees daarop. Integendeel. Nu hij van haar moeder verlost was, kwam hij naar huis.

Langzaam maar zeker begon Em te begrijpen hoe ongelukkig ze waren geweest en hoeveel ze vanwege dat ongeluk hadden opgeofferd.

Na de dood van Finn had haar vader zich op zijn werk gestort. Dat wist Em. Hij had steeds meer van zichzelf gevergd. Zelfs als jong kind voelde ze al aan dat hij werd gedreven door een verlangen naar afleiding en vergetelheid. 'Je pro-

221

beert in elk geval het gevoel te hebben dat je nog ergens controle over hebt,' had hij tijdens een van de weinige rouwtherapiesessies met het gezin die haar moeder had kunnen verdragen tegen de therapeut gezegd.

Em moest denken aan haar moeders onberispelijke huis en al even onberispelijke uiterlijk en haar eindeloze gezeur over waar je wel en niet je glas mocht neerzetten. Nu vroeg ze zich af of haar moeder op die manier ook ergens controle over probeerde te krijgen. Zo was het immers niet altijd geweest.

Haar maag rammelde, en ze besefte dat ze al weer honger had. Ze liep de keuken in en schepte een bord vol met allerlei restjes. Toen ze in de vriezer ijsblokjes voor in haar glas water wilde pakken, zag ze daar de drie dozen erwten liggen, bedekt met een wit laagje rijp.

Misschien zou haar vader haar nooit eerlijk vertellen wat er tussen hem en haar moeder was gebeurd. Waarschijnlijk zou hij altijd een beetje schutterig doen tegen haar en bang zijn haar vragen te stellen. En mogelijk zou hij nooit het nummer van haar mobieltje kennen.

Maar er lagen erwten, terwijl er heel lang geen erwten in huis waren geweest. Liefde zag er niet altijd zo uit als je verwachtte.

21

Vroeg in de ochtend zat Ama zich op de rand van de wereld af te vragen waarom ze er zo graag vanaf wilde vallen.

'Hierna gaat Jonathan en dan ben jij aan de beurt,' riep Maureen haar toe.

'Maar ik dacht dat ik als laatste mocht,' piepte Ama.

'Je bent ook de laatste,' zei Maureen vriendelijk. Ze had niet veel gezegd over wat er was gebeurd, maar Ama wist hoe opgelucht en blij ze was dat Ama ervoor had gekozen te blijven.

Verbijsterd keek Ama toe toen Jonathan zowat van het klif sprong zodra hij aan de beurt was. Hij controleerde de touwen niet eens. Hij gaf zijn zekeraar niet eens het afgesproken signaal. Als je het haar vroeg, was hij ook zonder touwen net zo gretig naar beneden gesprongen.

'Hij is gek,' merkte Ama op.

'Ja. En dom,' antwoordde Jared.

Daar moest Ama even over nadenken. 'Ik ben doodsbang. Houdt dat in dat ik slim ben?'

'Nou en of,' zei Jared. Over de rand keek hij naar Jonathan, die snel afdaalde. 'Oké, hij is beneden.' Hij schudde zijn hoofd. 'Lieve help. Volgens mij had hij het niet veel sneller kunnen doen als hij zich gewoon had laten vallen.'

Weifelend hees Ama zichzelf overeind. 'Nou, dan ben ik aan de beurt, geloof ik.' Ze had zo veel touwen en andere materialen om zich heen dat ze zich nauwelijks kon bewegen.

'Inderdaad.'

'Ga ik dit echt doen?'

'Ja!' antwoordden hij en Maureen in koor.

Voorzichtig schuifelde Ama dichter naar de rand. Ze durfde niet eens te kijken. Als ze niet over de rand kon kijken, hoe kon ze er dan overheen stappen?

Maureen was haar zekeraar. Jared hielp Ama zichzelf vast te haken. Ama controleerde de touwen en knopen wel vijftien keer.

'Ik denk dat het wel goed is,' zei Jared. Hij glimlachte naar haar.

'Denk je echt?' vroeg ze bloedserieus.

'Ja.'

'Zet 'm op, meid,' zei Maureen.

Ama schuifelde nog wat dichter naar de afgrond. Haar handen waren drijfnat van het zweet.

Een halve meter nog, en toen zag ze een tafereel dat haar met verwondering vervulde. O, wauw. In de diepte kronkelde een kobaltblauwe rivier door een groene vallei vol bloemenvelden. Erachter zag ze dennenbomen die donker afstaken tegen de hoge blauwe bergen. Het was echt precies als op de poster.

Ze haalde diep adem, iets wat ze die zomer nog niet vaak had gedaan. Genietend keek ze naar het prachtige landschap en de strakke, wolkeloze hemel. Tijdens deze reis was ze voornamelijk erg vertrouwd geraakt met boomwortels, zand en insecten, besefte ze. Voor die tijd had ze vooral veel tijd doorgebracht op school, in de bibliotheek en thuis achter haar bureau. Maar naar de hemel had ze zelden gekeken. Ze moest denken aan vroeger, toen ze in de zomer 's avonds wel eens samen met Em en Romy in de achtertuin bij Ems huis op het gras was gaan liggen om naar de sterren te kijken. Toen leek de wereld nog veel groter, alsof hij meer mogelijkheden bood, meer manieren om te leven.

'Ben je er klaar voor?' vroeg Jared.

'Ik denk het wel,' verzuchtte ze.

Hoe moest je in vredesnaam over die rand heen stappen? Bij alle anderen had het er zo gemakkelijk uitgezien dat ze niet eens had gekeken hoe ze het eigenlijk deden. Ze ging op handen en knieën zitten en kroop achteruit, als een paard dat achteruit de stal binnen loopt. Haar helm zakte voor haar ogen. Voor haar gevoel had ze maar één talent: alles moeilijker maken dan het was.

'Remmer gereed!' riep Maureen, waarmee Ama's afdaling officieel begon.

'Oké, daar ga ik,' antwoordde Ama verstikt.

Ze stak één been over de rand heen en voelde niets dan lucht. Ze keek over haar schouder. O lieve help. Ze zag de rest van de groep als een stel piepkleine poppetjes naar haar staren. Even meende ze te zien dat Noah naar haar zwaaide met een hand die eruitzag als een papieren vliegtuigje. Het leek veel meer dan honderd meter tot aan de bodem. Het leken er wel duizend. Wie had de afstand eigenlijk opgemeten? Dit lijkt in niets op Pony Hill, wilde ze tegen Romy zeggen.

Haar voet bungelde in het niets. Ze schoof haar andere been over de rand. Nu bungelden haar beide voeten in het niets. Ze lag in een ongemakkelijke houding en kon geen kant op.

Jared bukte zich om haar helm goed op haar hoofd te zetten. Hij nam haar handen in de zijne. Ongetwijfeld voelde hij hoe klam ze waren. Toen lachte hij haar weer bemoedigend toe. 'Zal ik je eens wat vertellen, Ama? Jij bent een stuk dapperder dan Jonathan,' zei hij.

Ama kneep één oog dicht tegen de zon. 'Grapje zeker?'

'Moed bestaat uit het overwinnen van je angst, nietwaar? Hij voelde geen angst. Jij juist een heleboel.'

'Ik juist een heleboel,' herhaalde ze. Ze was echt niet van plan te doen alsof dat niet zo was. Dan hield ze alleen zichzelf voor de gek.

Hij tilde haar aan beide handen op terwijl ze zich achteruit over de rand wurmde. Eindelijk vonden haar voeten houvast op de rotswand.

'Oké. Nu moet je naar achteren leunen,' droeg Jared haar op.

'Nee… dat kan niet. Moet dat echt?'

'Ja, dat moet echt.'

Ze kneep haar ogen stijf dicht en leunde een paar centimeter naar achteren. 'Zo?'

'Ja!'

'Niet loslaten!' gilde ze hem toe. De wind was een stuk feller nu ze over de rand hing. Ze voelde zichzelf licht heen en weer zwaaien. 'Aah!'

'Rustig maar. Ik laat je niet los. Ik heb je goed vast.'

Weer keek Ama over haar schouder. Haar hart bonsde zo hard dat het haar verwonderde dat het niet uit haar borstkas barstte en de lucht in vloog.

'Ga door,' zei Jared.

'Ik ga al,' zei ze. Ze bewoog nog een millimeter.

'Vertrouw op het touw, Ama.'

Opnieuw voelde ze een windvlaag. Ze klemde zich uit alle macht vast aan Jareds handen. Pas toen ze opkeek zag ze dat hij ineenkromp van de pijn.

'Ik geloof dat ik hierna al mijn vingers moet laten amputeren,' zei hij, maar hij slaagde erin te glimlachen.

'Sorry,' prevelde ze. Ze moest denken aan zijn handdruk, die eerste dag op het vliegveld. Ze probeerde haar doodsgreep iets te laten verslappen.

Nogmaals keek Ama over haar schouder. Toen keek ze naar de rotswand voor zich. Om de een of andere reden moest ze denken aan de eerste dag van groep vijf, toen ze Em en Romy had leren kennen en ze samen waren weggelopen van school. Als de dag van gisteren wist ze nog hoe ze naar de deur had staan kijken. Ze wilde eigenlijk teruggaan, maar haar verlangen om met hen mee te gaan was nog groter. Je kunt het wel, had Em tegen haar gezegd. En ze kon het ook. Dat was haar eerste grote overwinning, het begin van het mooiste avontuur van haar leven.

Ama keek achterom naar de piepkleine mensjes op de harde grond in de diepte. Je kunt het, hield ze zichzelf voor. Ze miste Em en Romy, en zichzelf zoals ze vroeger was. En zo niet, dan val je dood en kan het je toch niets meer schelen.

Nog één keer haalde Ama diep adem voordat ze losliet. Ze verwachtte half dat het haar laatste ademtocht zou zijn. Ze verwachtte half dat ze ter aarde zou storten. Maar dat gebeurde niet.

'Doe je ogen open,' zei Jared.

O. Dat was ze even vergeten. Ze opende haar ogen en zag dat het touw haar gemakkelijk hield. Het verbaasde haar een beetje dat Jared er nog was. Ze had verwacht dat hij als een klein figuurtje ver boven haar zou staan, maar hij was nog net zo groot als voorheen, vlak voor haar neus, en hij stond zijn vingers te masseren.

Ze zette haar voet een stap achteruit op de rotswand. Een piepklein, bevend stapje was het. Ze nam er nog een.

'Achteroverleunen. Vertrouw op het touw,' droeg hij haar op.

Ze keek zo strak naar het touw voor zich dat ze er scheel van ging kijken. Kon ze erop vertrouwen? Ze stelde zich Maureen voor, die aan het andere eind stond. Ze was blij dat het Maureen was.

Ze nam nog een paar stapjes. Jared werd kleiner.

Een harde windvlaag duwde tegen haar aan. Met beide handen greep ze het touw vast, en ze probeerde de situatie onder controle te krijgen door haar lichaam rechtop te trekken.

Meteen schoten haar voeten weg. Gillend krabbelde ze naar de rotswand. Ze kreeg zowat een hartaanval.

'Ik val!' gilde ze naar haar zekeraar.

Maar toen ging de wind liggen, en zodra ze zichzelf dwong op te houden met spartelen ontdekte ze dat ze gewoon op dezelfde plaats bleef hangen, bungelend aan het touw als een spin aan het eind van zijn draad.

Ik kan dit eigenlijk niet verkeerd doen, dacht ze met stijgende opgetogenheid.

Ze zette haar voeten weer tegen de rotswand en leunde achterover. Nu begreep ze dat je alleen houvast kon houden als je bereid was achterover te leunen en je te ontspannen. Het was zoals zo veel dingen aan kamperen en wandelen: hoe erger en angstaanjagender het was, hoe meer het tegen je intuïtie indruiste, des te beter was het om het zo aan te pakken.

Ze leunde nog verder naar achteren, tot haar rug bijna parallel was aan de grond, en vertrouwde er maar op dat de grond daaronder ergens was. Zo was het makkelijker om langs de wand te lopen. Haar voeten leken aan de rots vast te kleven.

Heel dapper zakte ze een beetje door haar knieën en maakte een piepklein sprongetje van de wand af. Onder zich hoorde ze gejuich, en boven zich ook, van Jared en zelfs van Maureen. Ze glimlachte.

Tijd om even om zich heen te kijken, naar de stille vallei, naar de condensstrepen aan de hemel, naar de kromme wortels van de bomen die vastbesloten waren hier te groeien. Achter haar strekte de wereld zich uit als een lappendeken die zo groot was dat ze voor haar gevoel zelfs Bethesda en Pony Hill zou moeten kunnen zien. Als ze echt haar best deed, zo stelde ze zich voor, kon ze zelfs hun oude huisje in Kumasi met de mangoboom ervoor zien staan. Romy had gelijk, meer dan ze zelf besefte. Dit was een uitzicht dat ze niet had willen missen.

Ama verhoogde haar snelheid. Ze liep naar beneden en maakte af en toe zelfs een sprongetje. De eerstvolgende keer dat ze om zich heen keek, besefte ze dat Jared er kleiner uitzag dan Dan, Noah, Carly en de rest van de groep op de grond. Ongelooflijk.

Jared zwaaide. Hij wist dat ze het nu onder de knie had.

Ik hang in de lucht, dacht ze. Ze zwaaide een beetje met haar armen om te kunnen voelen dat het alleen maar lucht was. Nu had ze het echt door.

Met steeds grotere, dapperder sprongen daalde ze af naar de bodem. De hele groep juichte en klapte toen ze eerst haar ene voet en toen haar andere voet bevend op de grond zette.

Dan maakte de musketonhaak los en omhelsde haar. Noah omhelsde haar ook, lekker lang. Ze bleef maar glimlachen.

'Touw vrij!' gilde ze omhoog naar Maureen, waarna ze twee keer aan het touw trok.

Een eindje bij de groep vandaan maakte Ama een sprongetje van pure vreugde. Het was een ongekende vreugde, vol tegenstellingen die op dat moment in Ama's beleving naadloos in elkaar pasten: de vreugde van het achteroverleunen, de vreugde van het loslaten, de vreugde van haar voeten die aan de wand kleefden, de vreugde als ze zich afduwde van de rots, de vreugde van het hangen, de vreugde van het niet vallen, de vreugde van het verleden en de toekomst, de vreugde van de hemel, de bergen en de vallei, de vreugde omdat ze het had gehaald en de vreugde omdat ze het nooit meer hoefde te doen.

De volgende ochtend werd Em om elf uur gewekt door haar mobieltje, dat overging.

'Hallo?'

'Em, met mij.'

'Met wie?' vroeg Em slaperig.

'Met Bryn!' riep Bryn snerpend, alsof ze Ems beste vriendin was en het nooit anders was geweest.

Een voor een keerden de herinneringen aan de vorige avond terug, eerst de taco's en toen in omgekeerde volgorde de rest.

'Je moet meteen hiernaartoe komen,' zei Bryn opgewonden.

'Waarnaartoe?'

'Naar het restaurant!'

'Hoezo?'

'Nou, volgens mij wil Richard met je praten.'

O, toe zeg. Het restaurant leek opeens heel ver weg. 'Bryn, ik kom niet. Ik ben niet eens aan het strand. Ik zit thuis in Washington.'

'Kun je niet terugkomen?'

'Nee! Bryn, ik ben ontslagen, weet je nog? Waarom wil Richard me spreken?'

'Omdat hij erachter is gekomen wat er is gebeurd.'

Em leunde achterover tegen haar kussen. Ze schopte de lakens van zich af en sloeg het ene been over het andere. 'Wat is er dan gebeurd?' vroeg ze na een korte stilte.

'Megan heeft het allemaal gezien. Toen jij al weg was, heeft Megan aan Richard verteld dat Effie je tegen die tafel duwde en dat je daarom al die glazen liet vallen. Carlos zei dat hij het ook had gezien.'

Nu zat Em recht overeind. Dit begon interessant te worden. 'Echt waar?'

'Ja. Dus Effie is ook ontslagen. En dat ging er véél heftiger aan toe.'

Onwillekeurig genoot Em van die gedachte. 'Je meent het. Wauw.'

'Ja. Ze werd hartstikke kwaad op Megan. Ze heeft tegen iedereen lopen schreeuwen. Zelfs tegen een stel gasten.'

'Dat meen je niet.'

'Echt wel. Je had het moeten zien. Richard zei dat hij de politie zou bellen als ze niet rustig wegging.'

Em schudde haar hoofd. Dit was bijna te mooi om waar te zijn.

'Ongelooflijk, hè?'

'Ongelooflijk,' zei Em instemmend.

'Vandaag zeiden we telkens tegen elkaar hoe erg we het vinden dat jij overal de schuld van kreeg en zo,' ging Bryn vrolijk verder.

Em besefte dat het Bryn niet uitmaakte aan welke kant van een ruzie ze zich bevond, zolang ze er maar bij betrokken was.

'En, raad eens?'

Em kon niet raden.

'Zach is er. Hij is degene die zei dat ik je moest bellen.'

Em legde de telefoon even neer en kneep haar ogen dicht. Toen raapte ze hem weer op en zette hem aan haar andere oor. 'O ja?'

'Ja. Hij wil je heel graag zien. Je moet echt terugkomen, Em. Echt waar. Ik weet dat de vakantie bijna voorbij is, maar Richard geeft je waarschijnlijk je baantje wel terug. Hij zei, en ik citeer, dat je een "eersteklas hulpserveerster" was.'

Em moest lachen. 'Zei hij dat echt?'

'Ja. Iedereen vindt het heel erg wat er is gebeurd. Het is hartstikke oneerlijk. Ik heb beloofd dat ik dat tegen je zou zeggen. Ze willen je uitnodigen om vanavond mee uit te gaan. Dat wordt echt dikke pret.'

Em knikte. Ze rook etensluchtjes beneden. Was dat bacon?

'En, kom je terug?' vroeg Bryn.

Eerst gaf Em geen antwoord.

'Kom op, Em. Het wordt hartstikke cool. Want als wij dan naar school gaan, jij en ik, dan zijn wij de populaire meisjes die met allemaal lui uit hogere klassen omgaan.'

Aan het begin van de vakantie zou dat Em als muziek in de oren hebben geklonken, maar nu niet meer. Ze wist precies hoeveel Bryns vriendschap waard was.

Nu meende Em ook eieren te ruiken. En misschien zelfs geroosterd brood. Ze stelde zich haar vader voor, en de rommel die hij in de keuken aan het maken was. 'Nee,' zei ze tegen Bryn. 'Ik denk dat ik maar hier blijf.'

Het sap van de wilg is waterig en
stroomt makkelijk. Sommige mensen
geloven dat de nabijheid van de boom je
kan helpen toegang te krijgen tot
verdrongen gevoelens,
tot pijn en verdriet.

22

'**D**e eerste dag breng je door bij kleding en mode, de tweede dag bij haar en make-up en de ochtend van de derde dag bij catwalklopen en media. De laatste middag breng je al het geleerde in de praktijk voor de wedstrijd.'

De spreker vooraan in de zaal was een voormalig model, Karen genaamd, dat zo mager was als een lat en een zwarte leren broek droeg.

Romy was diep onder de indruk van de lengte van haar benen en de ovale ruimte tussen haar dijen. Sommige meisjes beweerden haar te herkennen uit oude advertenties en tijdschriften, maar Romy niet.

Op het kamp en hier had Romy die zomer al heel wat modellen ontmoet. Nu wist ze waar modellen naartoe gingen als ze geen model meer waren: naar plaatsen waar ze nieuwe modellen konden creëren.

'We sturen jullie een voor een de catwalk op, compleet met licht, muziek en professionele fotografen die plaatjes van je schieten. De eerste zeven rijen in het publiek worden bezet door talentenscouts van alle agentschappen, zowel grote als kleine. Allemaal krijgen jullie vier kaartjes voor ouders, familie, vrienden. Wat vinden jullie daarvan?'

Er klonk opgewonden gebabbel en her en der applaus van het publiek, dat zich in de balzaal van het Grand Regent Hotel had verzameld. Romy wipte de metalen poten van haar stoel van de grond.

Een meisje op de voorste rij stak haar hand op en kreeg het woord. 'Hoe gaat de wedstrijd in zijn werk?' vroeg ze.

'Aan het eind van de show krijgen jullie allemaal een lijst van de agenten en andere scoutingbureaus die om een gesprek met jou hebben gevraagd,' legde Karen uit. 'Die gesprekken van tien minuten vinden plaats na de show en de daaropvolgende lunch. Het model met de meeste verzoeken wint ook een dagje winkelen ter waarde van duizend dollar, een spread in het tijdschrift *GlamGirl*, dat een oplage heeft van één komma één miljoen, en toegang tot de auditie voor *Who Wants to Be a Supermodel?*'

Dat werd ontvangen met een korte stilte, gevolgd door nog veel meer gebabbel. Ook Romy was verbaasd. Zomaar ineens kon je van een gewoon meisje veranderen in een echt, professioneel model met foto's in een tijdschrift en een auditie voor een tv-show.

Romy werd samen met ongeveer vijfentwintig andere meisjes naar studio B gestuurd. Studio B bleek zich tussen studio A en studio C in te bevinden, in alweer een reusachtige ruimte onderverdeeld door middel van opvouwbare kunststof schermen. Daar stonden rijen met lange tafels, bedolven onder kleren en accessoires. Ieder meisje kreeg wat tijd met een professionele styliste. Ze gebruiken het woord 'professioneel' wel heel veel hier, bedacht Romy.

Samen met de andere meisjes bekeek ze de kleren terwijl ze op haar beurt wachtte.

'Hoe lang ben jij?' vroeg een lang meisje rechts van haar.

'Eén vijfenzestig,' antwoordde Romy. 'Maar ik ben nog in de groei.'

Het meisje knikte. Ze was zeker vijftien centimeter langer

dan Romy, en het meisje links van haar ook.

'Misschien is dit iets voor jou,' zei het meisje terwijl ze een kort blauw rokje omhooghield, 'omdat je zo klein bent.'

Romy knikte en deed haar best niet zo klein te lijken.

'Wat is jouw look?' vroeg het meisje.

'Mijn look?'

'Ja. Wat voor imago wil je uitdragen?'

Romy probeerde haar tanden netjes binnen de grenzen van haar mond te houden. 'Weet ik niet precies,' zei ze. Ze wilde er gewoon uitzien als een model. Ze wist niet dat je daarnaast ook nog een aparte look moest hebben. Misschien hadden ze het daar wel over gehad tijdens al die uitstapjes naar het winkelcentrum waaraan ze op het kamp niet had meegedaan.

'Dat armbandje kun je maar beter dumpen,' adviseerde het meisje.

Romy keek naar haar arm. 'Dumpen?' vroeg ze vol ongeloof.

'Ik bedoel niet letterlijk dat je het moet dumpen, maar je kunt hem beter afdoen, snap je.'

Romy kon geen antwoord bedenken. Als ze al een look had, dan hoorde haar armbandje erbij. Dat had Dia haar gegeven. Het kwam uit de jaren twintig en het was het mooiste wat ze bezat.

'Ik heet trouwens Mandy.'

'Ik ben Romy,' antwoordde ze. Het liefst wilde ze haar armbandje aan het zicht onttrekken. Stel dat de professionele styliste ook wilde dat ze haar kostbaarste bezit zou dumpen?

'Volgens mij ben jij aan de beurt,' zei Mandy, wijzend naar een vrouw in het zwart die tegen haar klembord tikte.

'Welke maat heb je, liefje?' vroeg Jackie, de styliste, nadat ze Romy's naam en groepsnummer had genoteerd.

'Weet ik niet precies. Ik... ik ben... nogal veel van mezelf kwijtgeraakt.'

'Hè?'

'Nee. Ik bedoel...' Romy was nog steeds van slag over haar armbandje. Ze moest even bijkomen. 'Ik bedoel, ik ben nogal afgevallen. Dus ik weet niet precies welke maat ik heb.'

'Oké.' Ongetwijfeld was Jackie al heel wat magere meisjes met merkwaardige ideeën over afvallen tegengekomen. Ze nam Romy van top tot teen op. 'Je bent nogal klein, hè? Maar je hebt wel rondingen.'

'Daar probeer ik iets aan te doen,' antwoordde Romy.

'Waarom wil je er iets aan doen? Rondingen zijn alleen maar mooi.'

'Niet voor een model.'

'Niet iedereen hoeft de bouw van een model te hebben.'

'Modellen wel.'

Jackie keek Romy aan alsof ze dacht dat die haar voor de gek probeerde te houden, maar dat was niet zo.

'Denkt u dat ik geen model zou kunnen worden?' vroeg Romy serieus.

Jackie slaakte een zucht. 'Liefje, ik hoef alleen maar kleren voor je uit te zoeken.'

Op de laatste avond borstelde en vlocht Ama bij het kampvuur zorgvuldig Maureens haar. Ze had het laatste beetje Kiehl gebruikt om haar te laten zien wat een wondermiddel het was.

Zodra ze klaar was, draaide ze Maureen naar zich toe om haar werk te bewonderen. 'Oké, laat me eens kijken.'

'Hoe ziet het eruit?' vroeg Maureen gretig.

Ama probeerde zich te herinneren hoe Maureen er op de

eerste dag had uitgezien, maar dat lukte niet. Het mooie plaatje dat ze nu voor zich zag, was het enige wat ze kon oproepen.

Carly had vol belangstelling naar de metamorfose zitten kijken. 'Wauw. Hartstikke cool, M. Wacht maar tot je het ziet.'

'Echt waar?' Maureen leek oprecht blij toen ze haar nieuwe kapsel voorzichtig met haar vingertoppen betastte. 'Heb je het net zo gevlochten als je eigen haar?' vroeg ze aan Ama.

'Ja.'

'Mooi.'

Later die avond ging Ama een stukje wandelen met Noah. Terwijl ze het kampeerterrein verlieten vroeg ze zich af of hij haar hand zou vasthouden, en op de terugweg deed hij dat ook. In eerste instantie was ze daar opgetogen over, maar al snel begon haar hand te zweten en was ze bang dat hij klam en smerig zou aanvoelen. Ook al was het volle maan en fonkelden er miljarden sterren aan de hemel, ze kon alleen maar aan haar hand denken. Ze moest om zichzelf lachen.

Ze was opgelucht toen ze terugkwamen bij het kampeerterrein en hij haar hand losliet voordat iemand hen kon zien. Later, toen ze haar tanden had gepoetst, kroop hij achter een paar struiken vandaan. Hij kuste haar op haar pepermuntfrisse lippen. Heel snel, voordat iemand hen kon betrappen. Hij duwde een papiertje in haar hand.

Ze liep terug naar haar tent en kroop in haar slaapzak. Kon ze het briefje maar lezen. Uiteindelijk zocht ze in haar rugzak haar zaklamp op.

Op de voorkant had hij zijn telefoonnummer en e-mailadres geschreven. Achterop had hij een tekeningetje gemaakt van een boom en er hun namen op geschreven, ge-

scheiden door een plustekentje, alsof ze in de bast waren ge-
kerfd. Hij had er een hartje omheen getekend.

'Moet ik een pruik op, denkt u?'

'Nee, Romy. Je haar is prima zo.'

Romy paste een rode pruik. 'Deze vind ik wel mooi.'

'Weet je… dat ben jij niet.'

Dat vond ze niet zo'n probleem. 'Geeft niet,' zei ze. Ze
voelde zich mooier als ze niet zo op zichzelf leek, maar dat
zei ze niet hardop. 'Had ik maar niet voor een pony gekozen.'

'Ja, ach ja. Het is nogal een klus om hem weer te laten
groeien, hè? Maar daar kunnen we ons nu niet meer druk
om maken.'

Geneviève, de professionele kapster annex visagiste, was
erg aardig, maar begon nu een beetje gestrest te raken, besloot Romy. De modeshow begon over nog geen halfuur, en
ze moest nog vier meisjes doen.

Romy zette een blauwe pruik op. Ze probeerde er een met
roze stekeltjes.

'Romy! Niet in je ogen wrijven als je make-up op hebt.
Oké?'

'Sorry,' zei ze. Ze vergat het steeds. Thuis droeg ze nooit
make-up. 'Als je wilt mag je wel doorgaan met het volgende
meisje,' zei ze.

'Je hebt nog zeven minuten,' zei Geneviève. 'Ik kan nog wat meer met je mond doen, je oogmake-up bijwerken, nog even–'

'Hoeft niet,' zei Romy. Ze glipte weg naar de tafel met accessoires. De meisjes achter haar kregen zowat een zenuwinzinking omdat ze bang waren dat hun make-up niet op tijd klaar zou zijn.

Ze probeerde lange nepparelkettingen en grote oorbellen, maar besloot dat ze die waarschijnlijk beter achterwege kon laten.

'Oké, meisjes,' riep Karen, het voormalige model met de leren broek. Ze klapte in haar handen om om aandacht te vragen. 'Nog tien minuten! We moeten gaan klaarstaan. Wil iedereen uit de eerste groep die al klaar is naar voren komen?'

Romy speldde een broche op haar jurk, ter hoogte van haar sleutelbeen. Ze zat in de derde groep, dus ze had nog wel even. Ze keek in de spiegel. Hoorde je een broche zo te dragen?

Verdorie, nou had ze haar lippenstift weer uitgesmeerd. Op haar hoge hakken liep ze wankel wat dichter naar de spiegel toe om zichzelf te fatsoeneren. Ze wist dat ze eruitzag als een klein meisje dat in de kledingkast van haar moeder had gerommeld. Nou nee, niet die van háár moeder, want die had niet zulke kleren, maar bijvoorbeeld de moeder van Em.

Achter zich hoorde ze gekreun. Achter de tafel zag ze eerst een arm en een elleboog en toen het hoofd van Mandy. Mandy's gezicht was rood en haar glittermake-up, die was uitgelopen van het huilen, deed haar tranen fonkelen.

'Gaat het wel?' vroeg Romy. Met kleine pasjes liep ze op haar af. 'Wat is er?'

'Achter in mijn kous zitten een enorm gat en een ladder,'

zei Mandy snikkend. Ze draaide zich om, zodat Romy het kon zien.

'Tweede groep, naar voren komen!' riep Karen.

'Ik zit in de tweede groep!' jammerde Mandy. Ze begroef haar vingers in Romy's arm. 'Wat moet ik nu?'

'Kun je geen nieuwe kous aantrekken?' vroeg Romy.

'Nee! Dat had ik ook al bedacht. Er zijn geen blauwe, grijze of andere donkere kousen meer. En bij deze kleren moet ik donkere aan.'

Romy was erg bang dat er van Mandy's make-up niets meer zou overblijven als ze zo bleef huilen. In haar ogen welden ook tranen op, deels uit medelijden en deels omdat Mandy zo hard in haar arm kneep.

'Kun je ze uittrekken?'

'Nee!' Mandy snikte opnieuw. 'Ik ga gewoon niet. Ik kan het niet. Ik ga het wel tegen Karen zeggen.'

Romy keek naar haar eigen donkere benen. 'Je mag die van mij wel hebben,' zei ze snel.

'Hè?'

Ze begon haar kousen uit te trekken. 'Deze kunnen prima. Ze zijn nog donkerder dan die van jou.'

'Maar je hebt ze zelf nodig.'

'Mijn outfit is toch wel mooi, met of zonder,' antwoordde Romy, die zelfverzekerd probeerde te klinken.

'Maar jij bent klein.'

'Er zit genoeg rek in,' verklaarde Romy. 'Dat is het voordeel.'

'Weet je het zeker?'

'Ja. Schiet op nou!'

'Groep drie! Verzamelen, alsjeblieft,' riep Karen.

Romy hoorde de luide muziek over de catwalk schallen.

'Snel!'

Mandy trok en sjorde en kreeg de kousen aan.

'Buk eens,' beval Romy. Braaf deed Mandy wat haar werd opgedragen, zodat Romy kon proberen de uitgelopen make-up met een tissue te fatsoeneren. Daar had ze weinig ervaring mee, maar het lukte aardig. 'Oké,' zei ze opgelucht. 'Lopen.'

Mandy omhelsde haar en gaf haar een kus op haar wang. Romy voelde haar tranen en de glibberige lippenstift op haar wang.

'Dit is een wedstrijd, meisjes,' riep Karen naar hen. 'Schiet eens op!'

Romy keek Mandy na terwijl die snel achteraan in de rij van haar groep aansloot en hoopte hartgrondig dat het goed zou gaan met haar. Om de een of andere reden moest ze denken aan al die trage zondagmiddagen waarop ze aan de rand van het voetbalveld Em had toegejuicht en aan het gras had geplukt. Ze had haar moeder gesmeekt om ook op voetballen te mogen, maar ze had niet de juiste instelling voor wedstrijdsporten.

Toen Ama's groep de volgende ochtend voor de rit naar het vliegveld de bus in stroomde, deelde Jared de rapporten uit.

Met angst en beven pakte ze de hare aan. Het maakt niet uit, hield ze zichzelf voor. Jij weet wat je allemaal hebt bereikt. Dat is meer waard dan een hoog cijfer.

Toen ze het rapport opensloeg, zag ze dat ze een tien had gekregen. Ze moest er bijna om lachen, deels uit verbazing en deels van geluk. Het was een fijn cijfer, maar het zag er iets minder solide uit dan de tienen die ze in het verleden had gekregen, alsof het eigenlijk wel wist dat het er niet zo toe deed.

Ze liep naar het achterste deel van de bus en ging naast

Jared zitten. 'Ik was de slechtste van de hele groep,' zei ze. 'Waarom heb je me een tien gegeven?'

Jared lachte. 'Wat vaardigheid betreft misschien wel, maar wat inzet betreft zeker niet.'

Ama moest ook lachen.

'Maar goed, niet doorvertellen, maar we geven eigenlijk iedereen een tien,' zei Jared zachtjes.

'O ja?'

'Ja. Aan iedereen die de cursus afmaakt.'

Toen ze bij het vliegveld nog wat op de parkeerplaats rondhingen, zag Ama tot haar verrassing nog twee bussen met groepen van Wild Adventure aankomen. Het was alsof ze naar een parallelle wereld stond te kijken.

De verrassing werd nog groter toen de andere groepen uit de bus kwamen en Ama verschillende zwarte jongeren zag. Minstens twee in de ene groep en vier in de andere.

Dus ze was niet de enige. Bij lange na niet. Opeens voelde ze zich schuldig over al die keren dat ze niet naar de camera had gelachen.

Ze kon de verleiding niet weerstaan om Maureen ernaar te vragen toen die haar kwam helpen met haar spullen. 'Waarom hebben ze me niet bij een van die groepen ingedeeld?' vroeg Ama met een gebaar naar de twee bussen aan de andere kant van de parkeerplaats.

'Hoe bedoel je?' vroeg Maureen.

'Ik bedoel: waarom hebben ze me niet bij andere zwarte jongeren ingedeeld toen ze de groepen maakten?'

'O.' Maureen haalde haar schouders op. 'Dat weet ik niet. Om die informatie wordt op het aanmeldingsformulier niet gevraagd. Ik wist niet dat je zwart was.'

Romy probeerde zelfverzekerd en verleidelijk over de catwalk te lopen, zoals ze had geleerd, maar dat viel niet mee met die hoge hakken. Bovendien was ze bang dat haar korte, over de diagonaal gesneden jurkje er zonder de donkere kousen uitzag als een fout kunstschaatskostuum.

Ze had het gevoel dat de rok aan haar blote benen bleef kleven. Het liefst wilde ze naar beneden kijken en hem rechttrekken, maar ze was bang dat ze dan helemaal over haar voeten zou struikelen en midden tussen de fotografen zou vallen.

Fototoestellen flitsten. Spots dwaalden rond en de muziek schalde. Het publiek was in duisternis gehuld. Toen Romy wankel naar het eind van de catwalk liep en haar draai maakte, streek het licht van een van de spots over een bekend gezicht.

Het was Dia. Dia, die had gezegd dat ze niet zou komen, maar er toch was. Dia, die vanmiddag eigenlijk een afspraak had met de mensen van de galerie.

Opeens kon ze haar houding niet meer vasthouden. Dia kwam nooit naar haar kijken, maar nu was ze er. Ze klapte voor haar, en Romy moest de neiging onderdrukken om naar haar te zwaaien. Op de terugweg naar de coulissen struikelde ze bijna. Ze wilde terug naar het begin van de catwalk. Daar was ze zo op gefocust dat ze te snel liep en haar enkels bijna omknakten. Haar zelfverzekerde, verleidelijke loopje was ze vergeten. Ze wilde het gewoon achter de rug hebben, zodat ze naar Dia toe kon.

Zodra Romy buiten het zicht van het publiek achter het gordijn was, baande ze zich een weg door de chaos achter het podium en liep door de zijdeur de balzaal binnen, waar het publiek zat. Voordat de volgende groep modellen opkwam was er even pauze en Romy wilde even bij Dia langsgaan om haar te laten weten dat ze wist dat ze er was.

Het liedje was afgelopen, en kennelijk moest de deejay even zoeken voordat hij het volgende kon opzetten. Een paar rijen achter Dia kon Romy niet verder. Ze probeerde zich langs de klapstoelen te wurmen om haar te bereiken en zwaaide met haar armen in de hoop dat Dia haar zou zien.

Nu de muziek uit stond, hoorde Romy een bekende stem. Dat was een gave van haar: ze vergat nooit een stem. 'Ik heb geprobeerd haar make-up te doen,' zei Geneviève tegen een andere vrouw, 'maar ik betwijfel of het veel heeft geholpen. Het is een lief kind, maar ik vraag me af wie haar heeft wijsgemaakt dat ze model kan worden...'

'Ze moet een beugel, dat is duidelijk,' zei Genevièves vriendin, wier stem Romy niet herkende.

Ze verstijfde en liet haar armen slap langs haar zij hangen. De catwalk was even verlaten. De muziek was nog niet begonnen. Ze wist dat de twee vrouwen het over haar hadden. Ze deinsde al achteruit, want ze wilde niet dat ze haar zouden zien.

Romy zag haar moeder vlak voor Geneviève zitten, maar ze wilde even niet de aandacht op zich vestigen. Ze hoopte dat haar moeder niet had gehoord wat Geneviève zei. Ze hoopte dat ze zich niet zou omdraaien. Begon de muziek maar weer, zodat het volgende model de catwalk op kon; dan zou het gesprek door het kabaal worden opgeslokt en snel vergeten zijn. Dan kon Romy zich haastig backstage terugtrekken en haar moeder na de show gaan opzoeken. Maar het mocht niet zo zijn.

Romy stond achter een stel lange mensen te wachten op het juiste moment om op de zijdeur af te rennen, toen ze zag dat Dia zich omdraaide. Haar houding en gezicht stonden op storm.

'Neem me niet kwalijk, maar wat bedoel je daarmee?' vroeg Dia op hoge toon, met een boze blik op Geneviève. Haar boze stem sneed als een mes door de frivole sfeer die er in de zaal hing.

Geneviève staarde Dia verrast aan. 'Pardon. Hebt u het tegen mij?'

Romy kende die gezichtsuitdrukking van haar moeder. Was ze maar backstage gebleven. Opeens ervoer ze haar geruisloze tred en scherpe oren als een vloek. Ze deed een stap naar voren. 'Dia, het geeft niet,' zei ze. Ze moest de woorden uit haar keel persen. 'Ze bedoelde er niets mee.'

Dia merkte Romy's aanwezigheid nauwelijks op. 'Ja, ik heb het tegen jou,' raasde Dia tegen Geneviève.

Opeens was Romy bang dat haar moeder Geneviève een zet zou geven. Ze deed nog een stap in de richting van haar moeder.

'Nou, ik bedoelde... Ik zei...' Geneviève wist niet goed wat er aan de hand was, en ze was te zeer van haar stuk gebracht om het te vragen.

'Nou? Wat zei je?'

Geneviève wierp een vluchtige blik op Romy. Ze voelde zich vernederd, beschaamd en in de verdediging gedrukt. 'Ik zei dat ze een lieve meid is die misschien niet helemaal geschikt is als model.'

Eindelijk startte haperend de muziek weer, maar hij stond niet hard genoeg om het gesprek te overstemmen.

'Dia, het geeft niet. Echt niet,' fluisterde Romy. Ze stond te beven als een riet.

Dia had haar dodelijke blik echter nog steeds op Geneviève gericht. 'En waarom zeg je dat?' Haar gezicht was zo verwrongen dat Romy haar blik afwendde.

'Ze... ze is niet lang,' stamelde Geneviève. 'Ze is –'

'Ze is een beeldschoon meisje,' viel Dia haar met snijdende, rauwe stem in de rede.

Romy sloeg haar handen voor haar gezicht en sloot haar ogen. Toen ze weer durfde te kijken, zag ze het gezicht van haar moeder, dat niet langer boos stond, maar diep ongelukkig.

23

Romy wilde zich niet meer onder het publiek mengen. Daarom wachtte ze backstage tot de lijsten werden uitgedeeld. Alle meisjes stonden in groepjes gillend en giechelend de grootse momenten te herbeleven. Romy zat een beetje afzijdig met haar ineengeslagen handen vlak bij haar gezicht en deed haar best niet te gaan huilen.

Veel van de anderen stonden om de tafel met versnaperingen heen en propten bagels, kalkoenwraps en minibrownies naar binnen. Romy was niet het enige meisje dat de afgelopen dagen weinig had gegeten. Ze wilde dat ze ook honger had, maar het gevoel wilde niet komen.

In het kantoorgedeelte achter in de zaal waren Karens drie assistenten achter hun computers koortsachtig aan het werk. Romy hoorde onophoudelijk het gezoem van printers.

Mandy kwam langs om haar nog een knuffel te geven, maar minder spontaan deze keer. 'Goed gedaan,' zei ze.

Romy knipperde met haar ogen en knikte. Ze durfde niets te zeggen. Ze vroeg zich af of haar moeder op haar zou wachten of dat ze al was weggegaan.

Toen ze opkeek, stond Karen weer in haar handen te klappen en te roepen om aandacht. 'We hebben nog niet alle punten opgeteld, meisjes. Dat is een ingewikkeld proces. Maar we hebben wel al een paar lijsten die we kunnen uitdelen. Kom maar naar voren als je je naam hoort.'

Romy zag de meisjes die werden opgeroepen door de massa heen terugkomen, zwaaiend met hun wapperende trofee. Ze ving een glimp op van enkele lijstjes. Op elk stonden minstens vijf agentschappen. Alle meisjes stonden op een kluitje, ongeduldig wachtend op hun resultaat. Een van de meisjes die langskwamen had een lijst waarop Romy zeker twintig namen zag staan.

Stel dat ze er zelf geen kreeg? Stel dat ze helemaal geen papiertje kreeg? Zou ze dan gewoon teruggaan naar haar kamer, haar koffer inpakken en naar huis gaan? Ze probeerde in te schatten hoe teleurgesteld ze zou zijn, maar ze moest telkens denken aan Geneviève en haar moeder, dus ze kon zichzelf niet goed peilen.

Nog meer meisjes, nog meer lijstjes. Ze zag lange en korte. Eén meisje had zo veel aanvragen voor gesprekken dat de lijst tot op de achterkant van de pagina doorliep. Zou dat het meisje zijn dat het gratis winkelen en de auditie voor de tv en een fotospread in een tijdschrift zou krijgen? Zou zij tot winnares worden uitgeroepen?

Hoe zou het zijn om dat meisje te zijn? Romy probeerde het zich voor te stellen, maar ze hield er al snel mee op, want het lukte haar niet. Ze vroeg zich af of haar moeder op haar wachtte.

Toen Romy haar naam hoorde, drong het in eerste instantie niet eens tot haar door. In deze context klonk het niet als haar naam.

'Romy!' riep Mandy. Ze stak haar duimen naar haar op.

Romy strompelde naar voren. Karens assistente vouwde het papiertje dubbel en gaf het aan haar. 'Goed gedaan,' zei ze grootmoedig.

Opeens was Romy bang om het open te vouwen. Waren

de blaadjes van de andere meisjes ook dubbelgevouwen? Ze wilde dat ze een centimeter of vijftien langer was dan de andere meisjes in plaats van vijftien centimeter korter, want dan zouden ze niet kunnen meekijken. Als je lang was, had je meer privacy. Ze vouwde het papiertje een klein stukje open en tuurde ernaar.

Er stond een naam. Ze had een gesprek. Het was er maar één, maar dat was beter dan niets.

Met het blaadje stevig in haar hand geklemd liep ze terug naar haar stoel. Het papier was vochtig en gekreukt toen ze het weer openvouwde en grondiger bestudeerde. Ze had om tien over twee een gesprek met ene Rod Meyers in vergaderzaal 4. Was hij een echte agent? Of een scout? Werkte hij voor zo'n groot bedrijf waar de meisjes het altijd over hadden?

Misschien hadden Geneviève en haar vriendin ongelijk. Misschien zag Rod Meyers iets in Romy wat Geneviève en de anderen over het hoofd hadden gezien.

Ze had een gesprek. Eentje maar. Maar één was een getal. Het was oneindig veel meer dan niets.

Ama verraste zichzelf opnieuw omdat ze tranen in haar ogen kreeg bij het afscheid. Vooral toen ze Maureen gedag zei. En zelfs bij Carly. Ze probeerde het niet te tonen. Ze beloofde Carly dat ze contact met haar zou houden, en dat meende ze nog ook. Nu Ama wist dat Carly niet met Noah had gezoend, had ze niet meer zo veel problemen met haar neiging om iedereen te zoenen.

Noah kuste haar waar iedereen bij was. Ze zag Maureen glimlachen en moest ervan blozen.

'Stuur me vanavond een mailtje zodra je thuis bent,' fluisterde Noah. Ze genoot van zijn adem tegen haar oor. Ze moest ervan huiveren.

'Zal ik doen,' zei ze.

Later zat Ama in het vliegtuig, genietend van de orde en netheid en van het gevoel dat ze naar huis ging. Heerlijk uitgeput liet ze zich onderuitzakken in haar stoel en dacht aan haar ouders en aan Bob. En aan Esi. En ze moest telkens aan Em en Romy denken.

Ama keek naar haar bovenbenen op de stoel en zag met trots dat ze veel sterker en gespierder waren dan op de heenweg. Ze bestudeerde de sierlijke platte schoentjes aan haar voeten. Wekenlang had ze ernaar uitgekeken om haar lievelingsschoenen weer te kunnen dragen, maar nu het zover was, vond ze ze veel te trendy en onpraktisch.

Verbaasd over zichzelf stond ze op, maakte het bagagevak open, zocht in haar rugzak en haalde er haar wandelschoenen uit. Die trok ze aan.

Op die schoenen liep ze heen en weer door het gangpad. Ze kon niet stilzitten. Ze hunkerde ernaar om over Noah te praten. Ze hunkerde ernaar om te praten over het abseilen, Carly, Maureen en het uitzicht boven op het klif.

Ze had verwacht dat ze zodra ze was geland Grace zou willen bellen, maar eigenlijk wilde ze het helemaal niet aan haar vertellen. Ze zag nu al voor zich hoe verrast en afkeurend ze zou reageren op het nieuws dat ze een vriendje had. Grace had een uitgesproken mening over meisjes met vriendjes. 'Let maar op: het zijn altijd de meisjes met vriendjes die een onvoldoende halen voor biologieproefwerken,' had ze vorig jaar nog tegen Ama gezegd. Ze schudde haar hoofd. Eigenlijk wilde ze met Romy en Em praten.

Eindelijk wist Em haar moeder op haar mobieltje te bereiken, om te zeggen dat ze niet meer terug wilde naar het strandhuis.

'Papa vindt het goed als ik blijf. De zomervakantie is toch al bijna voorbij.'

'En je baantje dan?' vroeg haar moeder. Ze zat in de auto en was net weggereden uit Baltimore.

'Heb ik niet meer.'

'O?'

Em stond voor haar slaapkamerraam naar haar vader te kijken, die in de achtertuin onkruid aan het wieden was. Hij had gebloemde tuinhandschoenen aan.

Eigenlijk had Em geen zin om iets voor haar moeder achter te houden. 'Mag ik je iets vertellen?'

'Ja, natuurlijk.'

'Ik ben ontslagen.'

'O, nee.'

'Ja. Ik heb een dienblad vol glazen rode wijn en cranberrysap uit mijn handen laten vallen, zó over vier gasten heen.'

'O, Em.'

'De glazen vielen kapot en de wijn spatte alle kanten op.'

'O, nee.'

'Ja. En een van de gasten was een zwangere vrouw met een witte jurk.'

Haar moeder maakte een onverwacht geluid, en het duurde even voordat het tot Em doordrong dat ze lachte. Het was een fijn geluid.

Ook Em moest lachen. 'Zelfs jij had die jurk niet meer schoon gekregen.'

Ze besloot er niet bij te vertellen dat Effie haar had geduwd en waarom. Dat was een minder grappig verhaal, dat ze beter voor een andere keer kon bewaren.

Hun gelach was als een bloesem, mooi maar snel uitgebloeid. Toen het wegstierf, sloop de stilte er weer in.

'Mag ik jou ook iets vertellen?' vroeg haar moeder.

'Natuurlijk,' antwoordde Em.

'Ik ga vrijdag kijken naar een appartement in de Bethesda Tower.'

'Dat heeft papa me al verteld,' zei Em.

'O ja?'

'Ja. Hij zei dat normaal gesproken de vrouw in het huis blijft wonen en de man op zoek gaat naar een appartement, maar dat jij liever een appartement wilde en dat hij besefte dat hij het huis wilde houden.'

'Om de week ben je bij mij,' zei haar moeder. 'Dan wonen we samen in het nieuwe appartement.'

'Weet ik. Dat heeft hij ook al gezegd.'

'Het is niet voor altijd. Zeker niet. Maar voorlopig kan ik wel iets kleiners en handzamers gebruiken. Een flat is een stuk makkelijker schoon te houden.'

Em knikte zonder iets te zeggen. Uit het raam zag ze dat haar vader tuinaarde om de azaleastruiken heen strooide, maar vooral ook over zijn schoenen. Ze vroeg zich af of hij de hovenier had ontslagen, want ondanks al het onkruid dat hij had gewied, zag de tuin er nogal vol en overwoekerd uit.

'En er kleven geen... herinneringen aan vast.'

Em drukte haar hand tegen de ruit. 'Weet ik,' zei ze. Ze herinnerde zich dat haar moeder de week na Finns dood op haar knieën het oude tapijt in Finns slaapkamer had zitten boenen in een poging de vlekken eruit te krijgen.

Romy ging naar de hotelkamer. Haar moeder was er niet.

Ze kamde haar haar en poetste haar tanden. Haar kunstschaatsjurk schuurde en zat niet lekker, maar ze vond dat ze hem eigenlijk tot na het gesprek aan moest houden.

Om twee uur ging ze naar beneden om bij vergaderzaal 4 te wachten. Toen ze aan de beurt was om naar binnen te gaan, was de hand die ze naar meneer Meyers uitstak klam van het zweet.

'En jij bent...' Hij keek op zijn papiertje.

'Romy,' zei ze. 'Romy Winchell.'

'Aha,' zei hij. 'Ga toch zitten.' Hij schonk haar een brede, oogverblindend witte glimlach.

'Oké.' Ze ging zitten. Haar rug was recht.

'Romy, zou je even voor me willen lachen?' Hij leunde een beetje naar voren en nam haar aandachtig op.

Verlegen produceerde Romy een flauw glimlachje. Ze dacht aan wat die vriendin van Geneviève over haar tanden had gezegd. Ze hielp zichzelf eraan herinneren dat ze niet meer breeduit mocht lachen. Vanaf nu mocht ze alleen maar glimlachen, met haar mond dicht om haar tanden te verbergen.

'Iets vrolijker,' zei hij.

Romy wilde helemaal niet vrolijker glimlachen. Onder deze omstandigheden voelde het zo onnatuurlijk aan dat het meer op een grimas leek.

Hij knikte. 'Romy, ik denk dat ik heel veel voor je kan doen.'

'Echt waar?' vroeg ze.

'Ja. Weet je wat voor werk ik doe?'

'Bent u dan geen–'

'Ik ben cosmetisch orthodontist. Een van de beste in het vak. Ik heb al heel wat beroemdheden een mooi gebit bezorgd, mensen die je zó zou herkennen, maar vanwege mijn beroepsgeheim mag ik hun namen niet noemen. Niet iedereen wordt met een volmaakt gebit geboren, nietwaar? Maar we kunnen er heel veel aan doen. Zelfs in de moeilijkste gevallen.'

Romy keek naar zijn mond. Hij had heel grote, vierkante

tanden en hij zei zulke onverwachte dingen dat ze er niets van begreep. Gebitten? Een agent die iets met gebitten deed? Dat was toch niet logisch?

'Bent... bent u eigenlijk wel agent?' vroeg ze.

Hij lachte. 'Nee, maar ik heb wel connecties. Romy, wat ik doe, kan een wereld van verschil maken als je een agent zoekt. Daarom wilde ik je spreken.' Hij klikte met zijn balpen en begon te schrijven. 'Ik zie hier dat je woonachtig bent in–'

'Dus u bent helemaal geen agent.'

'Nee.'

'U bent tandarts.'

'Orthodontist.'

'O.'

'Een van de beste. Ik ben erg bekend binnen mijn vakgebied, zoals je zult ontdekken als–'

'En u wilde me spreken omdat...'

'Omdat ik denk dat ik je echt kan helpen met mijn orthodontie.'

'Vanwege mijn overbeet?' vroeg ze. Haar stem klonk opeens heel zacht.

'Ja. Ik zie dat het niet zal meevallen. Je hebt duidelijk een overbeet en een laterale verschuiving. Dat kan natuurlijk niet als je voor de camera moet staan. Daar moet je iets aan laten doen als je carrière wilt maken.'

'En u kunt er iets aan doen?' vroeg ze verdoofd.

'Ja. Dat kan ik. Het klinkt nogal drastisch, Romy, maar we moeten je kaak breken en opnieuw zetten. Zo kunnen we de ernstigste problemen meteen oplossen, snap je. Dan krijgt je gezicht meteen een heel andere vorm.'

Romy zat met haar ogen te knipperen. Ze luisterde met haar oren en dacht met haar brein, maar kon de twee processen niet met elkaar verbinden.

'Romy, als het allemaal lukt kun je hier volgend jaar weer deelnemen, en dan kun je winnen,' zei hij met een zelfverzekerd hoofdknikje. Hij dacht even na. 'Nou ja, over twee jaar. Dat is realistischer.'

Verbijsterd staarde Romy hem aan. 'En daarvoor moet u mijn kaak breken?'

'Ik weet dat het griezelig klinkt...'

Ze stond op. 'Dank u,' zei ze.

'Ik zal je mijn visitekaartje geven,' zei hij.

'Nee, dank u,' antwoordde ze.

Gelukkig waren de gesprekken in vergaderzaal 8 afgerond. Romy deed de deur achter zich dicht en ging in een hoekje op de grond zitten. Ze trok haar knieën op en legde haar hoofd erop. Eerst bleef ze gewoon stilletjes zitten, maar toen moest ze huilen. Voor haar gevoel huilde ze een hele tijd, maar zeker wist ze het niet. Er waren geen klokken of ramen in vergaderzaal 8.

Zodra ze weer een beetje was bijgekomen liep ze door de gangen terug naar de lobby en van daaruit naar de hotelkamer. Weer was Dia nergens te bekennen, maar dat was waarschijnlijk maar goed ook.

Romy liet zich op haar buik op het bed vallen. Haar wang drukte tegen de dikke polyester sprei. Die deed haar denken aan de textuur en het patroon van haar kunstschaatsjurk. Ze dacht aan haar moeder en Geneviève. Ze dacht eraan hoe ze op haar hakken van tien centimeter over de catwalk had gestrompeld. De tranen werden direct opgezogen door de sprei, zodat niets erop wees dat ze ooit waren vergoten.

Romy snufte een beetje, maar tot haar verbazing klonk het eerder als een lach dan als een snik. Ze voelde haar ribbenkast schudden, en het duurde even voordat ze besefte dat het inderdaad geen snikken waren. Ze moest aan de tanden van Rod Meyers denken. Die waren grappig.

Lig ik nou te lachen, vroeg ze zich af. Volgens mij wel. Ze lachte tot haar tranen opdroogden. Toen pakte ze een tissue uit de doos op het nachtkastje en snoot haar neus.

Ze ging weer liggen, deze keer op haar rug. Ze keek naar het crèmekleurige plafond en naar de dode vlieg in de plafonnière. 'Waar ben ik in vredesnaam mee bezig?' riep ze recht omhoog.

Ze ademde diep in en ging rechtop zitten. Het was alsof ze ontwaakte uit een droom.

In de badkamer trok ze dankbaar die rare kleren uit. Snel spoelde ze onder de douche de dikke make-up van haar gezicht en de lak uit haar haar. Ze zag het allemaal door het putje spoelen, en het was alsof ze een kostuum uitdeed dat ze tijdens een heel lang toneelstuk had gedragen. Ze trok haar eigen zachte, eenvoudige kleren aan.

Haar blik leek helderder te worden toen ze met de lift naar beneden ging en door de lobby liep. Ze had nog meer dan een uur voordat ze samen met Dia naar het station moest om de trein naar huis te halen.

Ze was dankbaar voor haar platte, gerieflijke schoenen. Ze wilde wandelen. Ze liep over Forty-fifth Street en sloeg af naar Fifth Avenue. Zorgvuldig hield ze bij hoe ze liep, zodat ze de weg terug kon vinden.

Ze zag alles als één geheel, niets in detail. Ze zoog de kleurige drukte, de vele gezichten, de glanzende oppervlakken van gebouwen en auto's op. De geluiden verweefden zich in haar beleving tot een onophoudelijk, luid gegons. De wereld die om haar heen spoelde leek steeds groter en weidser te worden. Ze keek omhoog naar de toppen van de gebouwen, die in de wolken leken te prikken.

Romy had het merkwaardige gevoel dat ze in een tunnel had geleefd die met de dag donkerder en krapper werd. Nu die tunnel opeens werd opgeblazen bleek de wereld er nog te zijn, overal om haar heen, net zo groot als altijd, en maakte zij er weer deel van uit. Onwillekeurig vroeg ze zich af: lieve help, wat heb ik daar al die tijd gedaan? Hoe eenzaam ben ik wel niet geweest?

Ze probeerde een gedachte uit: ze zou nooit model worden. Nevernooitniet. Ook al leek ze nog zo op haar oma. Daar zou ze nooit lang of plat genoeg voor worden. Ze zou nooit zo iemand worden die niet aan alle kanten uitstak. Daarnaar streven stond gelijk aan zichzelf haten. En dat was de waarheid.

Zachtjes fluisterde ze die woorden. Ze had ze wel honderd keer kunnen herhalen, en dan nog zouden ze niet zo veel pijn hebben gedaan. De werkelijkheid was weerbarstig, dat zeker, maar ook groot en vol mogelijkheden. Hem toelaten was een zalige opluchting.

24

In de dagen sinds Romy en Dia waren teruggekomen uit New York was Dia niet één keer naar haar atelier geweest. Het was een vreemde gewaarwording voor Romy om 's ochtends naar haar eerste oppasadres te gaan terwijl haar moeder nog sliep en thuis te komen terwijl haar moeder er nog steeds was. Soms sliep ze nog, soms keek ze tv en soms zat ze gewoon op de afgeschermde veranda te niksen.

In het begin leek het wel een droom. Romy had altijd gedroomd van een moeder die thuisbleef, die het middageten klaarmaakte en 'mama' genoemd wilde worden. Maar toen Dia voor de derde achtereenvolgende dag thuisbleef, begon Romy het een beetje griezelig te vinden. Dia maakte geen middageten klaar en huurde geen films die ze samen konden kijken. Ze hing alleen maar een beetje rond.

'Em heeft gebeld,' zei Dia toen Romy op de tweede dag thuiskwam. Dia keek erg vergenoegd. Het was haar niet ontgaan dat Em niet meer zo vaak belde. Sommige dingen had ze beter in de gaten dan Romy besefte. 'Ze zegt dat ze niet meer in het strandhuis is, maar thuis. Ze vroeg of je haar wilde bellen.'

Romy wist niet zo goed wat ze ervan moest denken. Wilde Em echt dat ze haar belde? En als ze inderdaad terugbelde, welke Em zou ze dan aan de lijn krijgen? De Em die haar de grond in had geboord of de Em die er spijt van had? Het was niet leuk om door haar aan de kant te worden geschoven, maar het idee dat Em uit schuldgevoel de vriendschap in stand wilde houden was niet veel beter.

Op de derde dag kwam Romy aan het begin van de middag thuis nadat ze bij de familie Rollins had opgepast en trof ze Dia liggend op de bank aan. 'Ama was net aan de deur,' vertelde ze.

'O ja? Dus ze is weer thuis?'

'Nog maar net. Ze wil je graag spreken. Ze zag er geweldig uit.'

'O ja?' Romy zag Ama voor zich en voelde een steek van weemoed.

'Ja, ga haar maar bellen.'

Romy maakte geen aanstalten om de telefoon te pakken. Ze vond het niet erg om aan Ama te denken, maar ze wilde liever niet in haar teleurgesteld worden.

'Gaat het wel?' vroeg Romy.

Dia haalde haar schouders op. 'Ik ben gewoon een beetje moe,' antwoordde ze.

Romy wilde haar vragen waarom ze niet naar het atelier ging, zoals ze de laatste veertien jaar zowat iedere dag had gedaan, maar ze durfde niet goed. 'Ik moet vanmiddag weer oppassen,' zei ze. 'Over een paar minuten moet ik weg.' Wilde Dia graag dat ze zou blijven? Was ze eenzaam? Romy wist niet hoe ze dat moest vragen.

'Oké,' zei Dia. Ze bleef op de bank liggen terwijl Romy het T-shirt uittrok waar Nicky yoghurt op had geknoeid, een schoon shirt aantrok en een glas water dronk.

'Vergeet niet je vriendinnen te bellen!' riep Dia haar na toen ze de deur uit liep.

Het was al laat toen Romy het huis van de familie Thomas verliet. Ze was moe na een lange dag oppassen, maar onderweg naar huis ging ze toch even bij Dia's favoriete espressobar langs om twee chocolade-eclairs te kopen. Het was een fijn gevoel te weten dat er thuis iemand op je wachtte.

Buiten was het donker, maar toen ze vlak bij huis was, zag ze dat het licht op Dia's slaapkamer nog aan was. Misschien konden ze samen even tv-kijken. Misschien konden ze samen wegkruipen onder Dia's speciale chenille deken en stekelige opmerkingen maken over de amateurzangers en -dansers in realityprogramma's. 'Je moet een uitgesprokener mening krijgen,' had Dia de laatste keer dat ze dat hadden gedaan tegen haar gezegd.

Meestal was Dia 's avonds te moe om samen met Romy tv te kijken. Meestal viel ze zodra ze thuis was van het atelier op de bank of in bed zowat in een coma. Maar de afgelopen dagen had ze eigenlijk bijna niets anders gedaan dan slapen. Zo langzamerhand moest ze toch uitgerust zijn.

'Dia?' riep Romy toen ze zichzelf binnenliet.

Het was stil in huis. Romy zette haar tas in het halletje. Het huis zag er rommelig en stoffig uit, meer dan anders, zelfs in het donker.

'Hé, Dia?' Ze sliep toch nog niet?

Ze rende naar boven, met het zakje eclairs in haar handen. Haar moeder vond het heerlijk om in bed te eten.

'Dia?'

Romy's hart begon sneller te kloppen, nog voordat ze de kamer van haar moeder binnen liep. Waarom antwoordde ze niet?

De tv stond aan, hard. Op de ladekast stonden twee flakkerende kaarsen. Het licht was aan en Dia lag languit in haar stoel. Naast haar op het tafeltje stonden een glas en een fles wijn, en op de grond lag een lege fles wodka.

'Dia?' Romy liep naar haar moeder toe en porde haar. 'Hé. Slaap je? Ik heb chocolade-eclairs voor je meegenomen.'

Dia verroerde zich niet. Haar mond hing open en haar hoofd viel naar achteren tegen de rugleuning van de stoel, maar haar ogen gingen niet open.

'Hé. Gaat het wel?' Romy schudde haar moeder aan haar arm heen en weer, maar er gebeurde niets. 'Hé. Dia. Word eens wakker.'

Dia werd niet wakker. Haar oogleden trilden niet eens. Romy's hart begon nog sneller te kloppen. Ademde Dia nog wel? Waarom hing haar hoofd er zo raar bij?

'Dia! Dia! Word nou eens wakker. Hé, ik ben het! Slaap je? Waarom word je niet wakker?'

Inmiddels had Romy Dia's beide armen vastgepakt en schudde ze haar hard heen en weer. Haar hart klopte in haar keel. Wat was er mis met Dia? Waarom werd ze niet wakker? 'Dia, opstaan! Opstaan!' Ze hoorde de tranen in haar stem. 'Word alsjeblieft wakker!'

Ze liet de zak met eclairs vallen en legde haar handen om het gezicht van haar moeder. Ademde ze nog? Ja toch?

Romy wist niet wat ze moest doen. Moest ze een dokter bellen? Moest ze het alarmnummer bellen? Ems vader was arts. Moest ze hem bellen? Ze rende naar de telefoon, waarbij ze op de eclairs trapte. Met bevende vingers toetste ze Ems nummer in, maar er nam niemand op.

Ze omklemde de telefoon. Ze moest er iets mee doen. Daarom belde ze Ama. Ama's ouders waren geen arts, maar Ama was Ama.

'Hallo?'

Romy deed haar best om niet te snikken. 'Ama?'

'Romy?'

'Ja,' antwoordde Romy moeizaam.

'Wat is er? Gaat het wel?'

'Mijn moeder is... Ze wordt maar niet wakker. Ik weet niet wat ik moet doen.'

'O, god. Heb je een dokter gebeld?'

'Nee. Ik heb geprobeerd Em te bellen. Haar vader... maar...' Romy hapte naar lucht. 'Moet ik het alarmnummer bellen?'

'Ademt ze nog?'

'Ik geloof het wel.'

'Maar ze is buiten bewustzijn?'

'Ja.'

'Bel het alarmnummer,' zei Ama.

'En als ze boos wordt?'

'Dat kan toch niet? Ze is bewusteloos.'

'Je hebt gelijk.'

'Ik kom naar je toe, goed?'

'Oké.'

'Bel het alarmnummer.'

'Oké.'

'Romy, je moet nu ophangen en dan het alarmnummer bellen.'

Romy hing op en belde het alarmnummer. Ze beantwoordde alle vragen en hing op. Toen ging ze aan haar moeders voeten zitten wachten.

Romy, Ama en Em zaten samen in de wachtkamer van het ziekenhuis. Ama's vader was even weggegaan om iets te drinken voor hen te halen. Ems vader was samen met de SEH-arts in de onderzoekskamer. Hij moest die avond rondes lopen in het ziekenhuis, en zodra Em hem belde was hij naar beneden gekomen.

Helemaal in het begin was dr. Napoli al een keer bij Romy langsgekomen om te zeggen dat alles in orde was en dat Dia later die avond waarschijnlijk naar huis mocht. Hij had niet precies gezegd wat het probleem was, maar dat kon ze wel raden.

Een uur of twee later was de jachtige sfeer weggetrokken, ook al was door het raam het enorme, rode neonkruis van de spoedeisende hulp zichtbaar.

'Jullie hoeven niet te blijven,' zei Romy tegen Em en Ama, maar ze wilden niet weg.

Meneer Botsio kwam hun Sprite en sinas brengen en ging toen de auto ergens anders neerzetten. Em en Ama spoorden Romy aan om iets te eten.

'Je bent hartstikke mager, Romy,' zei Em. 'Je ziet eruit alsof je de hele vakantie niets hebt gegeten.' Ems gezicht straalde geen bewondering uit, alleen maar bezorgdheid.

Romy keek naar haar lichaam en probeerde blij te zijn met wat ze zag, maar dat was moeilijker nu de anderen erbij waren. In hun aanwezigheid was ze er niet trots op dat ze zo veel was afgevallen. Ze voelde zich ondermaats. Zowel Em als Ama was die zomer gegroeid. Em was langer en Ama was sterker. Opeens was Romy bang dat ze de aansluiting had gemist, dat zij de verkeerde kant op was gegaan terwijl de anderen op haar uitliepen. Ze besefte dat ze niet wilde achterblijven. Ze wilde met hen mee.

Onder het wachten speelde Em op haar iPod liedjes voor haar af en tekende Ama lijntjes en letters op haar rug, door haar shirt heen, net als vroeger wanneer ze bij elkaar logeerden, maar ze vroeg Romy niet de letters te raden of er woorden van te maken.

Romy gaf zich ontspannen over aan hun oude routine, maar tegelijkertijd had ze het gevoel dat ze na een lange reis bij hen was teruggekeerd. Zij was de enige die die vakantie was thuisgebleven, maar ze was niet meer hetzelfde meisje als in juni. Ze vond dat ze alle drie waren veranderd.

'Hé, Ama, ik wil je al een hele tijd iets vragen.' Romy strekte haar benen uit tot ze met haar voeten de stoel vóór haar kon aanraken.

'Wat dan?'

'Waarom heb je die gigantische wandelschoenen nog aan?'

Eindelijk kwam de SEH-arts, een vrouw van in de dertig met bleke sproetjes en donkerrood haar, naar buiten met dr. Napoli op haar hielen. Dr. Napoli had nog wat troostende woorden voor Romy, waarna hij haar omhelsde en weer naar boven ging om verder te gaan met zijn rondes. De SEH-arts stelde zich voor als dokter Marks en ging naast Romy op een plastic wachtkamerstoel zitten. 'Het komt helemaal goed met je moeder.'

Romy knikte.

Dr. Marks keek naar Em en Ama, die aan de andere kant van Romy op het puntje van hun stoel zaten. Ze keek weer naar Romy. 'Kunnen we even praten?'

'Ja, goed.'

'Dit zijn je vriendinnen, hè?'

Romy knikte, net als Em en Ama.

'We kunnen wel even weggaan als je wilt,' bood Ama aan.

'Nee. Ik wil dat jullie erbij blijven,' zei Romy.

Dr. Marks schoof de mouwen van haar groene ziekenhuiskiel omhoog. 'Je moeder is buiten westen geraakt doordat ze te veel had gedronken. Is dat wel eens eerder voorgekomen?'

'Tot nu toe kon ik haar altijd wel wakker krijgen,' antwoordde Romy.

Dr. Marks knikte. 'Wonen jij en je moeder alleen?'

Romy knikte.

'Is je vader nog… in beeld?'

Romy schudde haar hoofd.

'Ik wil je moeder aanraden om achtentwintig dagen naar een ontwenningskliniek te gaan. In Virginia is een uitstekende kliniek, ongeveer een uur rijden hiervandaan.'

Romy knikte.

'Is er iemand die in die tijd bij jou kan blijven? Of een plek waar je die vier weken kunt logeren, ergens waar je je op je gemak voelt?'

'Ja,' mengde Ama zich in het gesprek. 'Ze kan bij mij logeren.'

'Of bij mij,' zei Em.

Dr. Marks knikte. 'Zoiets zei dr. Napoli ook al. Goed dan.' Ze wendde zich weer tot Romy. Haar gezicht straalde medeleven uit. 'Je moeder wordt weer beter, Romy.'

'Echt waar?' vroeg Romy.

'Toen ze bijkwam zei ze tegen me dat ze een reden, een heel belangrijke reden heeft om beter te worden.'

'Wat dan?' vroeg Romy.

'Jij.'

De wilg is de boom van de dromen.

25

Die avond voelden Ems ogen vermoeid en pijnlijk aan, dus deed ze haar contactlenzen uit en zette haar oude bruine bril op. Haar goede bril had ze in het strandhuis laten liggen.

Ze haalde haar viool uit de kast. Ze maakte de kist open en staarde ernaar, en naar het kinstuk en het kartonnen doosje met snarenhars. Ze raakte het mooie, gladde hout aan. Ze beroerde een snaar, maar speelde er niet op.

Wat zou iemand als Bryn denken als ze haar zag met haar oude bruine bril, fiedelend op haar viool? Bryn zou haar de grootste loser aller tijden vinden.

Gelukkig leken Ama en Romy het altijd leuk te vinden als ze vioolspeelde. Ze vonden het zelfs prachtig als ze meespeelde met liedjes uit de top tien op de radio. Plichtsgetrouw waren ze twee keer per jaar naar haar vioolrecitals gekomen.

Die avond speelde Em niet op haar viool, maar ze schoof hem wel onder het bed voordat ze ging slapen.

En toen ze in slaap viel, droomde ze over hun boompjes, zoals ze er in hun plastic potjes hadden uitgezien, en hoe ze ze later samen met Romy en Ama onder aan Pony Hill in het bos had geplant. Ze herinnerde zich de aarde op haar handen en onder haar nagels.

Dat was een herinnering die ze verdrong als ze wakker was.

Jaren later was ze het planten van die boompjes gaan associëren met de aarde en de schep op Finns begrafenis, al wist ze best dat het niets met elkaar te maken had. Maar in haar droom was ze niet bang voor het zand. In haar droom zag ze hoe de wortels van haar boom onder de grond verder groeiden. Ze zag dat ze zich verstrengelden met de wortels van de bomen aan weerszijden, die van Romy en Ama. Ze zag dat ze zich steeds verder verspreidden, steeds wijder en dieper, onder alle plekken door die ze kende: haar huis, de school, de 7-Eleven en de huizen van Ama en Romy. En ze begreep dat er onder de wereld die ze kende een andere wereld schuilging en dat de wortels van haar boom overal mee verbonden waren, met de funderingen van huizen en met andere wortels van bloemen, struiken en bomen, en zelfs met de wormen, insecten en andere wezens die onder de grond leefden.

Ten slotte drongen haar wortels helemaal door tot aan het kerkhof. Ze vlijden zich om de plek heen waar Finn begraven lag en hielden hem daar gezelschap. Zelfs in haar droom verwachtte ze eigenlijk dat het een angstaanjagend beeld zou zijn, maar dat was het niet.

Toen veranderde het beeld van haar droom langzaam en kwam ze boven de grond. Ze keek omhoog naar de hemel, naar de takken en blaadjes boven haar, en opeens wist ze dat Finn daarboven ook gezelschap had gevonden.

De volgende avond zat Romy in de donkere keuken met voor zich op tafel een glas koud water. Het was stil in huis, behalve dat haar moeder boven heen en weer kloste tussen haar koffer en haar kledingkast. Dia was haar spullen aan het pakken omdat ze de volgende dag naar Virginia ging. Zelf had Romy haar spullen al gepakt om bij Ama te gaan logeren, en meneer Botsio was al langs geweest om haar koffer op te halen en Dia ervan te verzekeren dat ze het hartstikke gezellig vonden dat Romy kwam logeren en dat ze zo lang mocht blijven als nodig was.

Romy zat op de stoel met haar knieën opgetrokken en haar armen om haar benen heen. Ze sloeg haar blik niet neer toen haar moeder de keuken binnen kwam om te kijken wat er in de koelkast lag. Ze keek toe terwijl Dia de flessen wijn en tonic bestudeerde en de deur sloot zonder iets te pakken.

'Wil je een koekje?' vroeg Romy. Em was die ochtend drie dozijn chocoladekoekjes in aluminiumfolie komen brengen die ze zelf had gebakken.

'Ja, lekker.'

Romy keek naar haar moeder, die koekjes at, en besloot dat ze zich niet meer hoefde te houden aan de afspraak dat ze geen vragen zou stellen.

'Hé, Dia?'

'Ja.'

'Mag ik je iets vragen?'

Haar moeder deed de koelkast weer open en schonk een glas melk voor zichzelf in. 'Oké,' antwoordde ze, een beetje op haar hoede. Ze had alle reden om op haar hoede te zijn.

'Waar zijn al je spullen gebleven?'

Haar moeder keek haar vluchtig aan, alsof ze zich afvroeg of het de moeite waard was te doen alsof ze het niet begreep. Ze besloot kennelijk van niet. 'In het atelier, bedoel je? Mijn werk?'

'Ja.'

'De oude werken heb ik grotendeels verkocht of opgeslagen.'

'En de nieuwe werken?'

270

Romy's moeder legde haar hand tegen de metalen deur van de koelkast. Ze wendde haar blik af.

'Je hebt niets nieuws gemaakt,' giste Romy.

'Niet veel. Al een tijdje niet meer.'

'Waarom niet?'

Toen Dia haar weer aankeek, stond haar gezicht bedroefd, maar niet hard. 'Ik denk dat ik het gevoel ben kwijtgeraakt dat ik kunstenaar was,' zei ze langzaam. 'Vroeger vond ik de bomen die ik van metalen rommel maakte heel mooi en goed gevonden, en de verzamelaars ook. Maar toen vond ik ze opeens niet meer mooi. Ik heb geprobeerd andere dingen te maken, maar daar is kennelijk niemand in geïnteresseerd. Langzamerhand kreeg ik het gevoel dat mijn carrière niet meer van mij was.'

'Waarom vind je ze niet mooi meer?' vroeg Romy.

Daar moest haar moeder even over nadenken. 'Omdat... omdat ik ze respectloos vond, denk ik. Tegenover echte bomen.'

Romy knikte. Dat begreep ze wel. Ze overwoog te vragen: waarom ging je dan toch elke keer naar het atelier? Maar dat zou een oneerlijke vraag zijn geweest, want ze wist het antwoord al. Haar moeder zou antwoorden dat ze ernaartoe was gegaan om het gevoel terug te vinden dat ze was kwijtgeraakt. Ze wist dat dat de echte reden was, maar ze wist ook dat er een nog echtere reden was.

Romy wilde altijd iets van haar moeder, had haar altijd nodig. Ze wilde altijd net iets meer dan ze kreeg. Altijd was ze teleurgesteld, altijd verlangde ze naar iets wat ze niet had. En omdat ze het niet had, werd het verlangen alleen maar heviger en moeilijker te bevredigen. Ze gedroeg zich als een klein kind in de hoop dat haar moeder zich zou gaan gedragen als een moeder, ook al werkte het nooit. Romy wist dat haar moeder naar haar atelier ging om zich te verstoppen.

'Het is voor jou vast moeilijk te begrijpen,' zei haar moeder.

Romy knikte. Ja en nee.

Haar moeder wendde haar gezicht weer af. 'Maar probeer me niet te veroordelen tot je ouder bent en meer weet.'

'Ik doe mijn best,' zei Romy.

Dia ging tegenover haar aan tafel zitten.

'Ben je zenuwachtig voor morgen?' vroeg Romy.

'Ja. En een beetje opgewonden, geloof het of niet. Ik ben klaar om het over een nieuwe boeg te gooien.'

'Ik hoop dat het lukt,' zei Romy.

'Ik ga mijn uiterste best doen, Romysoes.'

Romy knikte. 'Hé, Dia?'

'Ja.'

'Ik moet een beugel. Die had ik een hele tijd geleden al moeten krijgen.'

Daar dacht Dia over na. 'Daar heb je denk ik wel gelijk in.'

'Ik kan naar dezelfde orthodontist gaan als Em, maar ik denk niet dat ik met oppassen genoeg kan verdienen om het te betalen.'

'Daar hoef je je geen zorgen om te maken.'

'O nee?' Romy's moeder had al heel lang geen kunstwerk meer verkocht. En nu ze wist waarom, maakte Romy zich nog drukker om geld dan ooit tevoren. 'Kun je het dan betalen?'

'Nee, maar jij wel.'

'Welnee. Ik heb alles uitgegeven aan die stomme modellenwedstrijd.'

'Je hebt heel veel geld op de bank,' zei Dia. Ze pakte Romy's glas water en nam er een slokje uit.

'Hoe bedoel je? Welke bank?'

'Mijn vader was zakenman. Dat wist je waarschijnlijk niet,

omdat ik het je nooit heb verteld, maar hij was een hoge pief bij een autobedrijf. Twee jaar geleden is hij overleden, en omdat hij mij niet kon luchten of zien en verder geen kinderen had, heeft hij alles aan jou nagelaten.'

'Aan mij?'

'Ja. Al het geld en het grote huis in Grosse Pointe in Michigan.'

'Hij heeft me zijn huis nagelaten?' Romy geloofde haar oren niet. 'Maar hij kent me niet eens.'

'Hij heeft je één keer gezien. Toen je nog een peuter was.'

'Echt waar?'

'Ja. Hij vond je betoverend. Dat is het woord dat hij gebruikte.'

'Echt waar?'

'Ja, echt waar.'

'Wauw.'

'Vertel mij wat. Hij zei dat jij het mooiste was wat ik ooit had gemaakt. Natuurlijk piepte hij wel anders toen ik op mijn negentiende zwanger raakte van jou en er geen vader in de buurt was die hij overhoop kon schieten.'

'Wauw,' zei Romy opnieuw.

Dia legde haar kin op haar hand. Haar wangen waren roze en Romy vond dat ze er opeens heel jong uitzag.

'Is er een zwembad bij?'

'Hè?'

'Bij het huis in Michigan.'

Dia schudde haar hoofd maar keek alsof ze elk moment in lachen kon uitbarsten. 'Ja.'

'Mag ik er een keer naartoe?'

'Niet met mij, in elk geval. Ik haat het daar,' zei Dia. 'We kunnen het beter verkopen. Misschien doen we dat wel als ik weer terug ben.'

'Waarom heb je me dit niet eerder verteld?'

Dia haalde haar schouders op. 'Het is nogal wat. Ik wilde ermee wachten tot je wat ouder was.'

'Waarom vertel je het me nu dan?'

Dia tikte met haar vingertoppen op Romy's pols. 'Omdat ik je nu... ouder vind.'

Ama was blij dat ze thuis was. Ze vond het heerlijk om te eten wat haar moeder kookte en te worden omhelsd en gekust en bemoederd.

'We zijn trots op je,' had haar vader heel serieus tegen haar gezegd toen ze de dag na haar thuiskomst aan het ontbijt zaten.

'Waarom?' vroeg Ama. Ze had nog niet eens verteld dat ze een tien had gekregen.

'Omdat je bent gebleven en hebt doorgezet, terwijl je eigenlijk naar huis wilde,' antwoordde hij.

De eerste twee dagen na haar thuiskomst liet Ama Bob bij haar in bed slapen, net als Esi vroeger voor haar had gedaan als ze net terug was van een lange reis. Terwijl Bob in het donker naast haar lag, vertelde Ama hem verhalen over wandelen, klimmen en abseilen. Ze vertelde hem hoe mooi het was in de bergen en hoe een rivier er van grote hoogte uitzag. Ze vertelde hem zelfs dat ze in haar slaap van een heuvel was gerold, was aangevallen door vuurmieren en een hele dag in het bos verdwaald was geweest. Maar nu vertelde ze het alsof het een avontuur was in plaats van een beproeving. Zo zou ze er altijd aan terugdenken.

'Als je naar high school gaat,' fluisterde ze in het donker tegen haar broertje, 'mag je niet alleen maar in de bibliotheek en op school zitten, hoor. Daar zorg ik wel voor. Jij gaat net als ik een reis door de wildernis maken. Op dat moment zul je het misschien niet leuk vinden, maar ik beloof je dat je het geweldig vindt als het achter de rug is.'

Nadat haar moeder weer naar boven was gelopen om de rest van haar spullen te pakken, dwaalde Romy's blik af naar de open voorraadkast en kreeg ze opeens honger. Het licht was aan in het piepkleine kamertje en leidde haar blik naar de dingen die ze altijd zo lekker had gevonden en waar ze troost uit had geput: havermoutkoekjes met honing, volkorenkoeken, karamelsaus op een theelepeltje, zó uit de pot. Als je bent wat je eet, dan was Romy nog in de voorraadkast.

Romy stelde zich voor dat er stukjes van haar zaten in alles wat ze normaal gesproken zou hebben gegeten maar de laatste tijd had laten staan. Ze zat in de dozen met cornflakes, in de broodla, in de pot pindakaas, in de koelkast, ze dreef rond in het pak melk. En ze zat in Ems bord met koekjes dat op het aanrecht stond.

Ze wilde niet meer over de hele keuken verspreid zijn. Ze wilde alle stukjes van zichzelf verzamelen. Ze wilde niet meer plat zijn en zo de hele wereld rondreizen. Ze wilde bij haar vriendinnen zijn. Ze wilde vol zijn.

26

Vier dagen voordat de school weer zou beginnen werd Ama wakker en keek naar het andere bed in haar kamer. Vroeger had Esi daar geslapen, maar de laatste paar dagen was het Romy's bed geworden. Zoals gewoonlijk was Romy al op en had ze het bed opgemaakt. Waarschijnlijk was ze in de keuken met Bob aan het spelen. Ama en haar ouders waren natuurlijk ook blij dat Romy er was, maar niemand was er zo opgetogen over als Bob.

Ama was opgewonden omdat ze naar Staples gingen om spullen voor school te kopen. Ze was dol op schoolspullen. In dat opzicht was ze een onverbeterlijke nerd, maar ze kon er niet mee zitten, want Romy, die helemaal niet zo'n stuudje was, was er ook gek op. Toen ze op de kalender keek, schoot haar iets te binnen.

In haar nachthemd en sokken liep ze de keuken binnen. Romy en Bob zaten te kwartetten. 'Weet je wat voor dag het is?' vroeg Ama aan Romy.

Romy keek op van haar kaarten. 'Nee.'

'Eén september.'

Romy begreep wat dat betekende. Ama ging terug naar haar kamer om zich aan te kleden, en Romy voegde zich bij haar zodra ze klaar was met kwartetten.

'Wat zullen we doen?' vroeg ze.

'Wat denk je, moeten we eerst bellen?'

'Dat kan.'

'Het is nog best vroeg,' zei Ama.

Romy trok haar sokken en schoenen aan, en Ama volgde haar voorbeeld. Nu ze eraan hadden gedacht, konden ze eigenlijk nergens anders meer aan denken.

'We kunnen ook gewoon langsgaan,' zei Romy.

'Dat vond ik nou ook,' zei Ama.

Toen Em ging slapen, wist ze op wat voor dag ze wakker zou worden. Ze stond vroeg op en liep naar het kerkhof. De afgelopen twee jaar had ze het gemeden, maar nu was ze er klaar voor om ernaartoe te gaan. Ze ging op de grond zitten en voelde het vocht in haar broek trekken. De zon kwam op. Ze keek naar de stralen die zich tussen de boomblaadjes door wurmden.

Ze dacht aan alles wat er onder de grond was, maar het joeg haar niet meer zo veel angst aan als vroeger. Dat had ze aan haar droom te danken.

Van alles liet ze toe in haar gedachten. Dat ze Finn miste. Dat haar ouders apart woonden. De schade die ze haar vriendschap met Ama en Romy had toegebracht. Ze was bang dat die gedachten haar zouden verpletteren als ze ze liet komen, maar dat was niet zo. Je wist pas hoe zwaar ze waren als je ze probeerde op te tillen. Pas dan wist je hoe sterk je was.

Ze zou Finn altijd blijven missen. Dat was gewoon de waarheid, en het was goed om te weten. Minstens één keer per dag zou ze zijn naam noemen, besloot ze, en ze zou haar gedachten aan hem niet meer verdringen. Het zou een opluchting zijn om toe te geven hoezeer ze hem miste. Het kostte haar een merkwaardig soort energie om hem op afstand te houden, en dat wilde ze niet meer. Misschien kon ze haar moeder ook een beetje bewerken.

Wat haar ouders betrof: het had ook goede kanten. Zij en haar vader hadden elkaar teruggevonden nadat ze elkaar een hele tijd kwijt waren geweest. Dat stemde haar hoopvol. De wereld bood allerlei mogelijkheden. Misschien leerden haar ouders zelfs weer met elkaar te praten. Je wist maar nooit.

Wat haar het meest dwarszat, wat haar het meest kwelde waren haar vriendinnen. Romy had veel meegemaakt en zij had haar laten vallen. En dan Ama. Tegen haar mocht ze dan niet zo gemeen zijn geweest, ze had hun vriendschap wel later verwateren.

Toen ze samen op de spoedeisende hulp hadden gezeten, had Em weer iets van die oude vriendschap gevoeld, en dat stemde haar hoopvol. Maar er was erg veel gebeurd. Was het al te laat, of kon Em hen ervan overtuigen dat hun vriendschap nog altijd heel belangrijk was? Zelfs zonder magische spijkerbroek of suffe sjaal. Dat was het belangrijkste wat ze deze vakantie had ontdekt, en ze wilde dat ze wist hoe ze het moest uitleggen. Stel dat ze zo ver uit elkaar waren gegroeid dat ze dat oude gevoel achter zich hadden gelaten? Kon ze hun dan nog de weg terug wijzen?

Em voelde een licht briesje over haar schouders strijken dat haar last leek te verlichten. Ze ging op haar zij met opgetrokken benen op de grond liggen en drukte haar oor tegen het gras. Ze stelde zich voor dat ze de boomwortels kon horen groeien en voortkruipen.

Kennelijk was ze in slaap gevallen, want toen ze haar ogen opende, was ze niet meer alleen. Even schrok ze daar zo van dat ze niet meer wist waar ze was en wat er gebeurde. Ze ging rechtop zitten. Daar waren Ama en Romy, alsof ze zó uit haar fantasie waren weggelopen.

Maar het was geen fantasie; ze waren het echt. Allebei hadden ze iets meegenomen. Ama liet haar een foto zien van hen drieën met Finn, in het jaar dat hij hen met Halloween als Ewoks had verkleed en zelf als Han Solo was gegaan. Em verbaasde zich over Romy's tekening van een boom met wortels en takken zo fijn en doorwrocht als een spinnenweb. Zorgvuldig legden ze hun offerandes tegen Finns grafsteen. Ze gingen aan weerszijden van Em zitten. Romy legde haar hand op de hare.

Em legde haar hoofd op haar armen en begon te huilen. Ze wisten het nog. Ze hoefde het hun niet eens te vertellen of te vragen. Ama sloeg haar arm om Ems schouder. Romy streek over haar haar. Em wist dat ze bij hen veilig kon huilen.

Ze hoefde hun niet de weg terug te wijzen. Opnieuw hadden ze háár de weg gewezen.

Ze liepen de vertrouwde route over de East-West Highway naar de 7-Eleven. Ze hoefden elkaar niet te zeggen waar ze naartoe gingen. Arm in arm liepen ze over straat, iets waaraan Ama een nerdy soort plezier beleefde.

Vol zelfvertrouwen stapten ze de 7-Eleven binnen, veel groter dan vroeger na al hun avonturen, teleurstellingen en grote dromen. Maar toch kochten ze gewoon blauwe slush puppies en Twixen.

In de voetstappen van hun jongere ik liepen ze naar Pony Hill en renden langs de helling naar beneden. Onderaan struikelden ze bijna, net als vroeger.

Langzaam liepen ze het bos in. Ama hield bijna haar adem in. De anderen ook, vermoedde ze.

Het was meer dan twee jaar geleden. Ze was bang voor wat ze mogelijk te zien zouden krijgen. Waren de bomen verpieterd? Waren ze gestorven, zonder iemand die tegen ze praatte, plantenvoeding over hun wortels goot of viool voor ze speelde? Het was bijna ondraaglijk, de angst en spanning waarmee ze de schaduw betraden.

Er waren geen kleine boompjes. Ze keken naar de plek waar hun bomen zouden moeten staan, maar zagen niets wat ze herkenden. Waar waren ze gebleven?

'Kijk hier eens naar,' zei Romy.

'Dat kunnen de onze niet zijn,' fluisterde Em. 'Ze zijn veel te groot.'

'Maar kijk dan,' zei Romy.

Het was onmiskenbaar: de bomen stonden keurig op een rijtje, drie naast elkaar.

Voorzichtig en vol ontzag liep Ama eropaf. Ze legde haar vinger tegen de vertrouwde bast van de boom die ze in het klein had gekend. 'Het is waar. Dit zijn ze. Dit zijn wilgen. Kijk maar naar de blaadjes. Ik weet het zeker.' Ama had haar huiswerk altijd beter gedaan dan de andere twee.

Ama deed een stap achteruit, overspoeld door een diepe verwondering. Ook Em en Romy liepen een stukje naar achteren. Een hele tijd keken ze naar het dak van smalle, grijsgroene blaadjes dat de takken boven hun hoofd vormden.

Ama vond het opmerkelijk hoe de drie bomen met elkaar waren vergroeid, hoe hun takken en bladeren zich hadden verstrengeld. Ze stelde zich voor dat de wortels onder de grond hetzelfde hadden gedaan. De drie bomen waren onderling met elkaar verbonden, maar maakten inmiddels ook deel uit van het bos in zijn geheel.

De bomen waren sterk. Ze wilden groeien. En ze bleven groeien, ook als er niemand op ze lette.

Terwijl ze met z'n drieën naar huis liepen hoefde niemand het hardop te zeggen, maar Ama wist het. Ze hadden vraagtekens gezet bij hun vriendschap. Ze hadden getwijfeld en om zich heen gekeken, op zoek naar een teken. En al die tijd waren hun bomen er gewoon geweest. Je kon ze niet aantrekken. Je kon ze niet doorgeven. Qua mode had je er niets aan. Maar ze hadden wortels. Ze leefden.

Hoe ver je een wilg ook terugsnoeit,
hij zal nooit echt sterven.

Dankwoord

Opnieuw bedank ik mijn onwankelbare redactionele zuster-schap: Jennifer Rudolph Walsh, Beverly Horowitz en Wendy Loggia.

Ook dank aan mijn geweldige collega's en vrienden bij Random House Children's Books: Chip Gibson, Joan DeMayo, Marci Senders, Isabel Warren-Lynch, Noreen Marchisi, Judith Haut, John Adamo, Rachel Feld en Tim Terhune.

Als altijd gaan mijn liefde en dank uit naar mijn man Jacob Collins, mijn kinderen Sam, Nate en Susannah, en mijn ouders Jane en Bill Brashares.